TITAN

JEUNESSE

COLLECTION DIRIGÉE PAR **ANN**

LA ROUTE DE CHLIFA

De la même auteure

Cassiopée – L'Été polonais, 1988.
Prix du Gouverneur général.
Traduit en suédois, en catalan, en espagnol et en basque.
L'Été des baleines, 1989.
L'Homme du Cheshire, 1990.
La Route de Chlifa, 1992.
Prix du Gouverneur général.
Prix Alvine-Bélisle.
Prix Brive-Montréal.
Traduit en anglais, en danois et en néerlandais.
« Pourquoi pas Istanbul », dans *La Première Fois*, tome 1, 1991.
« Cendrillon, après minuit », dans *Coups de cœur*, Éditions Michel Quintin, 1995.

Traductions

Quelque temps dans la vie de Jessica, de Sarah Ellis, 1990.
Sur le rivage, de Lucy Maud Montgomery, 1991.
Le monde merveilleux de Marigold, de Lucy Maud Montgomery, 1991.
Kilmeny du vieux verger, de Lucy Maud Montgomery, 1992.
Au-delà des ténèbres, de Lucy Maud Montgomery, 1993.
Longtemps après, de Lucy Maud Montgomery, 1995.
Slava, de Lillian Boraks-Nemetz, Éditions Héritage, 1996.
Maud – La vie de Lucy Maud Montgomery, de Harry Bruce, 1997.
Comme un château de cartes, de Sarah Ellis, 1997.
Surprise !, de Sarah Ellis, 1998.

LA ROUTE DE CHLIFA

MICHÈLE MARINEAU

ROMAN

QUÉBEC AMÉRIQUE JEUNESSE

329, rue de la Commune O., 3e étage, Montréal (Québec) H2Y 2E1, Tél.: (514) 499-3000

Cet ouvrage a été publié grâce à une subvention du Conseil des Arts du Canada.

Données de catalogage avant publication (Canada)

Marineau, Michèle, 1955-
La route de Chlifa

(Collection Littérature jeunesse. À partir de 14 ans ; 16)
Pour les adolescents.
ISBN 2-89037-594-3

I. Titre. II. Collection.
PS8576.A657R68 1992 jC843'.54 C92-096914-3
PS9576.A657R68 1992
PZ23.M37Ro 1992

Dépôt légal:
4e trimestre 1992
Bibliothèque nationale du Québec
Bibliothèque nationale du Canada
Réimpression: juillet 1999
Montage intérieur: Andréa Joseph

Sources des textes cités

(p. 29-30) «Soir d'hiver», poème d'Émile Nelligan.
(p. 30-31) «Il n'y a pas d'amour heureux», poème de Louis Aragon.
(p. 147,148 et 190) Extraits tirés du livre *Liban*, Paris, Hachette, coll. «Les guides bleus — Hachette», 1975. Les textes cités se trouvent aux pages 134, 135 et 156.
(p. 229) «Sur une montagne...», dans *Les Poésies*, de Georges Schehadé, Paris, Gallimard, coll. «Poésie/Gallimard», p. 57.

Note de l'auteure

L'histoire comme les personnages de *La Route de Chlifa* sont fictifs. Cependant, le cadre dans lequel se situe cette histoire est réel. Aussi m'a-t-il fallu faire appel à un certain nombre d'«informateurs» pour bien rendre certains aspects historiques ou humains. Je tiens donc à remercier les personnes sans qui ce livre n'aurait pas vu le jour. D'abord Pierre Major, ainsi que les élèves, les professeurs et la direction de la polyvalente Émile-Legault (à Saint-Laurent), qui m'ont accueillie à plusieurs reprises et m'ont permis de comprendre un peu mieux la réalité des nouveaux arrivants au Québec. Ensuite et surtout mes jeunes amies libanaises: Maha et Hiba Kalache, Maha et Racha Katabi, qui ont eu la patience et la gentillesse de répondre à mes nombreuses questions et de me révéler de multiples aspects de leur pays meurtri. S'il restait, malgré tous mes efforts et toutes mes recherches, des erreurs ou des imprécisions dans le texte, je tiens à préciser que j'en assume la pleine et entière responsabilité. Je voudrais enfin remercier le Conseil des Arts du Canada, dont l'aide financière m'a permis de mener à terme ce projet.

Proche-Orient

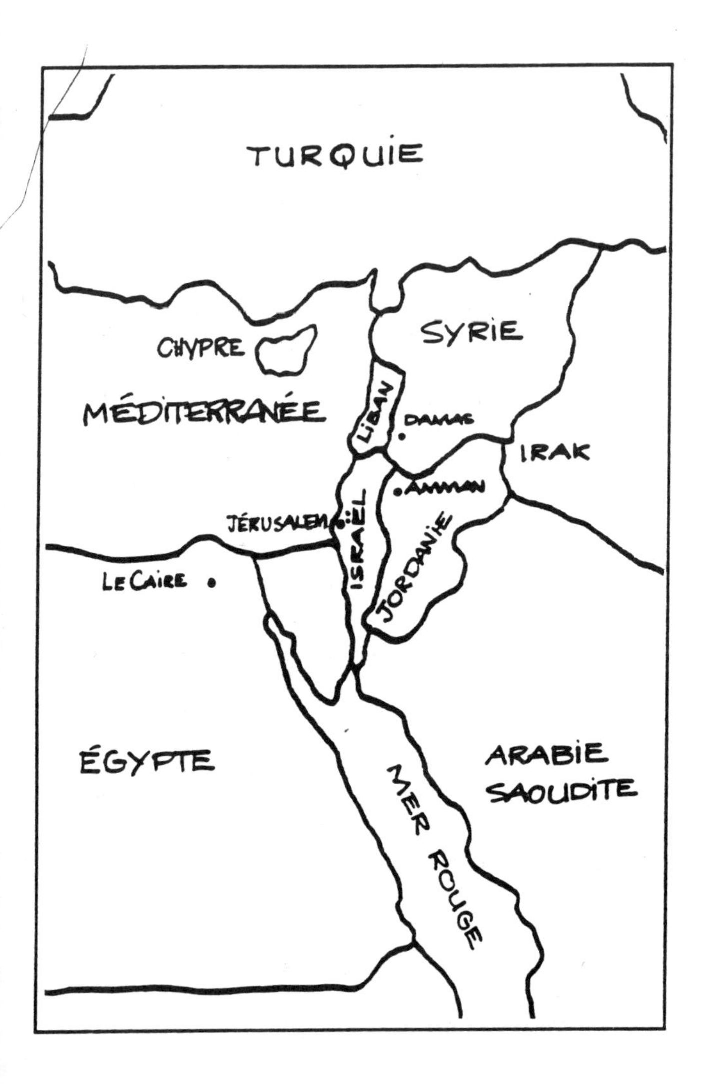

Liban

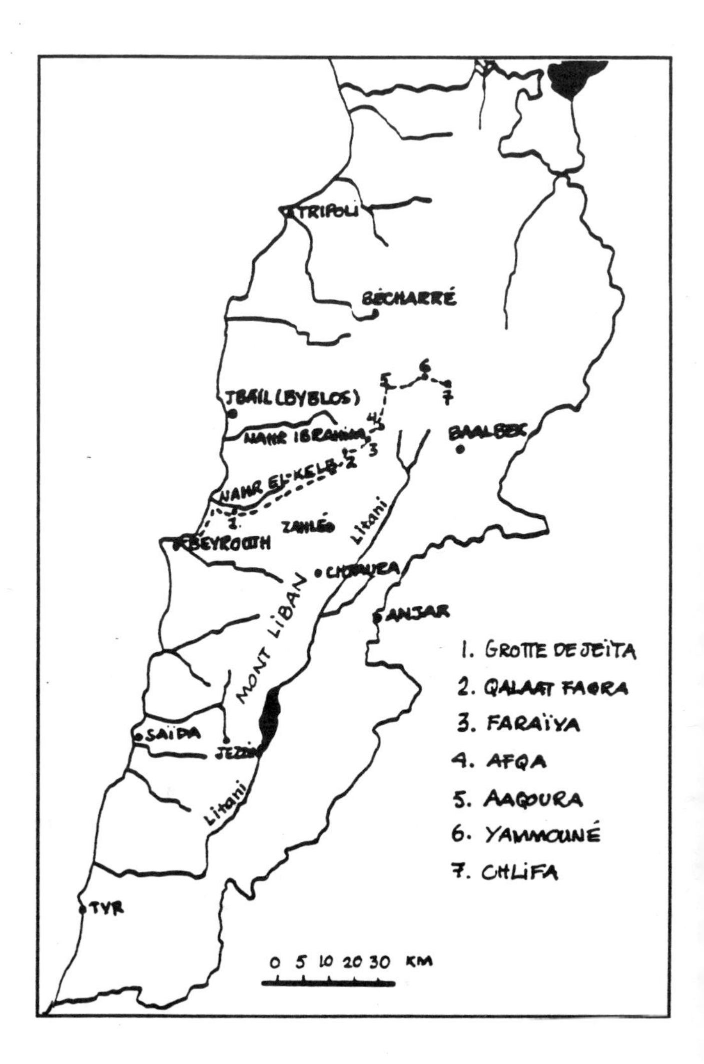

Les pointillés indiquent la route suivie par Karim et Maha.

Aux enfants des guerres

Première partie

Catalyse

Montréal, janvier-février 1990

catalyse: n. f. *Chim.* Modification [...] d'une réaction chimique sous l'effet d'une substance (**V. Catalyseur**) qui ne subit pas de modification elle-même.

Petit Robert 1

C'est le 8 janvier que Karim a fait irruption dans notre vie. Le 8 janvier que tout s'est mis en branle.

À vrai dire, personne n'avait remarqué le nouveau avant que Nancy mette le pied dans la classe et s'exclame, avec sa discrétion habituelle:

«Wow! C'est-tu notre cadeau de Noël, ça?»

Tous les regards ont convergé vers «ça», qui était un gars assis dans la dernière rangée, presque au fond de la classe. Puis, dans un silence inhabituel et sous vingt-huit paires d'yeux particulièrement attentifs, Nancy s'est lancée à l'assaut du nouveau.

«Comment tu t'appelles?

— Karim.

— C'est un nom arabe, ça?
— Oui.
— T'es arabe?
— Oui.
— Tu viens d'où?
— Du Liban.
— T'es pas trop trop jasant, hein?»

Nancy a attendu une réponse qui n'est pas venue. Puis, comme elle s'apprêtait à poser une autre question, la voix de Robert s'est fait entendre. Robert, c'est le prof de français, qui venait d'entrer sans qu'on s'en rende compte.

«Évidemment, tout le monde ne peut pas être aussi jasant que Nancy Chartrand. Pas vrai, Nancy?»

Celle-ci a haussé les épaules d'un air désinvolte.

«C'est toi qui dis toujours qu'il faut accueillir les nouveaux avec gentillesse, les intégrer au groupe et tout. Tu devrais être content que je me montre accueillante.

— Content peut-être, étonné sûrement. Il me semble que tu ne manifestes pas toujours autant d'empressement à accueillir les nouveaux.

— Peut-être pas, mais il est beau, *lui*, au moins...»

Toutes les filles ont approuvé bruyamment. Les gars, eux, ont pris un air dégoûté. «Un ostie d'Arabe, a grommelé Dave. Si c'est ça qui l'excite...»

«Bon, a poursuivi Robert, maintenant qu'on connaît les goûts de Nancy en matière d'hommes, on va peut-être pouvoir commencer le cours. Mais avant, je voudrais souhaiter la bienvenue à Karim. Karim Nakad, c'est bien ça? a-t-il précisé en consultant un petit papier jaune.

— Oui, Monsieur, a répondu celui-ci en se levant, ce qui lui a attiré des rires méprisants de la part de Dave et sa gang.

— Un conseil, a précisé Robert. Reste assis quand tu réponds et appelle-moi Robert. Ça va éviter que certains individus se mettent chaque fois à glousser comme un troupeau de poules émoustillées. O.K.?»

Le nouveau s'est contenté de hocher la tête avant de se rasseoir. Nancy avait raison. Il n'était pas très très jasant.

«Parfait. À présent, si nous reprenions cette règle du participe passé des verbes essentiellement pronominaux que vous avez eu tant de mal à comprendre avant Noël et que vous avez sûrement étudiée tous les jours durant les vacances. Sylvain, dis-moi, qu'as-tu retenu de...»

Pendant que Sylvain essayait tant bien

que mal de retrouver cette fichue règle, le reste de la classe, exception faite de quelques zélés, s'est livré à ses occupations habituelles de bayage aux corneilles ou de bâillage tout court, de curage de nez, de limage d'ongles ou d'observation des voisins. Je dois dire que, ce jour-là, l'observation des voisins battait tous les records. Ou plutôt, l'observation d'un voisin en particulier: Karim, le nouveau.

Pour ça aussi Nancy avait raison: ce gars-là était beau. Tellement beau qu'il détonnait même un peu dans la classe. Disons qu'il aurait semblé plus à sa place sur fond de sable et de ciel, chevauchant un chameau superbement dédaigneux ou un fier coursier lancé au galop entre les dunes. Ne me demandez surtout pas s'il y a des déserts ou des chameaux au Liban, je n'en sais rien. Mais ça donne une idée de l'allure de ce gars-là, genre prince du désert, sauvage et farouche. Grand, mince, les traits fins, la peau mate, les cheveux noirs et broussailleux, le regard perçant. L'image même du héros sans peur et sans reproche qu'on aimerait bien voir voler à notre secours en cas de feu, de tremblement de terre... ou d'examen de chimie.

Journal de Karim
10 janvier 1990

Le plus dur, m'avaient prévenu mes petits frères, c'est l'indifférence, l'impression d'être transparent. Et quand on a enfin le sentiment d'exister, c'est parce qu'on dérange ou qu'on vient de faire une gaffe...

Eh bien! mes petits frères, si seulement c'était vrai! Je ne rêvais que de cela, moi, l'isolement, l'indifférence et la transparence, en me rendant pour la première fois dans cette machine infernale qui s'appelle une polyvalente. Pour l'indifférence, on repassera! J'avais plutôt l'impression d'être un phénomène de foire ou une bête livrée à la curiosité d'acheteurs éventuels. C'est tout juste si cette fille, cette «Nancy», ne m'a pas ouvert la bouche de force pour m'examiner les dents!

Et le prof qui s'est contenté de blaguer et de vouloir faire copain-copain. S'il s'imagine que j'ai besoin de sa gentillesse et de son amitié, il se trompe. Je ne veux rien de lui ni des autres.

Je hais cette école. Je hais cette ville.

Je hais cette vie.

Quand j'essaie de comprendre toute cette histoire, je me dis que Karim a eu l'effet d'un catalyseur. Comme dans les cours de chimie, quand on ajoute une substance et que ça provoque des tas de réactions.

Avant l'arrivée de Karim, un certain équilibre s'était établi dans la classe. Sans parler d'amour fou ni de parfaite harmonie, disons que c'était vivable. Autrement dit, malgré les différences de goûts, d'attitudes, de personnalités et de cultures, on arrivait à se côtoyer sans s'entretuer, ce qui n'est déjà pas si mal quand on songe aux flambées de violence qui éclatent à tout moment un peu partout et qui font les délices des journaux et des bulletins de nouvelles.

Et voilà que, du jour au lendemain, cet

équilibre s'est trouvé chamboulé à cause d'un gars qui ne voulait rien savoir de personne mais qui avait le don d'exacerber les passions. Comme si sa seule présence avait fait tomber toutes les politesses, tous les compromis, toutes les habitudes qui nous servaient de tampon et nous permettaient d'évoluer en un même lieu sans nous heurter. Nous apparaissions enfin tels que nous étions, avec nos haines, nos désirs, nos préjugés, nos dégoûts, nos petites lâchetés...

Tout le monde a voulu s'approprier Karim, l'utiliser à ses fins propres.

Dans la plupart des cas, les sentiments étaient clairs, les buts et les moyens aussi. En gros, toutes les filles étaient pâmées sur Karim et auraient bien voulu faire fondre la réserve qu'il manifestait envers tout le monde. Et tous les gars ou presque — en particulier Dave et sa gang — en voulaient à Karim d'accaparer ainsi les rêves et les désirs des filles.

Du côté des amoureuses transies, il y avait bien sûr Nancy, qui, pour avoir remarqué Karim la première, se croyait des droits sur lui. Son approche, qui n'était pas des plus subtiles, avait au moins l'avantage d'être claire. Ainsi, dès le premier jour, elle s'est approchée de lui et lui a susurré de près tout en lui glissant une main sur la cuisse: «C'est-tu vrai que les Arabes ont le sang chaud?» Sa voix dégoulinait de sous-entendus. Elle n'a peut-être pas appris ce jour-là si les Arabes avaient le sang chaud, mais tout le monde a constaté qu'ils pouvaient avoir le regard glacial. Cela n'a toutefois pas refroidi les ardeurs de Nancy, qui, aux dernières nouvelles, n'a pas encore perdu l'espoir de le séduire.

Mais tout le monde n'avait pas les mêmes méthodes. Peut-être même que tout le monde n'avait pas les mêmes visées en ce qui concernait le nouveau.

Ainsi, Sandrine aurait bien voulu l'embrigader dans son — tenez-vous bien — «Comité de conscientisation et de sensibilisation à la condition d'immigrante et d'immigrant». Rien de moins!

Bon, aussi bien le dire tout de suite, je ne porte pas Sandrine dans mon cœur. Peut-être parce qu'elle veut tout diriger. Peut-être parce qu'elle se prend pour la sauveuse du monde en général et des «pauvres immigrants» en particulier. Peut-être tout simplement parce qu'elle agit tandis que je me contente d'observer et de noter. Le fait est qu'elle m'énerve. Et elle m'énervait encore plus à tourner ainsi autour de Karim. Je la comprends, remarquez. Elle n'avait pas un succès foudroyant avec son comité et ne réussissait à entraîner à sa suite que les plus perdues des plus perdues parmi les nouvelles arrivantes. Quelques Asiatiques, une Sud-Américaine, une Haïtienne... Elle devait trouver que ses protégées manquaient d'éclat. Elle voulait une figure plus marquante, plus énergique... plus virile surtout. Et Karim était la personne toute trouvée pour ça. Mais elle aussi s'est heurtée à un mur de silence et de froideur. Et quand elle a tourné les talons, traînant comme toujours dans son sillage My-Lan et Maria Gabriella, tout le monde savait qu'elle ne renoncerait pas aussi facilement et qu'elle reviendrait à la charge tant et aussi longtemps que Karim ne serait pas dans ses filets.

Bref, tout le monde s'est mis à épier le nouveau, à le guetter, à le traquer. Les uns pour tenter de le séduire, d'autres pour lui faire abandonner son indifférence, d'autres enfin pour se moquer de sa façon de parler «à la française» et de ce qu'ils appelaient son «air frais».

«Comme ça t'étudiais au lycée français de Beyrouth, s'amusait à répéter Dave quand on a appris ce détail. Y'a pas à dire, pour un Arabe tu t'prends pas pour d'la marde... Tu serais pas tapette, par hasard? C'est-tu pour ça que tu veux rien savoir de la belle Nancy?»

Mais même ces insinuations, accompagnées de rires gras et de gestes vulgaires, échouaient à faire réagir Karim.

Personne ne le laissait tranquille. Pas même moi, qui avais enfin trouvé un bon sujet d'observation et d'analyse. Plus tard, je vais être écrivaine.

Journal de Karim
16 janvier 1990

Il fait froid. Je hais le froid et la neige.

Ici, les rues sont interminables, bordées de maisons inconnues, hostiles. Il n'y a pas de bombardements, non, mais pas de soleil non plus. Ou alors un soleil froid et insensible.

Qu'est-ce que je fais dans ce pays?

22 janvier 1990

Reçu une lettre de Béchir, réfugié avec sa famille à Paris. Énorme coup de cafard pour la bande du lycée, pour les copains, pour Béchir surtout, mon ami de toujours. Pourquoi faut-il qu'il soit si loin? À lui, il me semble que je pourrais tout raconter. Mais il faudrait que je l'aie devant moi, avec son grand sourire et ses oreilles décollées. Par écrit, je ne suis pas capable. Dans la lettre que je lui ai envoyée, je me suis contenté de décrire ma vie ici, le plus méchamment possible. J'ai tout déballé. Le froid, la grisaille, la laideur, l'accent qui écorche les oreilles, la bêtise des gens, le manque de respect, le laisser-aller, la vanité et la superficialité, la promiscuité...

27 janvier 1990

Rêvé de M... courant dans la neige. Quand elle s'est retournée en riant, ce n'était plus elle mais une fille de la classe de français, une Vietnamienne ou une Chinoise ou une Cambodgienne, quelque chose dans ce goût-là, qui me regardait par en dessous avec ses petits yeux hypocrites et son sourire qui a toujours l'air de s'excuser. De quel droit cette Chinetoque m'a-t-elle volé mon rêve? De quel droit a-t-elle pris... Oh! comment faire taire cette douleur?

3 février 1990

Même de loin, Béchir — qui n'a pourtant jamais été reconnu pour son flair et sa subtilité — a compris que ça n'allait pas fort. Dans ma lettre, il a relevé quarante-deux choses que je hais ou que je déteste. Il me suggère 1. de varier un peu mon vocabulaire (j'abhorre, j'exècre, j'abomine, je maudis...) et 2. de dresser une liste d'au moins vingt et une choses que j'aime ici. Et, pour m'inspirer, il m'énumère vingt et une choses qu'il aime à Paris. Ça va d'un nom de rue (la rue du Pot-de-Fer) au goût des croissants, en passant par les grands principes de Paix, Liberté, Égalité, Fraternité... et une petite Parisienne qui s'appelle Lolote (là, je crois qu'il exagère).

Mon vieux Béchir, je vais tenter de faire ça pour toi, mais, dussé-je vivre ici cent ans, je suis certain que jamais je ne trouverai vingt et une choses qui me plaisent dans ce pays maudit.

Il me demande aussi, avec beaucoup de tact, si j'ai appris la mort de la famille Tabbara. Eh oui, vieux frère, j'ai appris, j'ai appris. Tu veux des détails? Des détails bien juteux? MERDE!!!!!

6 février 1990

Pas encore répondu à Béchir. Je cherche toujours la première des vingt et une choses. Par contre, la liste des choses honnies (je varie mon vocabulaire, n'est-ce pas) augmente à vue d'œil.

Pour le moment, la plupart ont trait à la polyvalente. Tout est minable dans cette boîte. L'éclairage, la «décoration», la bouffe, la cacophonie qui sort de la radio étudiante. Et surtout les gens, profs et élèves confondus.

Quant à ce qu'on apprend, c'est une véritable farce. En français, par exemple, on a droit ces jours-ci à des exposés oraux. Autrement dit, quelqu'un choisit une chanson — la plus insipide possible, si je me fie à ce que j'ai entendu jusqu'à maintenant —, la fait écouter aux autres puis, pendant de pénibles minutes, donne ses «feelings» sur la chanson. «Ben, j'pense que... en fait, c'qu'y veut dire c'est qu'l'amour c'est l'fun mais qu'des fois c'est plate. D'après moi, c'est ça qu'y veut dire. Pis chus ben d'accord avec ça.» Passionnant.

J'ai échappé à cette corvée en déclarant à Robert, le prof, que je n'écoutais jamais de musique et qu'on n'avait ni radio, ni magnétophone, ni rien de tout ça à la maison. «Notre religion nous l'interdit», ai-je prétendu. Je ne sais pas s'il m'a cru, mais il n'a pas insisté. Et moi, je ricanais intérieurement en racontant ces bobards. Disparu, le jeune homme parfait, celui qui répugnait à mentir. Disparu à jamais. Mais il n'y a plus personne pour s'en rendre compte.

7 février 1990

Coups de poing, aujourd'hui. Par deux fois, des mots/coups de poing qui se sont frayé un chemin entre les tables de multiplication que je me récite mentalement pour passer le temps et oublier les imbéciles qui ânonnent leurs exposés oraux en avant. Des mots/coups de poing qui m'ont atteint en plein ventre et m'ont fait mal à hurler.

... aux branches du genévrier

Je n'ai pas rêvé. J'ai bien entendu «aux branches du genévrier». C'est la Chinoise qui était devant, avec son petit sourire et ses petits yeux, et elle parlait des branches du genévrier. Qu'est-ce qu'elle connaît aux genévriers, cette idiote? Qu'est-ce qu'elle connaît aux branches du genévrier, et au vent qui pleure dans les branches du genévrier, et à la terre rouge que déchirent les racines du genévrier?

Je me suis retenu. Je ne me suis pas jeté sur elle pour l'obliger à se taire. J'ai encaissé sans rien dire des mots d'une douceur atroce et déchirante:

Pleurez, oiseaux de février
Au sinistre frisson des choses
Pleurez, oiseaux de février
Pleurez mes pleurs, pleurez mes roses
Aux branches du genévrier

Mais après il y a eu l'autre fille, celle dont le regard me suit constamment mais qui ne dit jamais un mot.

Elle n'a d'ailleurs pas dit un seul mot avant de mettre le magnétophone en marche.

Une voix de femme s'est élevée:

Rien n'est jamais acquis à l'homme
Ni sa force, ni sa faiblesse, ni son cœur...

Je ne connaissais pas cette chanson, mais tout de suite j'ai su que je ne voulais pas l'entendre, que je ne voulais pas savoir ce qui allait venir et qui ne pouvait être que terrible.

J'avais raison. C'est venu.

Mon bel amour, mon cher amour,
ma déchirure
Je te porte dans moi comme un oiseau blessé

«NON!»

J'étais debout et je venais de hurler. J'ai senti tous les yeux braqués sur moi, mais je me fichais pas mal de leurs regards et de leurs questions. J'avais encore au fond de la gorge une sensation de brûlure. Le magnétophone continuait de tourner, et les mots tombaient un à un, inexorablement, comme des gouttes de sang.

J'ai pris mes livres et j'ai réussi à sortir de la classe sans tomber.

Certaines images sont insoutenables.

8 février 1990

Je préfère les chansons insipides, finalement, et les crétins pour qui la vie se réduit à cette formule que certains arborent sur leur t-shirt: «Don't worry. Be happy.» Que sont, après tout, les guerres, les morts, les bombardements, les orphelins, la peur, les remords et les larmes? Les vrais drames, c'est de manquer de mousse coiffante ou de rouge à lèvres, ou encore d'oublier de brancher le magnétoscope avant le match de hockey ou le téléroman du jeudi soir.

Ou, dans mon cas, d'avoir à participer à trois jours de «classe-neige» avec tous ces abrutis. On part demain. Ça promet.

Après quelques semaines, le mystère aurait pu devenir lassant, les refus aussi. Pourtant, tout le monde s'acharnait, entretenant le mystère, cherchant à briser la barrière du refus.

Comme nous ne savions pas grand-chose de Karim, nous inventions à partir de ce que nous voyions, à partir de ce que nous croyions deviner.

Un lundi matin, par exemple, naquit une rumeur folle, invérifiable, qui se répandit comme une traînée de poudre. «Saviez-vous que Karim a un bébé?»

Une fille de son cours de maths l'avait rencontré au parc, le dimanche après-midi, en compagnie d'un bébé.

«C'est ton petit frère?

— Non.
— Ton cousin, alors?
— Non.
— Un enfant que tu gardes?
— Non.»

De cet échange plutôt laconique surgirent les suppositions les plus échevelées. Karim avait pour maîtresse une femme mariée, qui avait dû se débarrasser du bébé à sa naissance. Karim s'était marié à quinze ans avec une fillette de douze ans qui était morte en couches (qui sait quelles sont les coutumes de ces pays-là). Karim avait connu une torride et illicite histoire d'amour qui s'était soldée par la naissance de cet enfant et la disparition de la jeune fille...

Karim lui-même entendit-il parler de toutes ces histoires? Je ne sais pas. Mais elles servirent à entretenir la curiosité à son égard.

Il y eut aussi l'épisode du cours de français, que j'ai déclenché sans le vouloir et que je n'ai pas encore compris.

My-Lan venait de terminer son exposé sur la chanson qui commence par «Ah! comme la neige a neigé...», tirée d'un poème de Nelligan, et je commençais le mien. J'avais choisi de commenter la chanson «Il n'y a pas d'amour heureux», chantée par

Barbara, sur un poème d'Aragon mis en musique par Georges Brassens. Je ne sais pas ce qu'il y a de vrai dans le titre, mais j'aime cette chanson, qui est digne et tragique en même temps.

J'ai fait partir le magnétophone. Comme je me sentais plutôt mal à l'aise, seule devant la classe, je regardais le bout de mes pieds en me demandant pourquoi j'avais mis ces bas-là quand, tout à coup, quelqu'un a hurlé. J'ai levé les yeux et j'ai vu Karim, debout, l'air complètement bouleversé. Il n'avait plus rien de froid ni d'indifférent. Dans ses yeux, il y avait de la rage, de l'horreur, de la peur, mais surtout une effroyable tristesse. C'est alors que j'ai compris que ce gars-là n'était ni hautain ni méprisant, comme le prétendaient certains. Il était simplement désespéré.

*

* *

Karim continuait donc de nous intriguer. Et l'effet Karim, l'effet catalyseur de Karim, continuait de sévir.

Les tensions, les heurts, les accrochages n'avaient jamais été aussi présents qu'au cours des semaines qui ont suivi son arrivée.

Il ne se passait pas une journée sans qu'une bataille éclate à la cafétéria ou du côté des cases. Pas une semaine sans que des élèves se fassent suspendre de l'école pour quelques jours. En classe, les insultes et les coups volaient bas. La gang à Dave était particulièrement pénible. Ils s'en prenaient à Karim, bien sûr, mais aussi à tous ceux dont la tête ne leur revenait pas.

«Pis, Sylvain la tapette, non, Sylvette la tapette, tu pognes-tu, ces jours-ci? C'est-tu pour ça que tu marches les fesses serrées?»

«Pis, la grosse torche à Sandrine, ça t'excite-tu d'écouter les malheurs des autres?»

«Pis, Nancy, en attendant de pogner ton Arabe, pourquoi tu nous laisserais pas te pogner les totons?»

Bref, ils jouaient les durs, et ils étaient tout à fait convaincants. Probablement que, dans le fond, ils n'étaient pas vraiment méchants et que si quelqu'un s'était inspiré d'eux pour réaliser une mini-série à la télévision, tout le monde aurait pleuré à chaudes larmes sur leurs malheurs passés, présents et à venir. Mais d'avoir à les supporter tous les jours en classe, ça ne donnait pas le goût de brailler de compassion mais de hurler de rage. Question de perspective.

Toujours est-il, comme dirait ma grand-mère, que c'est dans cette atmosphère pour le moins explosive que nous sommes partis pour la classe-neige. Pas étonnant qu'il soit arrivé ce qui est arrivé.

En fait, ce n'était pas vraiment une classe-neige mais une fin de semaine dans le Nord organisée par Robert, le prof de français. Il en organise une tous les ans, sous prétexte que ça nous aide à mieux nous connaître et que ça favorise l'esprit de groupe. Pour ce qui est de mieux nous connaître, il a sans doute raison. En tout cas, ça aide à connaître la couleur du pyjama de chacun et sa marque de dentifrice. Pour ce qui est de l'esprit de groupe... disons qu'à première vue ça n'a pas eu le succès escompté.

Le départ en autobus a ressemblé à tous les départs en autobus, c'est-à-dire à quelque chose qui tenait du tremblement de terre et de la fin du monde, avec cris, pleurs et grincements de dents.

Le trajet s'est fait dans le bruit et la confusion avec, d'une part, Sandrine qui voulait nous entraîner à chanter des trucs comme «À la claire fontaine» et «Il était un petit navire» et, d'autre part, Dave et sa gang qui hurlaient des versions cochonnes des mêmes chansons et qui se relayaient au goulot d'une bouteille de gros gin.

Le chauffeur — stoïque ou sourd — a réussi à nous mener à bon port, ce qui est déjà un exploit.

En arrivant... Mais peut-être n'est-il pas nécessaire de décrire la fin de semaine dans ses moindres détails et de préciser ce qu'on a mangé pour déjeuner, pour dîner et pour souper, qui a lavé la vaisselle et qui l'a essuyée, qui ronfle et qui ne ronfle pas. Je vais me contenter de souligner les détails les plus marquants, ou du moins ceux qui, par la suite, ont pu apparaître lourds de sens.

Comme le sourire de Karim — son premier sourire! — quand il a glissé jusqu'au lac en ski de fond. Ou son regard de haine quand My-Lan s'est laissée tomber dans la neige pour faire l'ange en battant des bras. Ou son silence, le soir venu, quand Robert a voulu que les «Québécois de fraîche date s'expriment sur leur vécu».

À vrai dire, au début, c'est surtout Sandrine qui s'est «exprimée sur le vécu des autres». Je l'ai déjà dit, je n'aime pas Sandrine. Alors, forcément, ce qu'elle disait me tombait sur les nerfs. J'avais l'impression d'assister à un cours de religion donné par un prof particulièrement ennuyeux et moralisateur.

«... terrible, vous savez, quand on ne

connaît ni la langue, ni les coutumes. Quand on ne comprend rien de ce qui se passe. Quand on est confronté à des situations qui vont à l'encontre de ce qu'on a toujours cru, à l'encontre des principes de notre famille ou de notre religion. My-Lan, par exemple, est arrivée ici il y a trois ans... ne parlait pas un mot de français... une de ses sœurs tuée devant ses yeux... la guerre... la fuite... la peur... choquée par ce qu'elle voit... sa sœur de vingt-deux ans n'a même pas le droit de sortir seule avec un garçon, alors ce qui se passe dans les corridors de la poly, vous imaginez...»

Et puis, au moment où j'essayais d'oublier la voix de Sandrine — et les yeux de My-Lan, obstinément fixés sur la portion du plancher qui se trouvait devant elle — et de me concentrer sur les lueurs du feu dans la cheminée, sur l'odeur du bois qui brûlait et sur le crépitement des flammes, d'autres voix ont commencé à s'élever.

«Ce qui m'a frappé quand je suis arrivé ici, a dit Tung, c'est la diversité ethnique. C'était la première fois que je voyais autant de Blancs, la toute première fois que je voyais des Noirs.

— Et moi, a riposté Pascale dans un grand éclat de rire, c'était la première fois que je voyais des Jaunes. Ça ne court pas les rues, à Haïti!»

Et, les uns après les autres, Ernesto, Ali, Tung, Maria Gabriella, Pascale et My-Lan ont parlé de ce qui les avait étonnés, choqués, émus, intéressés ou effrayés. Seul Karim persistait à se taire.

«La neige, a soupiré Maria Gabriella. C'est tellement froid.

— Oui, mais c'est beau! s'est exclamée My-Lan.

— Les filles aussi sont belles, a fait remarquer Ernesto.

— Moi, j'aime mieux celles de mon pays», a laissé tomber Ali, méprisant, parmi les protestations des filles d'ici...

Tous, ils ont été frappés de voir à quel point la discipline et le respect n'avaient pas l'importance qu'on leur accorde dans leur pays d'origine.

«Au début, a avoué Tung, j'ai été très choqué par ce qui m'apparaissait comme de l'impolitesse, de l'insolence et même de l'indécence. Je trouvais que les jeunes manquaient de respect envers tout le monde: leurs parents, leurs professeurs, les adultes en général, et même les uns envers les autres. À présent, j'y suis plus habitué. Je continue à trouver certaines attitudes provocantes, mais il y a beaucoup de choses qui me plaisent. On peut parler plus librement, donner notre point de vue. Mais j'ai parfois du mal à concilier ce que j'apprends à l'école ou dans la rue avec les idées de mes parents.»

Dans leur coin, Dave et sa gang faisaient les imbéciles (rien de bien nouveau de ce côté-là). Au début, ils passaient leurs commentaires sur à peu près tout ce qui se disait. «Ça fait-tu pitié!» «Tu me dis pas!» «Ça se peut-tu, être arriérés de même!» Ils ont fini par se lasser de ce jeu (ou alors c'est qu'ils étaient à court de stupidités et d'insignifiances). Ensuite, ils se sont contentés de faire semblant de ronfler, de péter et de roter. Puis ils se sont lancés dans des tentatives de tripotage du côté de Nancy, Violaine et Karine, les aguicheuses, comme je les appelle. «Les épais et les aguicheuses»: on dirait un titre de fable de La Fontaine. «Les épais, ayant niaisé toute la journée / Se trouvèrent fort dépourvus / Quand le soir fut venu...»

«Et le racisme? a demandé Robert à un moment donné. Avez-vous le sentiment qu'il y a du racisme autour de vous?»

Sandrine, qui, depuis un moment, faisait des efforts désespérés pour revenir dans la conversation, s'est emparée de ce sujet avec enthousiasme.

«L'idéal, a-t-elle lancé d'une voix aiguë, c'est quand tout le monde va être pareil, brun pâle, et qu'on va tous parler la même langue, l'espéranto.»

Là, Pascale a explosé.

«Ah non, alors! Ton idéal, c'est un idéal de robots, un idéal de peureux qui ne veulent surtout pas être surpris ou dérangés dans leur confort et leurs petites habitudes. Tout le monde pareil! Et qu'est-ce qui va se passer quand quelqu'un va naître avec des taches vertes, ou un seul bras, ou deux têtes? Qu'est-ce qui va arriver si quelqu'un a des idées un peu différentes ou des goûts bizarres?

«Moi, vois-tu, je tiens à mes différences. Je tiens à ma peau noire, à mes rires que certains trouvent trop bruyants, à ma façon de bouger que certains trouvent provocante. Je ne veux pas être comme tout le monde. Crois-le ou non, tout le monde ne rêve pas d'être Blanc. J'en ai ras le bol d'entendre parler de minorités visibles, d'ethnies, d'immigrants. Je ne suis pas une minorité visible ou une ethnie, je suis Pascale Élysée, Haïtienne d'origine, Québécoise d'adoption et de cœur, établie au Québec et bien décidée à y faire ma vie. Je suis Noire, oui, mais je suis surtout une fille de seize ans qui aime la chimie, Marjo, Kevin Costner et le poulet

BBQ. On parle toujours des immigrants en bloc («ils» sont ceci ou cela), et ça me fait bondir. Nous ne sommes pas tous pareils. Et quand on se donne la peine de faire des distinctions, on scinde par pays d'origine, ou par couleur de peau, ou par religion. Les Asiatiques sont tellement polis et travaillants, ils ne dérangent personne, les profs les adorent. Les musulmans sont bigames, ou polygames, ils ne mangent pas de porc, ils ne boivent pas d'alcool, ils traitent leurs femmes comme du bétail. Les Hispanos sont machos et courailleurs. Les Noirs puent, ils sont gueulards et paresseux, etc. Ce n'est pas plus brillant que de dire que les Québécois sont racistes, intolérants et hypocrites. Ça n'existe pas, ces grands blocs-là. Ce qui existe, ce sont des individus, différents, originaux, qu'il faut prendre la peine de connaître avant de juger. Moi, vois-tu, je revendique le droit d'être moi, et pas une curiosité ou un échantillon ethnique. Je ne veux pas qu'on fasse appel à moi seulement en tant que minorité visible, pour avoir mon "témoignage" ou pour en savoir un peu plus sur le vaudou, le créole, les recettes typiques ou les meilleures plages d'Haïti. Je revendique le droit de posséder des caractéristiques multiples, parfois même contradictoires, mais qui sont les miennes. Et je n'ai pas l'intention de passer ma vie à vous remercier de m'avoir accueillie au Québec. Je n'ai pas l'intention de marcher les yeux baissés, la voix étouffée, pour ne pas trop me faire remarquer. Que vous le vouliez ou non, je suis ici pour rester et pour vivre, et pas juste comme décoration exotique et folklorique!»

Pascale s'est arrêtée un peu pour souffler.

J'avais moi aussi besoin d'une pause pour digérer tout ça. Finalement, l'idée de Robert avait du bon. La grande envolée de Pascale ouvrait de nouvelles avenues de réflexion. Et peut-être aurions-nous pu en explorer quelques-unes ce soir-là si Dave (qui d'autre?) n'avait pas continué ses singeries.

«Ta gueule, la décoration, a-t-il crié de son coin. Tu te fais tellement aller les babines que j'ai de la misère à me concentrer sur Nancy.»

Il a chatouillé Nancy, qui s'est mise à pousser des petits cris. Il a continué à la chatouiller, elle s'est tortillée dans tous les sens. Il a poussé ses chatouilles un peu plus loin, elle s'est étendue carrément sur lui.

«Bon, bien, il se fait tard, je crois qu'il est temps d'aller au lit, a annoncé Robert.

— Ataboy, Bob, là tu parles! s'est écrié Dave en faisant mine d'entraîner Nancy à sa suite.

— Les gars dans un dortoir, les filles dans l'autre, a précisé Robert d'un ton particulièrement ferme.

— Ah oui, c'est vrai, ça pourrait choquer les petites importées, pas vrai My-Lan? a ricané Dave en direction de celle-ci. Un de ces jours, il va pourtant falloir qu'on te déniaise...»

Et, avec un rire gras et sardonique à souhait, il s'est dirigé vers le dortoir des garçons, sa gang sur les talons.

Je me suis réveillée en sursaut, le cœur dans la gorge. Il se passait quelque chose, j'en étais sûre. Mais quoi?

Autour de moi, d'autres commençaient aussi à s'agiter.

«Qu'est-ce qui se passe? C'est pourtant pas l'heure de se lever, il fait encore noir...»

«J'ai entendu un cri...»

«Il y a eu un genre de boum...»

Soudain, plus de doute possible, un hurlement a traversé les murs:

«Christ! Faites quelque chose, il va le tuer!»

Des bruits sourds, des exclamations étouffées, puis un nouveau cri:

«NON!!!»

Ce n'est qu'à ce moment que nous nous

sommes tous précipités vers les toilettes des gars, d'où venait tout ce vacarme.

Jamais je n'oublierai la scène qui s'étalait sous nos yeux et dont les moindres détails étaient impitoyablement soulignés par la lumière crue des néons.

Par terre, dans ce qu'il faut bien appeler une mare de sang, gisait Karim. Debout près de lui, l'air hagard, les lèvres fendues, un œil amoché, se tenait Dave, un couteau sanglant à la main. Autour, à distance prudente, s'alignaient les copains de Dave. Enfin, dans un coin, la robe de chambre en désordre, My-Lan semblait pétrifiée.

Les lèvres de Dave se sont mises à trembler, et il a levé un regard incrédule et horrifié vers nous tous, massés près de la porte sans oser avancer.

«Il voulait me tuer. C'est un christ de malade. Il était après me tuer...»

Et il s'est mis à pleurer à grands sanglots rauques.

«Mais là c'est toi qui l'as tué...

— Je sais pas... je voulais pas le tuer... je vous jure que je voulais pas le tuer... je voulais juste qu'il me lâche... qu'il me lâche...»

Nous serions probablement restés plantés là sans bouger jusqu'à la fin des temps si, tout à coup, Simon, un gars plutôt silencieux d'habitude, n'avait pas murmuré: «Il n'est peut-être pas mort...», déclenchant ainsi de fébriles opérations de vérification (en effet, Karim n'était pas mort) et de sauvetage (il avait beau être vivant, son état nécessitait des soins urgents).

Courses rapides à travers la maison, téléphones, attente, arrivée de l'ambulance, transport du blessé à l'hôpital le plus proche...

Ce n'est qu'après l'évacuation de Karim que nous avons su ce qui s'était passé... Et encore, les témoignages ne concordent pas toujours et ils sont loin de tout expliquer. Tenons-nous-en donc à une chronologie sommaire des faits.

Tard dans la nuit, Dave et sa gang se sont installés dans les toilettes des gars pour vider une bouteille de vodka. Chacun ses goûts.

À un moment donné, ils ont entendu du bruit dans le couloir. En jetant un coup d'œil, ils ont aperçu My-Lan, qui se dirigeait vers la cuisine d'un petit pas rapide.

«Tiens, tiens, a murmuré Dave. La petite importée. Qu'est-ce que vous diriez qu'on s'amuse un peu, les gars?»

Ils ont donc intercepté My-Lan au passage et lui ont demandé ce qu'elle faisait là.

«C'est pas prudent de se promener comme ça en pleine nuit. Il peut arriver plein de choses en pleine nuit. Mais c'est peut-être justement ça que tu veux... Tu t'en vas-tu retrouver ton amoureux?

— Non. Je vais chercher un verre d'eau. Le spaghetti du souper m'a donné soif.»

Les gars ont ri.

«Un verre d'eau. On a quelque chose de ben mieux à t'offrir, My-Lan. De ben mieux.»

Ils l'ont entraînée avec eux dans les toilettes et, malgré ses efforts pour leur échapper, l'ont forcée à avaler une bonne rasade de vodka.

Puis ils l'ont pelotée un peu.

«Juste pour rire, ont par la suite précisé les gars. On lui aurait pas fait mal pis on l'aurait pas violée. On voulait juste s'amuser pis la déniaiser un peu. C'est tout.»

On ne saura jamais si c'est vrai. On ne saura jamais non plus si, dans le feu de l'action, leurs gestes n'auraient pas fini par dépasser leurs intentions.

Une chose est sûre, My-Lan, elle, ne trouvait pas ça drôle du tout. Elle s'est débattue, a tenté de s'échapper, d'appeler.

Et puis, tout à coup, surgi d'on ne sait où, Karim est apparu.

«Lâchez-la.

— Les nerfs, l'Arabe. Gâche-nous pas notre fun.

— Laissez-la tranquille.

— Quand on va avoir fini avec elle, on va te la laisser. Promis. Pis tu pourras faire ce que tu veux avec. Elle a peut-être pas beaucoup de seins, mais...»

Dave n'a jamais pu terminer sa phrase. Karim est tombé sur lui à bras raccourcis.

«Christ, il a failli me tuer. J'ai jamais vu un enragé de même.»

Les autres ont confirmé que Karim cognait comme un défoncé et qu'il semblait décidé à ne lâcher Dave qu'après l'avoir assommé... ou tué.

Luc, le meilleur chum de Dave, avait un couteau à cran d'arrêt dans sa poche. Il l'a refilé à Dave, qui a frappé devant lui, au hasard, aveuglé par les coups qui continuaient à pleuvoir sur lui.

«Je voulais juste qu'il me lâche, je vous dis. Je voulais juste qu'il me lâche.»

Journal de Karim
14 février 1990

Je me suis réveillé à l'hôpital. Étonné d'être encore en vie. Déçu presque.

Trois côtes fêlées, l'arcade sourcilière fendue, une dent cassée. Et cette superbe entaille qui, semble-t-il, a failli me faire passer de vie à trépas. «Trois quarts de pouce plus loin et ça y était, mon gars», a précisé le médecin.

C'est quand même bizarre de se tirer indemne de quatorze ans de guerre pour quasiment laisser sa peau à Saint-Donat, Québec, où les bombardements et les pilonnages doivent être assez rares, merci.

N'empêche que ça aurait été... quoi? une solution? Oui, peut-être une solution. Rapide. Finale. Apaisante. Plus de rêves. Plus de souvenirs. Plus de remords. Le bonheur, quoi. Et, en plus, je serais mort en héros... Quelle farce, quelle monumentale farce!

Je rêvais. Encore le même rêve. Celui de la montagne, après le cri, quand je courais sans savoir ce qui m'attendait. Je ne sais pas ce qui m'a réveillé, mais je me suis retrouvé assis dans mon lit, essoufflé, le cœur battant. C'est à ce moment-là que j'ai entendu une porte se refermer, une exclamation étouffée. J'ai su tout de suite que ça venait des toilettes. J'y suis allé. J'ai ouvert la porte. Avant même de les avoir vus, je savais qu'ils étaient là. Je savais qu'elle était là. Je l'ai toujours su. Ils la tenaient. Ils la touchaient. Il y avait tellement de peur dans ses yeux, tellement d'horreur, tellement... Le temps s'est arrêté. Le décor a disparu. Il n'y avait plus qu'eux. Et elle. J'ai avancé et j'ai cogné, cogné, cogné, cogné, cogné, co...

Un peu plus tard

My-Lan vient de partir. Il fallait voir sa tête quand l'infirmière a ouvert la porte d'un geste théâtral en disant: «Tiens, petite, le voici ton grand blessé.» Et à moi: «Dis donc, tu m'avais caché que tu avais une amoureuse aussi mignonne. Et tu as vu les belles fleurs qu'elle t'a apportées pour la Saint-Valentin? Je vous laisse, mais... soyez sages!»

My-Lan s'est d'abord affairée à trouver un vase pour mettre les fleurs, puis de l'eau pour mettre dans le vase, puis un endroit pour mettre le vase... Après, n'ayant plus rien à faire, elle s'est assise du bout des fesses dans le fauteuil à côté du lit.

«Je ne peux pas rester longtemps. J'ai dit à mes parents que j'allais étudier chez Sandrine. Je... je voulais te remercier.»

J'ai horreur des remerciements. Surtout quand ils ne sont pas mérités.

«Merci de ce que tu as fait pour moi, surtout que je sais que tu ne m'aimes pas beaucoup. Alors...»

Ce n'est pas cela. Ce n'est pas cela du tout. Mais comment lui expliquer?

My-Lan s'est levée pour s'en aller. Je n'avais toujours pas dit un mot. Je ne pouvais quand même pas la laisser partir comme ça, avec son air piteux et ses mains vides. Alors j'ai dit: «C'est vrai qu'elles sont belles, tes fleurs.» Et j'ai ajouté, très vite pour ne pas changer d'idée: «Je m'excuse, aujourd'hui je suis fatigué. Mais tu peux revenir demain, si tu veux.» Elle n'a rien dit. Elle s'est mordu les lèvres, elle a incliné la tête et elle est partie.

Qu'est-ce qui m'a pris de l'inviter à revenir? Est-ce que ça m'intéresse vraiment de prolonger le malentendu? Elle croit que j'ai fait ça pour elle. Mais ce n'est pas pour elle que j'ai fait ça. C'est pour M... Non, même pas. Pour moi.

Deuxième partie

Le Liban, c'est d'abord une montagne

Beyrouth-Chlifa (Liban), juin 1989

Celui qui reste assis est une pierre
Celui qui va est un oiseau

Proverbe libanais

Aux premières lueurs de l'aube, dans cette brève accalmie qui sépare les bombardements de la nuit de ceux du jour, Karim se hâte le long de la rue Mar Elias, en direction du quartier Mazraa, où habite Nada.

C'est sa première sortie en trois jours, et, malgré les ruines encore fumantes, malgré le danger tapi dans chaque coin, malgré les coups de feu isolés qui éclatent parfois à proximité, Karim est heureux. Il a enfin l'impression de respirer. Il en avait assez de ces allers-retours entre l'appartement vide et la cave de l'immeuble, assez de cette vie close et stagnante.

«Une vraie vie de rats», murmure-t-il avec un regard vers le ciel d'un bleu pâle et très pur.

Cette vie de rats, comme dit Karim, dure depuis trois mois. Depuis que les bombardements ont repris, avec une violence qui rappelle les pires moments de cette guerre qui semble ne devoir jamais finir.

Il y a si longtemps qu'elle dure, la guerre, que Karim n'a aucun souvenir de ce qu'était le Liban, *avant*. À vrai dire, son souvenir le plus lointain remonte précisément au premier jour «officiel» de la guerre, le 13 avril 1975.

C'était un dimanche, un dimanche de soleil éclatant, de brises tièdes, d'odeurs grisantes. Un vrai jour de fête pour le troisième anniversaire de Karim. L'après-midi, après la sieste, son père avait promis de l'emmener à la grotte aux Pigeons, sur le bord de la mer. Cette excursion devait être suivie d'un tour de grande roue sur la plage et d'un pique-nique.

Mais, au moment du départ, le téléphone avait sonné. Son père, après des excuses hâtives, était parti seul. Il était resté absent des heures et des heures. L'excursion n'avait pas eu lieu. Karim avait piqué une crise de rage dont sa mère parle encore après tout ce temps et dont il a un peu honte quand il songe au drame plus vaste qui s'amorçait alors.

Si son père s'était ainsi précipité au dehors, c'était pour se rendre à Aïn Remmaneh, un quartier où la violence venait d'éclater entre chrétiens et Palestiniens. On parlait de provocation, de coups de feu, de tuerie... Le père de Karim était journaliste, et son journal, *An Nahar*, lui avait demandé de se rendre sur les lieux pour couvrir les événements.

Plus tard, Karim a appris qu'il n'avait suffi que de quelques heures pour que le pays bascule dans la guerre civile, pour que des populations qui cohabitaient jusque-là paisiblement s'affrontent à présent dans les rues. Barricades, fusillades, voitures renversées, tirs de roquettes, haine et destruction: ce jour-là avait vu naître le spectacle tristement familier des années à venir.

Karim a grandi avec la guerre. Il en a subi les effets sans en comprendre le déroulement. Il est vrai que les experts eux-mêmes s'embrouillent dans les fils de cette guerre imprévisible, souvent irrationnelle, dans laquelle on ne compte plus les soubresauts, les arrêts, les reprises, les revirements et les surprises. Sans doute parce que les causes en sont complexes et les protagonistes, nombreux. Sans doute aussi parce qu'aux conflits locaux se sont greffées les ingérences et les visées étrangères. Et aussi parce que, comme dans toutes les guerres, certains individus et certains groupes y trouvent leur compte.

Les acteurs de cette guerre ont noms chrétiens, musulmans sunnites ou chiites, druses, palestiniens, syriens, israéliens... Chaque parti, chaque faction a sa milice armée, chaque milice contrôle un coin de pays ou un bout de Beyrouth, les alliances se font et se défont au gré des jours ou des années, les luttes entre milices sont féroces. Depuis des années, la ville est coupée en deux, divisée en son cœur par la «Ligne verte», long ruban de ruines et de désolation. À l'est, les chrétiens. À l'ouest, où habite Karim, les musulmans. À présent, il n'y a plus de gouvernement, plus d'institutions, plus d'électricité — ou alors seulement une ou deux heures par jour —, plus d'eau courante... Rien que des habitants qui se regroupent par famille, par immeuble, par quartier, pour survivre au milieu du chaos, au milieu de cette jungle urbaine qu'est devenue Beyrouth. Les habitants se sont procuré des petites génératrices afin de produire de l'électricité. Des puits ont été creusés dans certains quartiers.

Peu à peu, au fil des ans, les Beyrouthins ont fini par s'habituer à cette vie qui, du dehors, semble inhumaine. Ils ont appris à ne pas faire de projets, à vivre au jour le jour, à étudier ou à travailler par à-coups, quand les conditions le permettent. Ils ont appris à plier leurs vies aux circonstances de la guerre, à ne plus s'énerver quand des tirs éclatent à l'autre bout de la ville ou même dans la rue voisine. Et, parmi les décombres, au cœur d'une ville qui se dégrade sans cesse, la vie continue, comme ailleurs, avec ses rires et ses drames, ses amours et ses naissances, ses rêves et ses désillusions.

Depuis trois mois, cependant, la situation est intolérable. Les bombardements se succèdent à un rythme effréné. La peur est partout. Et, surtout, les regroupements de voisins s'effritent, la vie sociale s'effiloche. Les Beyrouthins fuient la ville comme jamais. Dès le mois de mars, quand les bombardements se sont intensifiés, ceux qui venaient de l'extérieur de Beyrouth sont retournés chez eux. Et, depuis quelques semaines, les uns après les autres, ceux qui en ont les moyens quittent le pays, certains pour la France, d'autres pour l'Afrique du Nord ou pour l'Amérique.

Le cas de la famille Nakad est un peu différent. Quelques jours avant la reprise des bombardements, les parents de Karim se sont envolés pour Montréal, en Amérique, en compagnie de Walid et Tarek, leurs fils les plus jeunes. Pas parce qu'ils sentaient venir le danger, mais tout simplement pour rendre visite à la grand-mère de Karim, réfugiée au Canada depuis quelques années et qui devait subir une opération chirurgicale. Son fils et sa bru ont voulu être près d'elle à cette occasion. Et si Karim ne les a pas accompagnés, c'est qu'il préparait la première partie du baccalauréat et qu'il ne pouvait pas se permettre de manquer ses cours au lycée. Ses parents ont fini par se résoudre à le laisser seul à Beyrouth.

«Après tout, a dit son père avant de partir, tu as presque 17 ans.

— Et nous ne serons partis que trois semaines», a ajouté sa mère, sans se douter que la situation du pays se dégraderait à un point tel que les trois semaines prévues s'étireraient pour devenir des mois, peut-être même des années.

Ironiquement, le lycée est fermé depuis le 14 mars, le jour où les bombes se sont mises à pleuvoir avec rage, et le baccalauréat est à présent la dernière des préoccupations de Karim.

Le 14 mars. Il se dirigeait vers le lycée avec Béchir, son copain de toujours, quand des bombes ont éclaté non loin de l'endroit où ils se trouvaient. Karim se souviendra toujours de l'affolement qui a suivi. Des gens paniquaient, abandonnant leur voiture en pleine rue et créant des embouteillages monstres, devant lesquels les policiers restaient impuissants. Des parents cherchaient désespérément leurs enfants; des enfants pleuraient au beau milieu de la rue; des cris s'élevaient un peu partout.

Karim et Béchir ont pu, sans trop de mal, retourner chez ce dernier, où ils ont été accueillis par des cris de soulagement et de grandes embrassades.

Le système téléphonique ayant vite été surchargé, ce n'est qu'au bout de trois jours que Karim a réussi à parler à ses parents, fous d'inquiétude à l'autre bout du monde. Le garçon a tenté de les rassurer en disant que, de loin, la situation semble toujours pire qu'elle ne l'est en réalité. Il leur a surtout promis de rester avec Béchir et sa famille tant que tout danger ne serait pas écarté.

Les premiers jours, les deux garçons ont pris de bonnes résolutions, étudiant d'arrache-pied pour se préparer au bac. Puis, les jours passant mais les bombes s'obstinant à tomber, le zèle des deux amis a fini par pâlir. Au bout de trois semaines, ils passaient de longues heures à jouer au backgammon ou aux échecs, à philosopher sur la vie, la mort, l'amour ou, de plus en plus souvent, sur les mérites respectifs des filles qu'ils connaissaient.

«J'aime bien Fatima et Raya, disait Béchir. Ce sont de bonnes copines, et qui ne se prennent pas au sérieux.»

Karim, lui, parlait de Nada.

Nada! Il n'avait qu'à évoquer son nom pour voir sa longue silhouette, ses cheveux tellement longs et épais qu'ils lui faisaient comme un voile, son sourire tendre ou ironique selon les jours, ses hanches rondes, ses seins un peu lourds qui bougeaient joliment quand elle courait... Tous ces détails qu'il avait mis si longtemps à remarquer et qui le troublaient tant maintenant.

Il connaissait Nada depuis toujours, ou presque, puisqu'ils fréquentaient tous les deux le lycée Abd-el-Kader, au cœur de Beyrouth-Ouest, depuis l'âge de trois ans. Ensemble, au sein du groupe amical que formait la bande du lycée, ils avaient tracé leurs premières lettres et appris leurs premiers mots de français. Comme tous les autres, ils avaient participé aux jeux, aux sorties, aux excursions organisés par le lycée ou le mouvement scout. Une saine amitié les liait, pareille à celle qui les liait aussi aux autres membres du groupe.

Et jamais Karim n'avait éprouvé le moindre trouble en présence de Nada, pas plus d'ailleurs qu'en présence des autres filles, jusqu'à ce jour de l'été dernier où, pendant un pique-nique, Nada s'était penchée pour lui verser de la limonade. Dans son mouvement, sa blouse avait bâillé. Karim, brusquement ému, avait entrevu une bande de peau très pâle, deviné la courbe d'un sein.

Cela n'avait duré qu'une fraction de seconde. Nada s'était vite relevée, apparemment inconsciente de l'émoi du garçon. Mais cette fraction de seconde avait suffi à faire basculer les sens et les rêves de Karim.

Les mois suivants avaient été pour lui un long et délicieux tourment. Il voyait Nada comme avant, c'est-à-dire presque tous les jours, en classe ou chez des copains, mais sans jamais obtenir d'elle autre chose qu'un sourire ou un regard plus appuyé. Il aurait voulu la toucher, lui prendre la main ou l'embrasser, mais il n'osait pas, pas devant les autres. Quant à la voir seule, il ne fallait même pas y penser. Les parents de Nada étaient très stricts et n'auraient jamais permis à leur fille de fréquenter un garçon sérieusement.

La nuit, dans son lit, Karim avait parfois

du mal à trouver le sommeil. Il pensait à Nada. Il prolongeait la vision du pique-nique, dénudait ses seins, son ventre. Il imaginait son corps nu, lisse et crémeux. Il n'osait jamais aller plus loin et, vaguement honteux, s'empressait de chasser de son esprit ces visions délicieusement troublantes.

Au lycée, il s'efforçait de ne pas montrer son attirance pour Nada. Seul Béchir avait eu droit à ses confidences.

«Mais fais quelque chose, ne cessait de répéter celui-ci. Le rôle d'amoureux transi ne te convient pas du tout. Parle-lui, écris-lui un poème, apporte-lui des fleurs ou du chocolat, je ne sais pas, moi. Mais cesse de soupirer et de gémir chaque fois que tu tournes les yeux de son côté.

— Je ne gémis pas chaque fois que je la regarde!

— Mais si, tu gémis. Intérieurement, bien sûr, mais tu gémis.

— Ça ne se voit pas.

— C'est ce que tu crois.»

Béchir avait presque réussi à convaincre Karim de faire quelque chose (un «quelque chose» encore vague et indéterminé) quand les bombardements avaient repris, empêchant tout contact avec Nada.

«Toi qui allais justement passer à l'attaque», se désolait Béchir.

Au bout d'un moment, sa désolation s'est muée en exaspération, car Karim passait de plus en plus de temps à lui rebattre les oreilles de Nada, Nada, Nada.

«Ça suffit, a-t-il déclaré un beau matin d'avril. Demain, pour ton anniversaire, on va aller voir Nada.»

Karim en est resté muet d'étonnement.

«Ben quoi? a repris Béchir. Il y en a qui vont aux provisions, ou à la pharmacie, ou à l'hôpital, pourquoi nous, on n'irait pas à Nada? Ça nous fera prendre l'air. Chaque fois qu'on se risque à mettre le nez dehors deux minutes, c'est pour donner des coups de pied dans un ballon, et je commence à en avoir marre, des ballons.»

Et le lendemain matin, à l'aube du dix-septième anniversaire de Karim, les deux amis se sont rendus chez Nada.

«Tu imagines la tête qu'elle va faire quand elle va nous voir?»

En effet, Nada a ouvert de grands yeux devant ces deux énergumènes qui avaient réussi à se rendre jusqu'à sa porte et qui, avec un sérieux imperturbable, lui demandaient si elle ne pourrait pas les aider à résoudre un problème de trigonométrie «vachement compliqué».

La mère de Nada a froncé les sourcils

devant l'intrusion de deux garçons dans la chambre de sa fille, mais même elle devait admettre que des circonstances exceptionnelles pouvaient justifier des comportements inhabituels... et qui auraient même été franchement choquants en d'autres circonstances.

«Mais gardez la porte ouverte», a-t-elle néanmoins précisé.

Et, au milieu des blagues et des fous rires, Nada, Karim et Béchir ont parlé du problème de trigonométrie (au moins cinq secondes), des examens, des bombardements, du lycée, des copains et du printemps qui s'annonçait tout à fait raté.

Puis les garçons ont dû partir.

«Il faut qu'on soit de retour chez Béchir avant la reprise des bombardements», a cru nécessaire d'expliquer Karim.

Béchir a quitté la chambre le premier, après avoir plaqué une grosse bise sur la joue gauche de Nada.

À son tour, Karim s'est approché de Nada, qui lui a tendu sa joue.

«Ah non! Pas comme ça, pas le jour de mes dix-sept ans!» a protesté Karim d'une voix qu'il s'efforçait de rendre légère.

Et il a approché ses lèvres de celles de la jeune fille.

Leur baiser a été bref et maladroit. Karim, le cœur dans la gorge, s'efforçait de goûter à fond ce premier baiser... tout en gardant un œil sur la porte, où il craignait à tout moment de voir apparaître Mme Tabbara.

Nada s'est vite dégagée, rouge et un peu essoufflée.

«Ma mère pourrait nous voir.»

En partant, Karim a murmuré:

«À bientôt.»

Nada n'a pas répondu.

*

*   *

Par la suite, Béchir et Karim sont retournés à quelques reprises chez Nada. Celle-ci ne s'étonnait plus de voir surgir les garçons à l'aube, sous les prétextes les plus farfelus.

Karim regrettait un peu la présence de son ami, qui l'empêchait de voir Nada en tête à tête, mais il savait bien que les parents de la jeune fille se seraient méfiés davantage d'un visiteur unique que de deux copains du lycée. Il se résignait donc à ne voir Nada qu'en compagnie de Béchir, mais n'en attendait qu'avec plus d'impatience la fin des bombardements et le retour à une vie normale. Une vie où il pourrait voir Nada à sa guise, et l'embrasser aussi souvent que bon lui semblerait.

Il a voulu l'embrasser à nouveau, au cours d'une autre visite, mais la jeune fille s'est dérobée.

«Eh! Ce n'est quand même pas *encore* ton anniversaire!» a-t-elle protesté en riant lorsqu'il a approché ses lèvres des siennes.

Karim s'est dit qu'elle craignait qu'on les voie, et il a prié avec encore plus de ferveur pour que les bombardements cessent et qu'il puisse enfin rencontrer Nada ailleurs que dans un appartement bondé.

Malheureusement, les bombardements ne diminuaient pas, les gens continuaient à se terrer dans les abris ou dans leurs appartements, et ceux qui prenaient le chemin de l'exil étaient de plus en plus nombreux.

Au début de juin, la famille de Béchir a fini elle aussi par se résoudre à partir pour Paris, où une cousine pouvait les héberger.

«Tu es sûr que tu ne veux pas venir avec nous, Karim? a demandé la mère de Béchir.

— Non, a répondu le garçon. Je n'ai rien à faire à Paris.

— Tu serais en sécurité.»

Brusquement, Karim a été saisi d'une énorme colère contre tous les «partants».

«La sécurité, la sécurité! Tout le monde n'a que ce mot-là à la bouche. Mais à quoi ça va servir, la sécurité, quand on n'aura même plus de pays? Tous ces départs sous prétexte de sécurité, ce n'est pas autre chose que de la lâcheté. Vous n'avez pas honte de déserter, de vous enfuir? La ville est en ruines, oui, le pays est en ruines, mais il existe encore. À *cause des gens*. Le jour où il n'y aura plus personne... les Syriens vont s'installer pour de bon à l'est, les Israéliens au sud, et... pfuitt, il n'y aura plus de Beyrouth, plus de Liban, plus rien!

— Le pays aura besoin de vivants quand viendra le temps de rebâtir, a répliqué la mère de son ami. Pas de cadavres. Il y en a déjà trop. Et veux-tu me dire quelle gloire il y a à mourir enterré sous des décombres ou atteint par une balle perdue? À mourir *pour rien*?

— Je continue à penser que c'est lâche de partir.»

Mais, bien sûr, les parents de Béchir ont persisté dans leur décision de quitter le Liban. Béchir lui-même était heureux d'avoir enfin l'occasion de découvrir Paris.

«Mais je vais revenir, a-t-il précisé au moment du départ. Je vais revenir, un diplôme d'ingénieur en poche, et je vais aider à rebâtir le pays. Malgré ce que tu peux dire, je ne crois pas qu'il soit plus "patriotique" de rester que de partir. Je ne crois même pas que ce soit plus héroïque. D'ailleurs... tu es bien sûr que tu restes ici par patriotisme, et pas pour les beaux yeux de Nada?»

Karim s'est indigné.

«Comment peux-tu dire une chose pareille? C'est révoltant!»

Mais Béchir l'a arrêté en lui posant une main sur l'épaule.

«Hé, ne t'excite pas comme ça. Disons que c'était une blague. Après toutes ces années, ce serait quand même bête qu'on se quitte sur une engueulade.»

Karim s'est calmé. Oui, ce serait bête. Très bête, même.

Les deux garçons se sont longuement étreints avant de se séparer.

*
* *

À présent, en constatant le bonheur avec lequel il s'en va voir Nada, Karim se dit que Béchir n'avait peut-être pas entièrement tort. Les yeux de Nada occupent beaucoup ses pensées, ces jours-ci, plus que l'état de la ville ou du pays. Les yeux, et le corps, et les lèvres de Nada. Sans oublier son sourire, sa voix chantante, son odeur un peu sucrée.

Karim n'est plus qu'à un coin de rue de chez Nada. Il sourit en songeant qu'aujourd'hui, enfin, il va la voir en tête à tête. Peut-être même pourra-t-il l'embrasser.

À cette pensée, Karim accélère le pas.

Il tourne le coin et s'arrête aussitôt, figé d'horreur.

L'immeuble qui se dresse devant lui n'est plus qu'une carcasse éventrée, déchiquetée, qui étale avec quelque chose d'obscène l'intimité des foyers dévastés.

«Nada!»

Le cri de Karim a jailli, irrépressible. Le nom de la jeune fille vibre un instant dans l'air avant d'être happé par le silence, un silence qui accroît encore l'angoisse du garçon.

Il court vers l'immeuble, qu'il fouille vainement des yeux à la recherche d'un signe de vie. Mais non, c'est idiot, tout le monde doit s'être réfugié dans la cave, Nada comme les autres. C'est là qu'elle doit être en ce moment, terrifiée peut-être, mais saine et sauve.

Karim cherche, parmi les décombres, l'accès à la cave. Il fouille avec fébrilité, s'énerve de ne rien trouver.

«Tu cherches quelque chose?»

La voix, dans son dos, le fait sursauter.

Il se retourne, dévisage sans parler la fillette plantée devant lui, un bébé calé contre la hanche, un sac de toile grise sur l'épaule.

«C'est toi l'amoureux de Nada.»

Ce n'est pas une question mais une constatation.

Karim, brusquement rassuré, reconnaît le petit visage levé vers lui, les yeux démesurés, le menton pointu. C'est la jeune sœur de Nada, qu'il n'a toujours vue que de loin, dans la cour du lycée ou, ces dernières semaines, au fond de la salle de séjour des Tabbara. Comment s'appelle-t-elle, déjà?

«Je suis Maha, annonce la fillette, qui semble avoir lu dans ses pensées.

— Où est Nada? Dans la cave?

— Il n'y a personne dans la cave.

— Où est Nada?

— Elle n'est plus là. Ils l'ont emmenée.

— Qui l'a emmenée? Et où? Elle est blessée?

— Non, elle est morte.»

Maha a prononcé ces mots d'un ton égal, presque indifférent. Mais le menton pointu a eu comme un tremblement.

«Je ne te crois pas», réplique Karim d'une voix brusque. Il ne veut pas la croire. Il ne faut pas qu'il la croie.

La fillette hausse les épaules et, après avoir fait demi-tour, commence à s'éloigner.

«Non! Attends! s'écrie-t-il, soudain affolé. Dis-moi... dis-moi...»

Il n'arrive pas à finir sa phrase.

Maha a cessé de marcher. Elle attend qu'il soit à ses côtés avant de se remettre en route. Puis, d'une voix claire et unie, sans un regard pour le grand garçon qui avance près d'elle, elle raconte.

«C'était il y a deux jours. Pendant la nuit. Les tirs étaient de plus en plus proches. Chaque fois, on croyait qu'ils allaient éclater sur nous. Alors tous les habitants de l'immeuble se sont retrouvés à la cave. Tous, même ceux qui négligeaient de le faire les autres fois. Mes parents et Nada ont entrepris de faire descendre notre tante Leïla pendant que je m'occupais de Jad. Jad, c'est lui, précise-t-elle en désignant du menton le bébé maintenant accroché à son cou. Il a six mois. Ma tante Leïla, elle était vieille, grosse et infirme. Alors, pour la faire descendre du cinquième étage... Pire que de déménager un piano!»

Maha s'interrompt, le temps d'arrimer plus solidement Jad, qui a tendance à glisser.

«Je venais tout juste d'entrer dans l'abri quand la bombe est tombée. Il y a eu un bruit terrible, et tout s'est mis à bouger. Trois étages se sont effondrés d'un coup, pouf! Dessous il y avait la tante Leïla, mes parents... et Nada.»

Ils s'immobilisent devant un immeuble relativement épargné. Des sacs de sable sont empilés devant les ouvertures de la cave. Une lourde porte d'acier protège l'accès de l'abri.

«Voilà, conclut Maha en ouvrant la porte d'une vigoureuse poussée. Tu sais tout, à présent.»

Machinalement, Karim la suit dans l'abri. Il se sent très fatigué tout à coup. Un peu étourdi. Vidé de toute émotion.

Il s'étonne vaguement de ne pas ressentir plus de désespoir. Nada est morte. Nada, qu'il aime, est morte. Il devrait être terrassé de douleur, secoué de sanglots. Il est au contraire très calme. Il a l'impression de flotter. Peut-être l'étrange détachement de Maha a-t-il déteint sur lui. Ou alors c'est que la mort de Nada n'a pas encore de réalité pour lui.

Il sent bien une douleur affolée lui fouiller le ventre, il sent bien quelque chose comme un vertige se creuser inexorablement en lui, mais il en prend conscience de très loin, comme si cela ne lui arrivait pas à lui mais à quelqu'un d'autre.

Soudain, des mots crachés avec hargne pénètrent le cocon d'hébétude qui l'enveloppe et se fraient un chemin jusqu'à sa conscience.

«... malheureux de voir ça. Ses parents ne sont pas encore refroidis, et la voilà déjà qui racole les garçons... Ce n'est pas sa sœur qui aurait fait une chose pareille, ça non. C'était une jeune fille bien élevée, Nada. Quel dommage que la mort l'ait frappée, elle. Alors que celle-ci... de la mauvaise graine. Je l'ai toujours dit. De la mauvaise graine. Mais la mauvaise graine a la vie dure, c'est connu. Et...

— Mais..., veut intervenir Karim.

— Tais-toi, lui souffle Maha. Ça ne vaut pas la peine.»

Et elle l'entraîne dans un coin tandis qu'une jeune femme essaie de calmer la vieille qui continue à crier ses imprécations contre Maha.

Malgré lui, Karim en saisit des bribes. «... n'a même pas pleuré... sa mère le disait bien... mal tourner... pas de cœur...»

Maha, les yeux secs, le menton relevé en signe de défi, s'occupe de faire manger Jad.

Une autre journée de rats qui commence, songe Karim qui se demande ce qu'il fait là, parmi ces inconnus. Évidemment, ç'aurait été bien différent si Nada avait été là. Nada!

Karim doit se faire violence pour réprimer le gémissement qui lui monte brusquement aux lèvres, pour stopper les larmes qui lui brûlent les yeux. Il serre les poings, crispe les paupières. Nada est morte. Morte. Il ne la verra plus. Il ne la touchera plus. Il ne l'embrassera plus. Jamais. Jamais. JAMAIS!!!

Et jamais il ne la tiendra nue contre lui.

Karim se recroqueville dans son coin. Il cache son visage dans ses bras repliés. Il pleure.

*

* *

Il se réveille en sursaut, honteux d'avoir dormi alors que Nada...

Il se secoue, regarde autour de lui.

Ils sont une trentaine à s'entasser dans l'abri. Certains jouent aux cartes, au backgammon ou aux échecs, d'autres lisent ou tricotent, d'autres encore prient ou bavardent à voix basse.

Maha, le dos appuyé au mur, semble dormir. Elle a les yeux fermés, les sourcils froncés. Dans ses bras, Jad dort profondément, le menton barbouillé de bave.

Karim s'approche des joueurs de backgammon et observe le jeu un moment.

«Tu veux faire une partie? lui propose l'un des joueurs.

— Pourquoi pas?»

Et il s'installe d'un côté du jeu.

Mine de rien, au cours de la partie, les autres s'arrangent pour l'interroger.

«Ça fait du bien d'avoir un nouveau joueur. C'est rare qu'on voie des visages nouveaux, dans ce trou. Tu es un ami de la petite?

— Non. Je connaissais Nada. Nous étions dans la même classe, au lycée.»

Les autres hochent la tête avec tristesse.

«Ah, Nada... Quel dommage, quand même, qu'elle soit morte. C'était une gentille petite. Toujours souriante, toujours aimable. Et tellement jolie...

— Pas comme sa sœur! intervient la vieille qui semble tant en vouloir à Maha.

— Vous exagérez, Mme Farhat. Bien sûr, elle est plus difficile, mais...

— De la mauvaise graine, je vous dis! De la mauvaise graine qui finira par mal tourner! Heureusement qu'on va en être bientôt débarrassés!

— Débarrassés? répète Karim. Que voulez-vous dire?

— D'ici quelques jours, une représentante de la Croix-Rouge doit venir les chercher, elle et son frère, pour les expédier dans un orphelinat en France. Ils n'ont plus aucune famille, ici, et comme personne n'aurait l'idée saugrenue de vouloir se charger d'*elle*... S'il n'y avait que le bébé, je ne dis pas. Mais cette fille...»

Mme Farhat semble sur le point de repartir sur son sujet favori, mais l'une de ses voisines l'interrompt.

«Quand les secouristes sont venus chercher les morts et les blessés, avant-hier, ils ont aussi voulu savoir s'il y avait des orphelins. La France a envoyé deux navires-hôpitaux pour évacuer les blessés et les orphelins. Ils les embarquent jusqu'à Chypre, d'où les enfants sont envoyés en France par avion. C'est ce qui attend Maha et Jad demain ou après-demain.

— S'ils réussissent à les emmener, fait remarquer l'un des joueurs de backgammon. La petite Maha ne semblait pas particulièrement enchantée par ce projet.

— Peuh! s'empresse de commenter Mme Farhat. Ils vont l'attacher s'il le faut, mais ils vont l'emmener. Ce serait bien le comble qu'une petite morveuse comme elle réussisse à tenir tête aux représentants d'un organisme officiel!

— N'empêche qu'elle semblait bien déterminée à résister et à se rendre plutôt chez ce vieux bonhomme qui travaillait chez eux à l'époque. Elle disait que leurs parents avaient l'intention de les envoyer tous les trois chez lui.

— Et vous croyez cette menteuse? Décidément, M. Khoury, vous êtes bien naïf!»

C'est sur ces mots que se clôt la discussion, tandis que dehors éclatent les premiers obus. L'unique ampoule du plafond vacille de façon inquiétante mais tient bon. La petite génératrice installée dans un coin ronronne toujours. D'un groupe de femmes s'élève une prière, reprise par la plupart des occupants de l'abri. «*Bismillah*... Au nom de Dieu: celui qui fait miséricorde, le Miséricordieux...»

Et les heures s'écoulent, monotones. L'air est étouffant. Ça sent le kérosène, la sueur et le tabac. On entend des chansons, parfois, ou des pleurs vite réprimés. Un vieux couple regarde des photos en se remémorant des soirées depuis longtemps disparues. «Tu avais ton complet gris, celui qui te donnait un air si distingué.» «Et toi, ta robe verte et ta broche de diamants.» «Non, mon collier de perles.» «Tu crois?» «Mais oui, regarde. Et nous avions mangé...» Dans un coin, une femme avale valium après valium. Karim la regarde, fasciné malgré lui par la régularité du geste. Il se demande s'il ne devrait pas intervenir. Ces comprimés connaissent un succès phénoménal à Beyrouth. On peut les acheter sans ordonnance dans n'importe quelle pharmacie. Il suffit de demander et de payer.

Karim observe cette vie souterraine, tellement semblable à celle qui se déroule dans le trou qu'il a partagé avec la famille de Béchir durant des semaines, ou à celle de l'abri aménagé dans son immeuble à lui. Tout ce temps, il a conscience de Maha, qui s'est réveillée et qui s'occupe maintenant du bébé. Elle change la couche de Jad, met de côté la couche souillée pour la rincer plus tard, puis elle fait quelques pas dans l'abri, le bébé dans les bras. Elle ne parle à personne, ne répond pas quand quelqu'un s'adresse à elle, même gentiment. Karim ne comprend pas cette obstination à se montrer désagréable. Si ce n'était de la lueur de panique qu'il devine au fond des yeux de Maha, il se dirait que Mme Farhat a raison et que la fillette est dure et insensible. Mais sans doute n'est-elle que terrifiée. Et déboussolée. On le serait à moins.

Il tente de la réconforter un peu, mais ses avances ne sont pas mieux accueillies que celles des autres. Tant pis. Qu'elle se débrouille toute seule. De toute façon, il s'en va demain à l'aube. S'il faut vraiment mener une vie de rats, autant la mener dans son trou à soi.

*

*   *

Un bruit furtif le tire de son sommeil. Une souris, peut-être? Ou un rat, un vrai rat? Il paraît que ceux-ci ont commencé à circuler dans les décombres, même en plein jour. Un frisson de dégoût parcourt Karim, qui tente vainement de distinguer quelque chose dans le noir.

Le bruit se fait de nouveau entendre, un peu vers sa gauche. Quelqu'un — ou «quelque chose» — est en train de fouiller dans la réserve de provisions de l'abri.

Karim se lève silencieusement et se dirige à tâtons dans cette direction. Ses yeux s'habituant à l'obscurité, il se rend vite compte que le voleur est un humain et non une bête. Soudain, le voleur se retourne, et

Karim, avec une exclamation étouffée, reconnaît Maha.

«Mais... qu'est-ce que tu fais là? s'étonne le garçon.

— Chut! s'empresse de souffler la fillette. Tu vas réveiller tout le monde.

— Et alors? Pourquoi je ne réveillerais pas tout le monde? Peut-être que ce ne serait pas une mauvaise chose qu'ils voient qui est en train de faire main basse sur leurs provisions... Tu n'as pas honte?»

Malgré ses menaces, le garçon continue de chuchoter. Maha, elle, reprend son sac, y ajoute une miche de pain en regardant Karim droit dans les yeux puis, tirant celui-ci par la manche, retourne vers le coin où dort Jad. Elle soulève doucement son frère, en prenant bien soin de ne pas le réveiller. Elle se dirige ensuite vers la sortie, toujours suivie de Karim.

Une fois dehors, ce dernier laisse fuser les questions qui lui brûlent les lèvres:

«Veux-tu bien me dire ce que tu manigances? Tu voles des provisions, tu sors dehors en pleine nuit... Tu es folle ou quoi?»

Maha reste silencieuse quelques secondes. Puis elle prend une grande respiration et, les yeux plantés dans ceux de Karim, déclare:

«Je m'en vais à Chlifa. Tu peux venir si tu veux.»

Saisi, le garçon bredouille la première chose qui lui vient à l'esprit.

«Chlifa? C'est où, ça, Chlifa?

— De l'autre côté des montagnes, dans la Beqaa, pas très loin de Baalbek.»

Cette fois, Karim ne trouve rien à répondre. Et quand enfin il retrouve la voix, c'est pour dire:

«Tu es folle. Tu es complètement folle.»

Dans le noir, les yeux de Maha lancent des éclairs. Karim devine plus qu'il ne voit le petit menton se relever avec colère.

«Ah oui? Je suis folle? C'est ce qu'on va voir.»

Et, empoignant plus fermement Jad, son sac de toile passé en bandoulière, Maha commence à s'éloigner. Au bout de quelques pas, elle se retourne:

«Et quand j'y serai, à Chlifa, je t'enverrai une carte postale. Si les bombes ne t'ont pas attrapé d'ici là.»

Et elle se remet à marcher d'un pas décidé. Elle s'enfonce dans la nuit de Beyrouth, dans la nuit meurtrière de Beyrouth, zébrée d'obus, ponctuée de tirs de roquettes, parsemée de pièges.

«Zut!» s'exclame tout haut Karim avant de se lancer à sa poursuite. Il n'a qu'une idée en tête, la ramener à l'abri, de gré ou de force, avant qu'il lui arrive malheur. Il l'assommera s'il le faut, ou il la traînera par ses longues tresses, mais il va la ramener. Elle est folle, elle est vraiment folle. Si encore elle se contentait d'être folle toute seule. Mais non, il faut qu'elle entraîne un bébé avec elle...

Il n'a aucun mal à la rattraper. Dès qu'il est à sa hauteur, il l'empoigne par le bras et la tire sans ménagement dans l'abri précaire formé par un pan de mur encore intact et un monticule de débris qui sert de rempart.

Quand il la lâche, elle dépose Jad par terre avant de se tourner vers Karim, les poings serrés, les yeux étincelants.

«Je n'ai pas d'ordres à recevoir de toi, m'entends-tu? Je veux aller à Chlifa et je *vais* aller à Chlifa, que tu sois d'accord ou non. Tu n'es ni mon père ni mon frère, et ce n'est pas parce que tu as embrassé ma sœur que tu as des droits sur moi, compris? Alors, retourne te cacher dans ton trou, moi je pars pour Chlifa.

— Tu ne sais même pas comment y aller.

— Ah non? Attends, tu vas voir.»

Karim vient de changer de tactique. Il ne va pas ramener Maha de force. Il va plutôt lui prouver que son projet ne tient pas debout. Il va lui démontrer, point par point, qu'elle n'a aucune chance de se rendre à Chlifa, à supposer même qu'elle réussisse à quitter Beyrouth, ce qui est loin d'être sûr.

«Regarde!» s'exclame Maha qui, après avoir fouillé dans son gros sac, vient d'en sortir une carte du Liban.

C'est une carte usée, froissée, déchirée le long des plis et à laquelle il manque un grand coin, en bas à gauche. Tyr a disparu, et tout le sud du pays. C'est tout juste si on aperçoit Saïda. Karim songe que cette carte reflète peut-être la réalité. Celle de maintenant ou celle à venir. Il suffirait de continuer à en enlever des morceaux. Le sud aux Israéliens. Le nord et l'est aux Syriens. Petit à petit, on continuerait à déchirer des bouts de carte, à gruger des bouts de pays, jusqu'à ce qu'il ne reste plus que Beyrouth, acculée à la mer.

Beyrouth dont il ne subsisterait que des ruines et qui finirait par disparaître aussi, balayée par le vent.

«Tu vois, continue Maha, ici c'est Beyrouth. Chlifa, c'est là, au pied du mont Liban. Je n'ai qu'à prendre vers l'est, cette route, là, qui mène à Zahlé puis...

— ... puis à mourir douze fois avant d'avoir fait douze pas. Tu n'as pas l'air de te rendre compte que cette route-là, vers l'est, comme tu dis, passe droit à travers le réduit chrétien, droit à travers la région la plus durement bombardée par les Syriens. Si tu crois que la vie à Beyrouth-Ouest n'est pas drôle ces jours-ci, ma petite, ce n'est rien à côté de ce qui se passe dans ces coins-là.

— Je ne suis pas ta petite.

— Bon, d'accord, *la* petite. D'ailleurs, ça c'est le deuxième problème. Même si tu trouvais une route à peu près sûre, penses-tu vraiment que les miliciens ou les soldats syriens laisseraient circuler comme ça deux enfants sur les routes? Tu crois vraiment qu'à tous les barrages, après les fouilles et les questions d'usage, on vous dirait: "Ah! mais c'est parfait! Mais oui, vous pouvez passer, après tout, des fillettes de dix ans qui promènent comme ça des bébés sur les routes en pleine guerre, quoi de plus normal..."

— J'ai douze ans!»

Karim ne peut s'empêcher d'examiner Maha des pieds à la tête. Son incrédulité doit être visible, car la fillette, rouge de colère, et peut-être de honte, s'empresse de préciser, en redressant la taille et en gonflant la poitrine:

«Même que je vais avoir treize ans en septembre. Je suis née en 1976. Malheureusement, je ne peux pas te présenter mon certificat de naissance. À moins que tu n'aies le goût d'aller fouiller dans les décombres, là-bas.

— C'est bizarre, quand même... Il me semble que Nada, à douze ans...

— Eh oui! Nada, à douze ans, avait des seins, et des hanches, et de grands yeux papillotants. Une vraie petite femme! Et alors?»

Maha a hurlé les derniers mots. Karim, mal à l'aise, voudrait la calmer.

«Écoute, ce n'est pas grave... Je suppose que le développement varie d'une fille à l'autre. Après tout, tu ne ressembles pas à Nada sur les autres points non plus.

— Sans blague, t'as remarqué...»

Le ton se veut sarcastique, mais la voix tremble un peu. Karim se rappelle les remarques de Mme Farhat, et ses comparaisons blessantes pour Maha, et il s'en veut d'avoir soulevé ce sujet pour le moins délicat. Et, d'ailleurs, comment s'est-il empêtré dans ce genre de discussion? Il a l'impression de s'être passablement écarté de sa démonstration logique et raisonnable destinée à convaincre Maha de l'impossibilité de son projet. Il fait un effort pour y revenir.

«Et puis, tu n'es pas équipée pour faire cent cinquante kilomètres à pied, un bébé dans les bras.

— Ce n'est pas cent cinquante kilomètres, c'est à peine quatre-vingts.»

Karim explose.

«Mais arrête d'ergoter sur des détails! Quelle importance que tu aies dix ans ou douze ans, ou que Chlifa soit à quatre-vingts ou à cent cinquante kilomètres? C'est loin. C'est la guerre. Tu es jeune. Tu n'es pas équipée. Tu ne peux pas le faire. C.Q.F.D.

— C quoi?»

Karim se sent soudain très las.

«Rien. Rien.»

Il tend la main vers le sac de toile que Maha porte toujours en bandoulière. Sans un mot, Maha le lui passe. Il ouvre le sac, en vide le contenu par terre. Une lampe de poche roule à ses pieds. Il la prend, l'allume, en promène le faisceau sur les objets éparpillés sur le sol. Un minuscule ourson en peluche plutôt fatigué. Une miche de pain. Un pot de confitures de pêches. Deux pommes. Quatre oranges. Des allumettes. Du lait en poudre. Une petite casserole. Une boule de verre pleine d'étoiles qui scintillent quand on l'agite. Un peigne rouge. Des bandes de tissu qu'il désigne à Maha d'un air interrogateur. «Des couches de rechange, explique-t-elle. J'en ai quatre. En les lavant au fur et à mesure, et en les laissant sécher à l'air libre, ça devrait aller.» Un pull rouge pour elle. Un pull jaune pour le bébé. Un livre de comptines dont s'échappe une photo. Karim ramasse la photo et regarde un long moment les visages souriants tournés vers lui. Nada, Maha et leurs parents, rassemblés autour du nouveau bébé qui dort à poings fermés. L'image d'une famille heureuse. L'image de Nada heureuse.

«Je n'ai plus rien, murmure Maha à ses côtés. Je n'ai plus personne. Sauf lui, ajoute-t-elle d'une voix fervente en se penchant pour reprendre Jad. Et je ne laisserai personne me l'enlever.

— Personne n'a parlé de te l'enlever.

— Mme Farhat a dit qu'en France on nous séparerait.

— Tu sais bien que Mme Farhat te déteste. Elle dirait n'importe quoi pour te faire de la peine.

— Peux-tu me jurer qu'on ne nous séparerait pas?

— Eh bien...»

Maha l'interrompt.

«Tu ne le sais pas. Tu ne le sais pas plus que moi. Et moi, je ne peux pas courir ce risque-là, tu comprends? Tu as dit que j'ergotais sur des détails et que l'important c'est de savoir si je suis équipée, et par où je vais passer. Tu n'as rien compris. Rien. L'important, c'est que je n'ai plus rien à perdre. Sauf Jad. Tu dis qu'on va se faire tuer avant d'arriver à Chlifa. C'est dommage, mais tant pis. Deux morts de plus ou de moins, ça ne va pas changer grand-chose.

— Tu n'as pas le droit de dire une chose pareille! C'est... c'est un blasphème.

— Non, c'est la vérité. Oh, ne t'en fais pas, je ne tiens pas particulièrement à mourir et je ne vais pas faire exprès pour me jeter sous les balles... Mais j'aime mieux mourir avec Jad que vivre séparée de lui. Je n'ai plus que lui, tu comprends. Et lui n'a que moi. Alors...»

Elle prend la photo des mains de Karim, la range entre les pages du petit livre puis entreprend de remettre dans le sac les objets éparpillés par terre.

Quand elle a fini, elle installe le sac commodément sur son épaule, assure Jad sur sa hanche gauche et, sans un regard pour Karim, repart dans la nuit.

Karim, les yeux rivés sur le sol, écoute le bruit de ses pas qui s'éloignent. Il perçoit le crissement du sable sous ses semelles. Il l'entend buter contre un obstacle et étouffer un petit cri de douleur.

Alors, sans hésiter davantage, il s'élance à sa suite.

«Je vais avec vous, lance-t-il d'une voix légèrement essoufflée en arrivant près d'elle. J'ai une idée sur la façon dont on pourrait sortir de la ville. Et puis...»

Il s'interrompt quand il se rend compte que Maha s'est arrêtée et qu'elle le dévisage avec une expression qu'il n'arrive pas à déchiffrer.

«Et puis..., dit-elle d'une voix neutre.

— Et puis pour commencer, passe-moi donc Jad. On pourrait le porter à tour de rôle, ce serait moins fatigant.»

Maha continue à scruter son visage dans le noir.

«C'est vrai? C'est vraiment vrai? demande-t-elle enfin d'une voix mal assurée, comme si elle n'osait pas encore y croire.

— Aussi vrai que vrai.»

Un lent sourire envahit alors les traits de la fillette. Un sourire qui transforme son petit visage pointu et fait briller ses yeux. Des yeux démesurément grands dans l'obscurité.

«Alors... en route, compagnon!»

Et elle lui tend Jad, qui vient de se réveiller et qui semble accepter ce changement de porteur avec philosophie.

Quelques heures plus tard, pendant qu'ils attendent le moment propice pour franchir la Ligne verte, Karim se demande pourquoi, en dépit du bon sens, il a décidé d'accompagner Maha dans sa folle équipée.

Parce qu'il a senti le besoin de protéger la sœur et le frère de Nada? Par réflexe de chevalier sans peur et sans reproche? C'est peut-être l'explication la plus simple, mais elle ne le satisfait qu'à moitié.

À son grand étonnement, il se rend soudain compte que ce qui l'a décidé à partir, c'est justement le côté insensé de cette expédition par-delà le mont Liban. Une expédition qui est aux antipodes de la vie qu'il mène depuis des mois. Le contraire de la peur, des cachettes souterraines, de l'inaction. Brusquement, Karim a eu le goût de vivre, pas de végéter.

Et il n'y a plus personne pour le retenir à Beyrouth.

*

* *

«Au fait, que vas-tu faire à Chlifa?»

Maha a un petit rire amusé.

«Je commençais à me demander si tu me poserais un jour cette question.

— Alors?

— Alors, on va chez le vieil Elias.

— Et qui est le vieil Elias? insiste Karim, qui s'amuse moins qu'elle à ce jeu de devinettes, à ces réponses données goutte à goutte.

— Un ancien employé de mes parents, à l'épicerie. Sa femme, Zahra, s'occupait de nous pendant la journée. Elle était énorme, pleine de poils et de verrues... et je l'adorais. Elle nous gavait de bonbons et de pâtisseries, Nada et moi. Elias et Zahra sont retournés dans leur village, Chlifa, il y a trois ou quatre ans. Mes parents avaient prévu nous envoyer chez eux pour quelque temps quand... quand l'immeuble s'est effondré. Mais ça ne m'empêchera pas d'y aller quand même.»

Pourquoi pas? se dit Karim, qui commence à se faire à l'idée de traverser une partie du pays, malgré les bombes et les obstacles qui les séparent de leur but.

Chlifa se trouve sur le versant est du mont Liban, de l'autre côté, donc, de cette haute chaîne de montagnes qui s'allonge du nord au sud et qui constitue en quelque sorte la colonne vertébrale du pays. Ce sont d'ailleurs ces montagnes qui ont donné leur nom au pays tout entier. Le mot «Liban», *Loubnân* en arabe, vient du mot *leben*, qui signifie «lait» ou «blanc», et il a d'abord désigné les hauts sommets enneigés avant de s'étendre à l'ensemble du pays. Le village de Chlifa est niché à la limite de la montagne et de la Beqaa, cette longue plaine qui s'étend entre le mont Liban et l'Anti-Liban, une autre chaîne de montagnes, parallèle à la première, qui marque, à l'est, la frontière avec la Syrie.

Sur la carte que transporte Maha, rien ne semble plus facile que de se rendre à Chlifa. Malheureusement, la carte n'indique ni les zones de combat, ni les routes bloquées, ni les barrages de miliciens ou de soldats, pas plus qu'elle ne précise qui contrôle les endroits qu'ils devront traverser. Karim a l'impression qu'il y a beaucoup de chrétiens, là où ils vont passer, et il lui semble que la Beqaa elle-même est divisée entre les Syriens et les fanatiques du Hezbollah. Peut-être y trouve-t-on aussi des Iraniens. Le garçon s'en veut un peu de n'être pas plus au courant de la situation.

Mais avant d'affronter la montagne et la plaine de la Beqaa, ils doivent faire face à une difficulté plus immédiate: passer à Beyrouth-Est.

Car pour sortir de Beyrouth vers le nord, à moins de vouloir traverser la baie de Saint-Georges à la nage, il faut d'abord faire un petit crochet vers l'est, dans la zone chrétienne, et donc franchir la fameuse Ligne verte qui, depuis des années, sépare Beyrouth-Ouest de Beyrouth-Est, le secteur musulman du secteur chrétien. La Ligne verte, longue d'une quinzaine de kilomètres, n'est plus qu'un amas de ruines et de débris servant de zone tampon entre les camps. Bien qu'il existe quelques points de passage entre l'est et l'ouest — dont le passage Mathaf, que Karim et Maha ont l'intention d'emprunter —, il est particulièrement dangereux de passer d'un côté à l'autre, surtout depuis trois mois. Des tireurs embusqués ne se gênent pas pour faire feu sur tout ce qui bouge dans cet espace déserté, jonché de décombres et envahi par ces herbes folles qui lui ont valu le nom presque poétique de Ligne «verte». Karim et Maha n'ont pourtant pas d'autre choix que de se risquer à passer du côté chrétien.

*

* *

«Prête?» demande enfin Karim au moment où le ciel pâlit et où le bruit des combats s'apaise.

Maha acquiesce d'un signe de tête.

«Alors, allons-y.»

Il se lève, reprend Jad dans ses bras et, Maha à ses côtés, avance vers le passage, le cœur battant, l'esprit oscillant entre la crainte d'échouer et le bonheur de vivre quelque chose de nouveau, de différent, d'exaltant.

Pourvu que ça marche, se répète Karim. Pourvu que ça marche. Il suffirait d'un rien pour tout faire rater.

Pendant la nuit, Maha et lui se sont longuement penchés sur une question capitale: valait-il mieux jouer la carte de la franchise et révéler le but de leur voyage aux miliciens qui les interrogeraient, ou était-il plus sage de leur en dire le moins possible? Karim penchait du côté de la franchise; Maha, elle, jugeait plus prudent de ne rien dire.

«Et comment allons-nous justifier notre passage à l'est?

— On dira qu'on va voir un de nos oncles, le frère de notre mère.

— "Notre" mère?

— Oui. Nous ferions mieux de nous présenter comme frère et sœur. Ainsi, nous n'éveillerons aucun soupçon.»

Aucun soupçon de quoi? a failli demander le garçon. Tu crois vraiment qu'on pourrait nous prendre pour des espions ou pour des amants en fuite? Mais il s'est retenu. Maha semble très chatouilleuse sur certains points, et ce n'est guère le moment de provoquer une flambée de colère.

*

* *

«Quel est le nom de votre oncle? demande à présent un milicien aux yeux soupçonneux. Et où habite-t-il?»

Karim sent Maha se raidir à ses côtés, et il devine qu'elle va lancer un nom, n'importe lequel, pour en finir au plus vite avec cet interrogatoire. Il devine aussi que le milicien n'est pas du genre à se contenter d'un nom fictif et qu'il risque de poser d'autres questions gênantes.

«Il s'appelle Antoine Milad, s'empresse donc de répondre Karim en indiquant le nom d'un ami de son père. Je ne connais pas son adresse exacte, mais il est journaliste à *El-Amal*. Avec ce renseignement, on devrait pouvoir le trouver facilement.»

Karim espère que le milicien les laissera passer sans problème et qu'ils pourront ensuite continuer leur route comme prévu en traversant le secteur chrétien puis en franchissant le Nahr Beyrouth, le fleuve qui marque les limites administratives de la ville. Peu importe qu'ils ne connaissent pas ce secteur de la ville. Ils n'ont qu'à suivre la direction générale du nord-est et ils se retrouveront forcément à peu près où ils veulent.

Mais le milicien ne les laisse pas passer aussi facilement.

«Vous savez comment trouver les locaux du journal?

— On va se débrouiller.

— Suivez-moi.»

Bientôt, il apparaît évident que l'homme ne les lâchera pas du côté chrétien avant d'avoir l'assurance qu'ils sont bien ceux qu'ils prétendent être et qu'ils vont réellement retrouver leur oncle journaliste.

«Avons-nous l'air si dangereux? plaisante Karim en désignant Maha et le bébé.

— On a déjà vu des camouflages plus étranges. Attendez ici.»

Et le milicien les laisse dans une pièce nue et exiguë, où ils attendent pendant ce qui leur semble des heures.

«Qu'est-ce qu'ils font, à ton avis? demande Maha au bout d'un moment.

— Ils cherchent Antoine Milad, je suppose.

— Est-ce qu'il existe vraiment?

— Oui.»

Karim, narquois, répond à Maha comme celle-ci l'a fait un peu plus tôt. Au compte-gouttes.

«Et qui est Antoine Milad?

— Un ami de mon père.

— Un chrétien?

— Oui, bien sûr.

— Et tu as confiance?

— On n'a pas tellement le choix.

— Mais as-tu confiance? insiste la fillette.

— Oui.

— Qu'est-ce qui va arriver s'ils le trouvent?

— On va partir avec lui.

— Et s'il leur dit qu'il n'a pas de neveux?

— Il ne dira pas ça.

— Et s'ils ne le trouvent pas?

— Ils n'auront pas d'autre choix que de nous laisser partir quand même.»

À vrai dire, Karim est perplexe, et moins confiant qu'il n'en a l'air. Pourquoi le milicien tient-il à les garder sous surveillance? Parce qu'il ne croit pas leur histoire et qu'il se méfie d'eux? Pour leur rendre service? Pour les protéger? Pour s'assurer qu'ils seront entre bonnes mains? Rien, dans l'attitude de cet homme, ne permet d'opter pour l'une ou l'autre de ces raisons. Mais, quel qu'en soit le motif, cette sollicitude embête Karim. Que va-t-il leur arriver? Vont-ils devoir retourner dans le secteur musulman? Vont-ils rester prisonniers à la limite des deux camps? Il a déjà entendu parler de disparitions inexpliquées, d'enlèvements, d'exécutions sommaires. Il est facile de s'emballer et d'imaginer les pires atrocités, quand on ne comprend pas ce qui se passe.

«Il va falloir trouver une façon de faire chauffer de l'eau, annonce Maha au bout d'un moment. Jad va bientôt se mettre à réclamer son biberon.»

Un biberon! Comme si la situation n'était pas déjà suffisamment compliquée! Décidément, se dit Karim, je me suis fourré dans un drôle de guêpier. Tourisme en temps de guerre avec bébé glouton et fille imprévisible.

«Je te confie Jad et je pars à la recherche d'un réchaud? propose Maha.

— Non! s'empresse de répondre Karim. Tu restes ici avec ton frère, je cherche une solution pour le lait.»

— Tu as peur de rester seul avec un bébé?»

Maha semble vaguement méprisante.

«Peur? Mais non, voyons, quelle idée! Je... enfin, il me semble que c'est mieux comme ça.

— C'est le Prophète qui a dit ça?»

Karim se sent en terrain dangereux. Il n'a aucune envie de se lancer dans une discussion dont il ne sait trop si elle s'annonce théologique ou féministe. Aussi garde-t-il un silence prudent avant de quitter la pièce à la recherche d'un peu d'eau chaude. Dès qu'il a franchi la porte, Jad se met à hurler, et Karim se félicite d'avoir su s'échapper à temps.

*

* *

«Les voici», annonce une voix un peu plus tard, alors qu'ils ont fini par s'assoupir après avoir abreuvé Jad, puis changé Jad, puis rincé tant bien que mal la couche de Jad.

Karim, aussitôt réveillé, dévisage l'homme qui s'encadre dans la porte. Oui, il s'agit bien de l'ami de son père, dont il a déjà vu des photos. L'homme a vieilli, sa silhouette s'est épaissie et ses cheveux ont grisonné, mais Karim reconnaît la haute taille, le nez busqué, la cigarette au coin des lèvres.

«Oncle Antoine! s'écrie-t-il avant que l'autre prononce des paroles qui risqueraient de les trahir. Mes parents m'ont tellement parlé de vous!»

Le regard de l'homme se pose sur lui, et une lueur de compréhension passe dans ses yeux.

«Karim? Tu es Karim, n'est-ce pas? C'est incroyable comme tu ressembles à Salim! J'ai l'impression de revenir vingt-cinq ans en arrière. Karim... Le fils de ma chère Agnès et de mon ami Salim. Mais alors, eux, ce sont...

— Maha et Jad, oui», s'empresse de le renseigner Karim.

Le garçon se sent soulagé. Antoine Milad est là, il a saisi la situation en un clin d'œil, il ne les trahira pas.

«Depuis la mort de nos parents, vous êtes la seule famille qu'il nous reste. Maman disait toujours: "Si jamais il nous arrivait quelque chose, allez voir mon frère Antoine.

Il s'occupera de vous."»

L'homme qui se trouve devant eux vacille comme sous l'effet d'un choc. Il ferme les yeux en balbutiant:

«Morts? Agnès et Salim sont morts? C'est affreux. Oh! mon Dieu! c'est affreux!»

Le milicien, un peu en retrait, a observé toute la scène.

«Bon, si tout est réglé, vous pouvez partir.»

*

* *

«Et maintenant», déclare Antoine Milad une fois qu'ils sont tous casés dans sa voiture, une voiture verte passablement malmenée par la vie, «si vous m'expliquiez ce qui se passe... Et d'abord, qu'est-ce que c'est que cette histoire de Salim et Agnès qui viennent de mourir? J'ai parlé à Salim il y a deux jours au téléphone, et il était à Montréal, à l'abri de tout danger. En fait, sa plus grande inquiétude, c'est de te savoir seul à Beyrouth, jeune homme. Il craint qu'il ne t'arrive malheur. Qu'est-ce que ce serait s'il savait que tu t'amuses à traverser la Ligne verte et que tu te balades dans la ville en compagnie d'une petite fille et d'un bébé...

— Je ne suis pas une petite fille!» proteste Maha d'un air buté.

Antoine Milad lui jette un regard rapide.

«Peut-être pas, concède-t-il. Disons que je réserve mon jugement pour l'instant. Mais j'aimerais bien savoir d'où tu sors et ce que vous faites ici tous les trois.

— Eh bien..., commence Karim d'une voix lente.

— Et puis non, reprend aussitôt Antoine Milad. Ne te lance pas tout de suite dans des explications sûrement très compliquées. Attendons plutôt d'être chez moi. Quand j'aurai ingurgité un ou deux cafés bien tassés, je risque de comprendre un peu mieux.»

*

* *

«Vous voulez du café, les enfants? Ou du jus d'orange? À condition bien sûr que j'aie du jus d'orange. Attendez voir... Oui, bon. Il n'est peut-être pas de toute première fraîcheur, mais il semble à peu près de la bonne couleur. Et le bébé, lui? Qu'est-ce que ça boit, un bébé? Du lait? Je ne suis pas sûr d'avoir du lait. De la crème, oui, un fond, mais du lait?

— Il a bu il n'y a pas longtemps, dit

Maha. Et, de toute façon, j'ai du lait en poudre pour lui. Il suffit d'ajouter de l'eau bouillie puis refroidie.

— Vive le progrès. Bon, puisque la question du lait est réglée, contentons-nous de récapituler. Tu t'appelles Maya, et lui il s'appelle Jad.

— Maha, rectifie l'intéressée.

— Pardon. Maha. Et, Maha, puis-je savoir qui tu es au juste et ce que tu fais dans le décor? Agnès et Salim n'ont jamais eu de fille, que je sache, et le bébé de la famille doit avoir dans les six ans.

— Huit, précise Karim.

— Huit, donc. Raison de plus pour que ce ne soit pas ce petit bonhomme qui me semble bien jeune. Mais revenons à...»

Maha interrompt le flot de paroles.

«Je m'en vais à Chlifa avec Jad. Karim nous accompagne. Ce ne sont pas ses parents à lui qui sont morts, ce sont les nôtres.»

Antoine Milad, pour une fois, semble à court de mots.

Il se verse un café épais et fumant, leur sert du jus d'orange, s'allume une cigarette.

Puis il se racle la gorge deux ou trois fois avant de se remettre à parler.

«Je suis désolé, pour tes parents. C'est tellement tragique, tragique et absurde, toutes ces morts, toutes ces morts inutiles, anonymes, vides de sens...»

Il secoue la tête d'un air impuissant.

«Et moi? demande-t-il après avoir vidé la moitié de son café. Qu'est-ce que je peux faire pour vous aider?

— Rien, répond sèchement Maha. Nous n'avions même pas l'intention de vous voir. Sans ce milicien qui a décidé de faire du zèle, nous serions déjà loin. D'ailleurs, nous allons repartir dès que nous aurons fini nos jus d'orange.

— Holà! Qu'est-ce que j'ai bien pu dire qui te mette dans cet état-là? Repartir tout de suite? Tu n'y penses pas. Vous êtes morts de fatigue. Tu as du mal à garder les yeux ouverts, et quelques heures de sommeil ne feraient pas de tort non plus à Karim. D'ailleurs, où iriez-vous? Les bombardements vont reprendre d'un instant à l'autre.

— Ne vous inquiétez pas pour nous. Nous allons très bien nous débrouiller, déclare fièrement Maha. Nous avons beaucoup de résistance, vous savez.»

Mais toute sa personne dément ses paroles. Elle est frêle, pâle et cernée. Et, comme l'a dit Antoine Milad, elle a du mal à garder les yeux ouverts. Karim se dit qu'ils ne seraient guère avancés si elle tombait d'épuisement au bout d'une demi-heure. Aussi décide-t-il d'intervenir:

«Il a raison, Maha. Reposons-nous quelques heures puis nous partirons.»

Maha hésite. Manifestement, elle n'a pas confiance en Milad. Elle entraîne Karim dans un coin.

«Tu me jures qu'on va partir tout de suite après?

— Je te le jure.

— Tu me jures que tu ne vas pas le laisser te convaincre que nous ne sommes que des gamins capricieux et que notre entreprise ne tient pas debout?

— C'est un fait que notre entreprise ne tient pas debout. Mais ça ne nous empêchera pas de partir.

— Tu le jures? insiste Maha.

— Je le jure.

— Sur la tête de Mahomet, de Jésus et de tous les prophètes?

— Je le jure, ça devrait suffire. Pas besoin de blasphémer.»

Maha lève les yeux au ciel.

«Tu es bien comme Nada, toi. Elle voyait des blasphèmes partout.»

Nada. Encore ce coup au cœur. Karim se sent soudain exténué. Décidément, les discussions et les chamailleries avec Maha l'épuisent.

«Allez, dodo, fillette.

— Cesse de m'appeler fillette.

— Alors, dodo, grand-mère. Et plus vite que ça!»

Maha lui tire la langue.

L’après-midi s’achève. Assis devant sa vieille Remington, Antoine Milad mâchouille une cigarette en réfléchissant à la suite de son article. Un article qui ne sera probablement pas publié, puisque les journaux ne paraissent que de façon très sporadique,* mais demander à Antoine Milad de cesser d’écrire, ce serait comme de lui demander de cesser de respirer... ou de fumer.

«Qu’est-ce que c’est?» demande soudain dans son dos la voix de Maha.

Elle est pieds nus, ce qui explique qu’il n’ait pas entendu son pas sur le carrelage. Ses nattes sont à moitié dénouées, et elle semble encore toute chaude de sommeil. Elle a l’air vulnérable de qui vient de se réveiller, et le journaliste maudit une fois de plus cette guerre qui rend les enfants orphelins.

La fillette est absorbée dans la contemplation d'une carte postale épinglée au mur. Une dame richement vêtue d'une longue robe dorée joue de la musique sur un orgue miniature, posé sur un meuble recouvert d'un tapis. De l'autre côté de l'orgue, une deuxième dame, plus petite, tient quelque chose qui est peut-être un livre de musique, ou un soufflet. Les deux dames, entourées d'un lion, d'une licorne et de plusieurs petits animaux, sont sur un îlot de verdure qui fait comme un tapis très doux, semé d'une multitude de fleurs de toutes les couleurs. Le fond du tableau est rouge; il est lui aussi parsemé de fleurs et de tiges.

«C'est une des tapisseries de la Dame à la licorne. Ça te plaît?»

Sans répondre, Maha hoche la tête. Elle ne quitte pas des yeux cette image qui semble la fasciner. Elle en examine le moindre détail. Le chapeau un peu bizarre de la dame. Sa robe ornée de bijoux. Sa beauté pâle et pensive. Les fruits et les fleurs du paysage. Les petits lapins. Le renard. Et la licorne. Une licorne un peu triste, avec sa tête tournée en direction des deux dames, sa longue corne torsadée, son œil légèrement penché...

«Il y a plusieurs tapisseries dans la même

série, exposées au musée de Cluny, à Paris. Elles ont été tissées il y a environ cinq cents ans.»

Maha continue à fixer l'image comme si elle voulait en graver tous les détails dans sa mémoire. Après un long moment, elle se met à parler d'une voix douce et pensive, une voix que le journaliste ne lui a pas encore entendue.

«C'est comme un rêve. Comme si, depuis toujours, j'essayais de retrouver un rêve perdu, mais qu'il m'échappait toujours. Et puis, tout à coup, le rêve est devant moi, plus beau encore que ce que j'avais imaginé. Un rêve où les gens et les bêtes peuvent rester ensemble, immobiles, dans un champ de fleurs, *sans avoir peur*. Un jour, je vivrai dans un endroit comme ça.»

Elle tourne la tête et regarde le journaliste.

«Et ce jour-là, dit-elle d'une voix pleine de ferveur, ce jour-là, ce sera la paix.»

Antoine Milad n'a pas le cœur de lui dire que la paix n'a pas toujours cet aspect idyllique, qu'elle est rarement pure et sans mélange.

Il tire légèrement l'une des nattes de Maha pour secouer l'émotion qui lui serre brusquement la gorge.

«La prochaine fois que je rencontre une licorne, fillette, je te promets de te la ramener.»

Maha sourit un peu, puis elle secoue la tête.

«Non. Les licornes, c'est fragile, il faut leur laisser leur liberté.

— Mais de quoi vous parlez? s'étonne Karim, qui vient d'entrer dans la pièce et qui a du mal à inclure les licornes dans ses préoccupations du moment.

— De licornes et de paix.

— Autrement dit de chimères et d'élucubrations farfelues, fait remarquer Karim.

— Ce ne sont pas des élucubrations, réplique Maha avec véhémence. Ça existe. Ce n'est pas parce que la guerre dure depuis quatorze ans que la paix n'existe pas. Avant...

— Ah non! gémit Karim. Tu ne vas pas toi aussi te mettre à parler d'avant. Avant, avant, avant... Les vieux n'ont que ce mot-là à la bouche. Avant, c'était le paradis. Le Liban, c'était "la Suisse du Moyen-Orient". Beyrouth, c'était un lieu de paix, d'échange, de tolérance, de prospérité économique et intellectuelle. Tout le monde s'aimait, les races et les religions cohabitaient dans l'harmonie et le respect. Tout ça dans le pays le plus beau du monde: la mer toujours présente, la montagne juste à côté, un climat enchanteur, des paysages à couper le souffle, des sites archéologiques et touristiques à la pelletée, une lumière chantée par les poètes et les artistes de tous les temps... Le problème, c'est que nous, les jeunes, on n'a pas connu cet "avant". On n'a connu que l'"après", qui est loin d'être beau. Ce que je n'arrive pas à comprendre, c'est comment ce paradis a basculé si vite dans l'enfer.»

Karim regarde Antoine Milad comme s'il le tenait personnellement responsable de la guerre et de ses atrocités.

Milad fourrage à deux mains dans ses cheveux avant d'allumer une autre de ses éternelles cigarettes.

«La réponse n'est pas simple, finit-il par répondre d'une voix grave. Si elle l'était, tout se serait réglé rapidement, et nous ne nous enliserions pas dans cette guerre sans fin. Mais une chose est sûre, c'est que le paradis qui nourrit les nostalgies d'à peu près tout le monde n'était qu'un paradis factice. Ce paradis-là, seuls les Beyrouthins aisés et cultivés l'ont connu, qu'ils soient chrétiens ou musulmans. Et, sous cette surface paradisiaque, les problèmes couvaient et ne pouvaient que finir par éclater. Les tensions n'étaient pas seulement entre les chrétiens et les musulmans, mais entre les riches et les pauvres, la droite et la gauche, les gens des villes et les gens des campagnes... Il y avait des tiraillements un peu partout et de tous les côtés. Et quand les premiers événements ont éclaté, ça a lâché de partout. Mais ce n'était pas entièrement imprévisible.

— Pourtant, tout le monde semble vouloir que ça redevienne comme avant.

— Au début de la guerre, dans les premières années, oui, j'ai l'impression que beaucoup de gens vivaient en attendant que ça redevienne comme avant. Comme si la guerre n'était qu'une parenthèse dans le cours de la vie. Comme si le temps était en suspens. On attendait que la guerre finisse, et on avait l'impression qu'alors la vie reprendrait où on l'avait laissée. Et puis, avec le temps, dans la vie de chacun, il s'est passé quelque chose pour changer cette vision un peu facile des choses. Une mort de trop. Un réveil trop brutal, un matin. On continue à parler d'avant, mais en sachant très bien que ça ne reviendra jamais. Que notre vie, nous l'épuisons chaque jour au cœur de ce conflit. Que l'avenir est commencé depuis longtemps. Que...»

Milad s'arrête et regarde ses mains. Puis il plante son regard dans celui de Karim.

«Tu as raison d'en vouloir aux vieux, de nous en vouloir. Vous, les jeunes, vous n'avez même pas les bons souvenirs. Vous ne connaissez du monde que l'horreur ou — pire, peut-être — la banalité de la guerre. On vous a légué un monde sans espoir, sans avenir. Vous ne pouvez que mourir, brutalement ou à petit feu. Même ceux qui se battent ne savent pas pourquoi, la plupart du temps.

— Peut-être pour se prouver qu'ils existent, murmure Karim. Pour avoir la satisfaction de faire quelque chose. Il y a des jours où tout semble tellement irréel.»

Milad fait rouler sa cigarette entre ses doigts avant de continuer.

«Pendant longtemps, j'ai cru à la nécessité de rester, de résister en restant, dit-il. De montrer au monde qu'on est là et qu'on ne disparaîtra pas sans rien dire. À présent, je ne sais plus. De toute façon, le monde nous a oubliés. Les guerres qui s'éternisent, ça n'intéresse personne. On refait les manchettes, de temps en temps, quand quelque chose de vraiment "juteux" se produit. Quand les 241 marines américains et les 88 parachutistes français ont été tués. Quand il y a beaucoup de morts et beaucoup de sang d'un coup. Quand ça fait des images "palpitantes" à montrer à la télévision. Le reste du temps, on nous oublie. Dans de telles conditions, qui se soucie encore qu'on reste ou qu'on parte?»

Karim ne répond pas. Il se souvient de ce qu'il a répondu à la mère de Béchir, il se souvient de sa colère contre les partants, les lâches, les déserteurs. Il n'arrive plus à retrouver cette colère.

Maha, elle, se désintéresse de la conversation depuis un moment. Elle se promène dans la pièce en examinant les livres, les affiches, les objets parfois inattendus qui jonchent la table de travail du journaliste. Des bibelots, des dessins, un paquet d'allumettes, un vieux menu au dos duquel est griffonné un bout de phrase, un coupe-ongles, un paquet de biscuits, une demi-douzaine de cendriers plus ou moins propres.

«Vous êtes sûrs de ne pas vouloir rester ici avec moi? demande soudain Antoine Milad. Ou alors que je fasse des pieds et des mains pour vous expédier à Montréal, auprès des parents de Karim? Ce n'est pas que je veuille me mêler de vos affaires, mais je me sens un peu responsable de vous, et ça m'inquiète de vous laisser partir sans trop savoir ce que vous avez l'intention de faire. Toi, fillette, où as-tu dit que vous vouliez aller, déjà?»

Maha reste silencieuse un moment, puis, après avoir consulté Karim du regard, elle expose le but de leur voyage au journaliste.

«Chlifa, Chlifa, ça me dit quelque chose. Est-ce que ce n'est pas du côté de la Beqaa?

— Oui, pas trop loin de Baalbek.

— Je suis déjà passé par là, il y a longtemps. Avec ton père, précise-t-il à l'intention de Karim. L'été où nous avons sillonné le pays à pied pendant trois mois. Ce devait être en 1965, oui, en 1965. Nous avions dix-huit ans et nous découvrions le monde. J'ai l'impression que ça fait des siècles... J'ai des photos de cet été-là, que je devrais pouvoir déterrer sans trop de problèmes. Ça vous intéresse?

— Oui», dit Karim, curieux de découvrir une facette de son père qu'il ne connaissait pas.

Maha ne répond pas. Après la séance de photos, ce sera quoi? Le déballage de jouets pour bébé? la partie de backgammon? la visite à la vieille mère d'Antoine Milad? À ce rythme-là, ils ne sont pas près d'arriver à Chlifa.

Mais la séance de photos se révèle plus fructueuse que Maha ne l'aurait cru. Car avec les photos surgissent aussi les cartes, les guides de voyage, le journal tenu par Antoine Milad pendant ces trois mois... et les souvenirs.

«Mais bon sang! s'exclame soudain le journaliste. Je sais quelle serait pour vous la meilleure route pour Chlifa! Comment n'y ai-je pas pensé plus tôt? Les enfants, ça vous dirait, une véritable excursion en pleine nature, loin des routes et des dangers que représentent les routes? Parce que je connais un sentier en pleine montagne qui relie le versant ouest et le versant est du mont Liban... et qui aboutit à quelques kilomètres de Chlifa. Ainsi, vous éviteriez les routes, oui, mais aussi les abords immédiats de Baalbek, qui ne sont pas trop sûrs par les temps qui courent. D'ailleurs, *toute* la Beqaa est dangereuse... et, si vous passez par où je pense, vous éviterez d'avoir à vous y promener avant d'arriver à Chlifa.»

Et il entreprend sur-le-champ de tracer leur itinéraire sur une carte à très grande échelle.

Karim et Maha échangent des regards perplexes. Karim est partagé entre la vexation de voir cet homme tout décider à leur place sans même leur demander leur avis et l'exaltation que lui procure la perspective de cette expédition en pleine nature. Sans oublier le fait qu'il revivrait ainsi l'aventure vécue par son père près de vingt-cinq ans plus tôt. Ce serait une façon de se rapprocher de lui, par-delà les années et les continents.

«Le mieux, ce serait d'éviter toutes les routes. Ici, vous pourriez suivre le cours du Nahr el-Kelb, là, la base du massif montagneux... Il suffit que vous ayez de quoi subsister pendant trois ou quatre jours, mettons cinq pour plus de sûreté. Ça ne devrait pas poser de problèmes...»

L'enthousiasme d'Antoine Milad est contagieux, et, bientôt, toutes réserves disparues, Karim et Maha se passionnent eux aussi pour l'aventure qui les attend.

«Mes enfants, s'il n'y avait pas ma vieille mère que je ne peux vraiment pas abandonner en ce moment, je crois bien que j'irais avec vous. Enfin... je devrai me contenter de vous faire faire la première partie du trajet. Demain matin, à l'aube, je vais vous conduire en voiture jusqu'au Nahr el-Kelb. C'est la partie du trajet qui risque d'être la plus épineuse. Sortir de Beyrouth, passer un tas de barrages, traverser de nombreuses agglomérations... Vous n'y arriverez jamais seuls, ou alors au prix d'incroyables ennuis. Mieux vaut que vous soyez avec moi. On va conserver l'histoire des neveux, et je dirai que je vous conduis à Jounié, chez une cousine. Bon, d'ici là, je m'occupe de vous procurer des vivres et des vêtements chauds — les nuits en montagne peuvent être fraîches, en juin. Quant à vous, dodo.

— Encore! protestent en chœur Karim et Maha.

— Vous ne prendrez jamais trop de repos avant d'entreprendre une expédition comme celle-là.»

C'est l'aube, une fois de plus. Une aube pâle mais pleine de promesses. Jad s'est réveillé à l'heure où les combats s'apaisaient, et aussitôt, vive et silencieuse, Maha s'est occupée de lui. Karim s'aperçoit qu'il guette ses mouvements précis et efficaces, qu'il l'observe avec une attention passionnée.

«Est-ce que Nada prenait soin de Jad, elle aussi? demande brusquement le garçon, qui se rend compte, avec quelque chose qui ressemble à de la panique, que l'image de Nada commence à s'estomper pour lui et que certains aspects de la jeune fille lui resteront à jamais inconnus.

— Pas tellement, non, répond Maha d'une voix brève. L'odeur du lait et du caca lui levait le cœur, paraît-il. Alors, s'occuper d'un bébé...»

Elle laisse sa phrase en suspens, vérifie la température du lait qu'elle vient de faire chauffer, cale le bébé au creux de son bras et approche le biberon de la bouche avide. Puis elle lève les yeux vers Karim qui la regarde toujours.

«Tu sais, peut-être que tu ne connaissais pas Nada aussi bien que tu le croyais. Je veux dire...»

Karim ne la laisse pas terminer.

«Je vais vérifier le matériel.»

Il s'éloigne. Il n'est pas prêt à entendre parler de Nada. Pas encore. Peut-être jamais.

*

*   *

Sacs à dos de grosse toile, petite tente, réchaud, ustensiles, couvertures, boussole, boîtes de thon, sachets de soupe, cartes, lait en poudre pour bébé, savon, dentifrice, un gros paquet de dattes... En découvrant ce qu'Antoine Milad a réussi à dénicher, Karim éclate de rire:

«Ça tient plus du camp scout que de la marche de réfugiés, vous ne trouvez pas?

— Si seulement c'était cela... Mais avant le camp scout, il va falloir passer par la course à obstacles que constitue la sortie de la ville. Maha et Jad sont prêts?

— Oui, répond Maha de la porte. Il ne me reste plus qu'à enfiler un chausson à Jad.»

Une fois les bagages casés, ils s'installent à leur tour dans la voiture de Milad, qui démarre rapidement et prend la direction du port.

«J'espère seulement que l'avenue Charles-Hélou est encore praticable, grommelle Milad entre ses dents. Cette ville, c'est vraiment le contraire de la monotonie et des habitudes pépères. Un matin, on emprunte une rue; le lendemain, elle disparaît sous les décombres ou alors elle est coupée par le trou béant laissé par une bombe. Et, chaque jour, on découvre de nouveaux barrages, de nouveaux détours, de nouvelles carcasses de voitures calcinées. Des rues qu'on croyait sûres sont à présent de véritables champs de tir. Le moindre déplacement est riche en émotions et en péripéties.»

Karim regarde de tous ses yeux ces rues nouvelles pour lui, et les rares passants qui s'y pressent. Comme la veille, il est frappé par la similitude avec Beyrouth-Ouest.

Similitude dans le délabrement, dans l'éclatement. Mais, en même temps, il se sent désorienté. Il lui manque ses points de repère habituels. Il sait dans quelle direction avance la voiture, mais il ne le sent pas.

«Qu'est-ce que ça va être quand on va se trouver en terrain complètement inconnu? songe-t-il avec un peu d'appréhension. Non, pas complètement inconnu, corrige-t-il aussitôt. Mon père est déjà passé par là.»

Et une émotion nouvelle le transperce. Un mélange de nostalgie, d'amour, de fierté, de sentimentalisme un peu bête. Marcher sur les traces de son père, suivre les chemins de la mémoire, annihiler le temps et l'espace... Il cherche la formule qui décrirait ce que représente pour lui cette traversée, ce pèlerinage. Mais il ne trouve pas les mots qu'il faut. Il reste à la lisière de ce qu'il veut dire, à la lisière de ce qu'il ressent. Et il en conçoit un peu de tristesse.

Bientôt, cependant, ses pensées se tournent vers le premier obstacle véritable qui se dresse sur leur route: un barrage de miliciens. Quelques voitures sont déjà en file devant eux. Il faut attendre.

Des miliciens interrogent les uns après les autres les conducteurs, vérifient les papiers, fouillent les coffres. Le rituel est le même d'un côté ou de l'autre de la Ligne verte. Et l'amabilité semble aussi inconnue d'un côté que de l'autre.

Leur tour arrive. Milad exhibe ses papiers ainsi que sa carte de journaliste, qui lui ouvre beaucoup de portes et accélère généralement les formalités. Puis il désigne du pouce ses passagers:

«Mes neveux. Leurs parents sont morts il y a trois jours, et j'ai décidé de les conduire à Jounié, chez une cousine.»

Les miliciens effleurent du regard les adolescents silencieux et le bébé qui dort en ronflant doucement.

«Vous pouvez passer. Mais ne prenez pas le viaduc. Il n'est pas sûr. Prenez plutôt la rue En-Nahr.»

Milad démarre en ronchonnant. La rue En-Nahr, ça veut dire traverser encore des quartiers populeux, suivre des rues encombrées de débris, risquer d'avoir à faire des tas de détours. Il aurait préféré se retrouver tout de suite sur l'autoroute longeant le littoral.

Ils arrivent au Nahr Beyrouth, le fleuve qui marque la limite de la ville. Là encore, un barrage retarde la circulation.

Les miliciens prennent leur temps. À eux aussi Milad raconte l'histoire de la cousine de Jounié.

Pourquoi on ne leur dit pas la vérité? se demande soudain Karim. Qu'y a-t-il de si terrible à vouloir aller à Chlifa? Ils nous laisseraient passer tout autant.

Mais peut-être Antoine Milad prend-il plaisir à cette affabulation qui ajoute du mystère à leur périple. Et une atmosphère de danger.

«Ce qui m'embête, leur a dit Milad la veille, c'est que vous allez vous balader à peu près tout le temps à la limite des secteurs chrétien et syrien. Je ne sais pas comment ça se traduit, en pleine campagne. Je ne sais pas si vous pouvez vous permettre d'être vus et identifiés. Le mieux, ce serait encore que vous passiez par des chemins déserts, que vous ne suiviez pas de routes importantes, que vous évitiez les villages et les fermes. Suivez le cours du Nahr el-Kelb, le pied des montagnes, coupez à travers champs. La nature sera toujours plus clémente que les humains.»

Voilà sans doute pourquoi Milad a inventé cette histoire de cousine à Jounié. Pour les dissimuler aux autres. Pour qu'ils disparaissent réellement en pleine nature.

Les miliciens les laissent enfin passer, et la voiture franchit le Nahr Beyrouth. Ils se retrouvent dans un quartier que Milad connaît mal, et ils mettent du temps à rejoindre l'autoroute pourtant proche.

Une fois sur l'autoroute, ils avancent un peu plus vite. Karim s'étonne de voir autant d'habitations, autant de maisons tassées entre route et colline.

«C'est laid, déclare soudain Maha d'une voix où se mêlent le mépris et la déception. Je croyais qu'en sortant de la ville on trouverait la campagne. Des champs, des fleurs, des vergers, des arbres qui grimpent doucement au flanc des montagnes. Mais tout ce qu'il y a, c'est du béton.

— Quand j'étais enfant, répond Milad, la route du littoral se trouvait vraiment entre mer et montagne. Et puis, il y a eu un développement sauvage de la côte. C'était à qui construirait l'hôtel le plus luxueux, l'immeuble le plus gros. Les habitations sont montées à l'assaut de la montagne... et ça donne les horreurs que tu vois maintenant. Évidemment, les années de guerre et d'abandon n'ont pas arrangé les choses.

— Oui, mais cette lumière, murmure Karim en désignant de la main le ciel immense qui semble déborder à gauche. Cette lumière...

— Oui, il reste la lumière, concède Milad. Et aussi quelques coups d'œil qui en valent la peine, ajoute-t-il au moment où la voiture pénètre dans un tunnel percé au cœur d'un éperon rocheux s'avançant dans la mer. Regardez.»

Dès la sortie du tunnel, Milad quitte l'autoroute et fait une centaine de mètres sur une petite route qui s'allonge vers la droite. Puis il gare la voiture sur le côté et fait signe aux passagers de descendre.

«Le Nahr el-Kelb, annonce-t-il avec fierté en désignant le cours d'eau qui s'affole au fond d'une gorge profonde. Les Anciens l'appelaient le Lycus. Ça vous dit quelque chose?»

Ses jeunes compagnons avouent leur ignorance, en espérant que le journaliste ne se lancera pas dans trop d'explications historiques.

«Le Nahr el-Kelb, répète cependant Maha. Le fleuve du Chien. Pourquoi s'appelle-t-il ainsi?

— On raconte qu'autrefois il y avait là une statue de chien qui hurlait si fort, à l'approche de l'ennemi, qu'on l'entendait à des lieues à la ronde. Mais certains esprits scientifiques et prosaïques soutiennent que les hurlements n'étaient que ceux du vent qui soufflait dans les fissures du promontoire rocheux.

— Et ces espèces de monuments, là-bas, c'est quoi? veut savoir Karim.

— Des stèles commémoratives. Quand j'étais enfant, il ne se passait pas une année sans qu'on nous amène ici en excursion. Mes copains et moi, nous adorions courir partout, et dévaler les pentes abruptes jusqu'à l'eau... Malheureusement, nos maîtres ne nous conduisaient pas ici pour le plaisir, mais pour la culture. Ce lieu historique, important pour des tas de raisons que je vais vous épargner, comporte dix-sept stèles commémorant des passages, des victoires, des événements s'étalant sur plus de trois mille ans. On y trouve des stèles égyptiennes, assyriennes, des inscriptions latines, grecques, arabes, françaises, anglaises. La stèle la plus ancienne remonte à Ramsès II, au treizième siècle avant Jésus-Christ; la plus récente, à l'évacuation du Liban par les troupes françaises en 1946...»

Tous ces gens, songe Karim. Tous ces gens qui sont passés par ici. Les célèbres, oui, mais aussi mon père, qui n'a laissé aucune stèle, aucune trace de son passage. Et à présent, c'est à notre tour. Nous allons suivre le Nahr el-Kelb, nous allons nous enfoncer dans toute cette verdure, le long de cette faille étroite au fond de laquelle coule un mince cours d'eau portant le nom grandiloquent de fleuve.

*

* *

Ils ont marché jusqu'à un pont au cœur de la verdure, un vieux pont arabe qui trace un arc gracieux au-dessus du Nahr el-Kelb. Ils ont décidé de prendre une dernière bouchée ensemble avant de se séparer, avant que Milad reparte vers Beyrouth et qu'eux entreprennent leur longue route vers Chlifa.

Après le goûter, Milad serre Karim avec force contre lui. Il embrasse Maha sur le front.

«Adieu, mes enfants. Bon courage et bonne route.»

Aucun des deux ne songerait à s'offusquer de ce «mes enfants», pas même Maha qui, la veille, s'est pourtant rebiffée en se faisant traiter de petite fille. Karim est étrangement ému de quitter cet homme que, deux jours plus tôt, il ne connaissait encore que de nom. Quant à Maha, elle a la main crispée sur la carte postale de la Dame à la licorne que lui a donnée Antoine Milad.

«En attendant de trouver ton rêve, ma belle», a simplement dit Milad en la lui tendant. Et les yeux de Maha se sont remplis de larmes.

Les adolescents ont arrimé leurs sacs sur leurs épaules. Jad, entortillé dans un grand châle, est solidement attaché à la poitrine de Karim.

«Je vais vous regarder partir», indique Milad d'une voix brusque.

Maha et Karim traversent le vieux pont puis, sans un regard en arrière, ils tournent à droite et s'éloignent le long de la crête qui surplombe la gorge du Nahr el-Kelb. La végétation est si dense qu'Antoine Milad les perd bientôt de vue.

«Que Dieu vous protège», murmure-t-il avant de s'éloigner à son tour.

Ils marchent d'abord d'un pas vif, comme habités d'un sentiment d'urgence, tendus vers le but lointain qu'ils se sont fixé et qu'ils semblent vouloir atteindre le plus vite possible.

Le soleil, déjà haut dans le ciel, tape durement sur les jeunes épaules tendues sous les courroies des sacs à dos.

Les marcheurs s'enfoncent dans un paysage qui s'écarte peu à peu devant eux. Ils sont enveloppés de silence, assaillis d'odeurs inconnues. Des odeurs de terre, d'eau, de fleurs et d'arbres. Des odeurs de paix, songe Karim en respirant à pleins poumons. La stridulation d'un grillon perce soudain le silence, et Maha s'arrête, ravie.

«Je crois bien que c'est la première fois que j'en entends un pour de vrai.

— Évidemment, ça repose du sifflement des balles.

— On vient à peine de partir, et ça semble déjà si loin...»

Le terrain, qui monte doucement mais régulièrement, est cahoteux, parsemé de pierres, de hautes herbes, de trous et de bosses qui rendent la progression difficile. Les sacs lourdement chargés ne facilitent pas non plus la tâche à Karim et Maha, qui n'ont pas l'habitude d'un tel effort. Au bout d'un moment, ils éprouvent des tiraillements dans les mollets, les cuisses et le dos. Leur respiration s'accélère, ils sentent leur cœur qui bat jusque dans leur tête, jusque dans le bout de leurs doigts.

«À ce rythme-là, on ne tiendra pas le coup très longtemps, laisse soudain tomber Maha d'une voix essoufflée.

— Ou on est bons pour les Jeux olympiques.

— On s'arrête un peu?

— Si tu n'en peux vraiment plus, on va s'arrêter, c'est sûr. Mais j'avais plutôt pensé faire une pause à la grotte de Jeita, qui ne devrait plus être très loin. C'était un lieu particulièrement couru des touristes.

— Parce qu'on fait du tourisme, à présent? demande Maha d'une voix railleuse.

— C'est ce qu'on appelle joindre l'utile à l'agréable», répond Karim d'un ton sentencieux.

Maha lève les yeux au ciel.

«Allons-y pour le tourisme», soupire-t-elle.

*

* *

Un peu plus tard, assise non loin de la grotte, les deux pieds dans l'eau glacée du Nahr el-Kelb, Maha admet que le tourisme a du bon.

«Et du moins bon», ajoute-t-elle avec un coup d'œil aux installations touristiques abandonnées et aux grilles solides qui bloquent l'accès à la grotte — ou plutôt aux grottes, puisqu'il s'agit d'une grotte à deux étages, l'étage inférieur servant de passage à une rivière, le principal constituant du Nahr el-Kelb, s'il faut en croire le guide touristique que leur a donné Antoine Milad. «Moi qui espérais voir enfin des stalactites et des stalagmites. Depuis que je suis toute petite que je rêve d'en voir. Crois-tu qu'en cherchant un peu on pourrait trouver une entrée secrète?

— Certainement pas! réplique Karim. Comme cette grotte n'a pas dû être visitée depuis un bon moment, j'ose à peine imaginer ce qu'on pourrait y trouver. Et je ne parle pas juste de trous dans le sol ou de bestioles inoffensives comme des chauves-souris ou des araignées.»

Ce que Karim ne dit pas, c'est que l'idée même d'entrer dans une grotte lui donne de grands frissons de dégoût au cœur et à l'âme. Il éprouve une répugnance certaine à s'enfoncer dans les entrailles de la terre, à se retrouver dans un monde clos, fermé, sombre.

«Les caves et les abris ne t'ont donc pas suffi? reprend-il d'une voix presque hargneuse. À peine sortie d'un trou tu voudrais retourner dans un autre trou?»

Maha le regarde, étonnée par sa violence.

«Ce n'est pas pareil.

— Mais si, c'est pareil.»

Maha ne répond pas tout de suite. Elle sort ses pieds de l'eau. Elle remet ses chaussettes, ses souliers. Puis elle s'occupe de préparer un biberon pour Jad. Il faut allumer le réchaud, faire bouillir de l'eau, mêler la poudre à l'eau quand celle-ci a refroidi. Lorsque tout est prêt, elle s'installe pour faire boire son frère.

«Eh bien, puisqu'on ne peut pas les visiter pour de vrai, ces grottes, on va les visiter dans notre tête, décide-t-elle. Lis ce que dit le guide.»

Karim, avec un haussement d'épaules, se plie à ce qu'il considère comme un caprice.

«*Au premier rang des sites touristiques libanais par le nombre de ses visiteurs*, commence-t-il, *la grotte de Jeita mérite amplement ce succès*. Chic alors, grommelle-t-il d'un air dégoûté, on va encore nous parler d'avant.

— Continue, ordonne Maha, qui a fermé les yeux.

— *À des dimensions déjà respectables, privilège toutefois largement partagé, elle joint une extraordinaire richesse de concrétions qui la place sans conteste parmi les plus belles du monde*.

— C'est quoi, des concrétions?

— Je ne sais pas. Probablement tes stalactites et tes stalagmites.

— Fantastique!» Maha soupire de bonheur. «Continue, continue.»

Karim poursuit donc sa lecture. Il décrit l'aspect général des grottes, fait l'historique de la découverte et de l'exploration des lieux, indique l'horaire des visites et la liste des installations. Le dernier paragraphe réjouit

Maha, qui répète avec ravissement certaines des expressions qui émaillent le texte: *cristallisations, affouillé, concrétions* encore une fois. Une phrase, surtout, semble lui chatouiller l'imagination: *Pendant des milliers et des milliers d'années, des milliards et des milliards de gouttelettes ont abandonné d'infimes charges de calcite les unes au bout des autres, faisant lentement naître ces concrétions dont la diversité autant que l'aspect déroute l'imagination.*

«Tu te rends compte? souffle-t-elle. Des milliers et des milliers d'années, des milliards et des milliards de gouttelettes. Juste à côté. Pour donner ces "concrétions" dont nous ne sommes séparés que par quelques barreaux. Ça donne un peu le vertige. Bon, maintenant, ferme les yeux et suis-moi. On avance dans la grotte du haut. Le sol est brun-rouge. Dans le faisceau de la lampe de poche, soudain, on voit apparaître des formes étranges, irréelles. On dirait des bras, des bras coupés qui indiquent toutes sortes de directions.

— Tu es un peu morbide, tu ne trouves pas?»

Mais Maha ignore l'interruption et continue à décrire les paysages de la grotte tels qu'elle les imagine. Des flèches de cathédrales, des algues pétrifiées, des aiguilles tordues, des gnomes et des animaux fantastiques figés dans le calcaire. Des concrétions rien que pour eux.

Les mots les bercent. Jad somnole sur son biberon, une goutte de lait au coin des lèvres. Karim et Maha, eux, décident de s'allonger un peu, pour se reposer. Tous trois s'endorment à l'ombre d'un pin au sommet arrondi.

*

* *

Quand ils s'éveillent, le soleil est déjà bas dans le ciel. Les ombres des arbres s'allongent sur le sol. Là-bas, au-dessus de la ville, un obus vient d'éclater.

«À ce rythme-là, ça va nous prendre un mois pour arriver à Chlifa, fait remarquer Maha.

— On peut marcher encore quelques heures aujourd'hui, répond Karim. Tant qu'il ne fait pas trop noir.»

Ils poursuivent donc leur route dans la lumière dorée de cette fin de journée. Ils suivent ce qu'ils supposent être un «constituant» secondaire du Nahr el-Kelb. Le cours d'eau est minuscule, mais il a creusé une gorge profonde aux pentes escarpées. À vrai dire, les jeunes marcheurs se demandent même s'il y a encore de l'eau, au fond de cette faille étroite dont ils suivent le tracé sinueux. Leur progression est lente mais régulière. Le terrain monte maintenant de façon marquée, et ils doivent parfois s'arrêter pour souffler un peu. Ils profitent de ces pauses pour regarder autour d'eux. Ils portent Jad à tour de rôle. Le bébé a beau être léger, son poids, ajouté à celui des sacs à dos et à la fatigue de la montée, finit par sembler énorme.

La nuit venue, ils s'arrêtent, installent la petite tente et mangent une bouchée en vitesse. Maha, machinalement, s'occupe de son frère. Jad gazouille en agitant ses jambes potelées et ses petits bras qui semblent vouloir attraper les tresses de Maha.

Au moment de se coucher, celle-ci sort la carte postale de la Dame à la licorne et l'examine longuement à la lueur de la lampe de poche.

«Elle est belle, cette licorne, mais tellement triste. À ton avis, pourquoi est-elle si triste?

— Comment veux-tu que je le sache? répond Karim qui voudrait surtout dormir. Et puis, qui te dit qu'elle est triste? Elle a peut-être juste du mal à digérer.

— Mais non, elle n'a pas des yeux de licorne qui a mal au ventre, elle a des yeux de licorne qui a mal à l'âme.

— L'âme des licornes! Tu es sûre que le Prophète a parlé de l'âme des licornes?»

Maha ne répond pas. Elle souffle un baiser léger en direction de l'image, éteint la lampe de poche et murmure, avant de s'enfoncer dans le sommeil:

«En tout cas, moi, cette licorne, je la protégerais jusqu'à la mort.»

Karim soupire dans le noir. Décidément, cette fille a de bien drôles d'idées.

Mais bientôt, lui aussi sombre dans un sommeil profond et sans rêves. Il oublie Maha et ses drôles d'idées. Il oublie les menaces et les dangers. Il oublie la guerre qui gronde au loin. Il dort.

«Ouille! grimace Maha en s'éveillant le lendemain matin. Est-ce que c'est ça qu'on appelle des courbatures?»

Mais, en sortant de la tente, elle découvre un paysage d'une beauté à couper le souffle... et à oublier les courbatures. D'où elle est, elle embrasse du regard la vallée du Nahr el-Kelb qui descend doucement vers la mer, ruisselante de lumière sous un ciel immensément bleu. Elle découvre des collines, des bois, des villages nichés dans des vallons ou perchés sur des pics rocheux, des clochers qui s'élancent vers le ciel.

«Karim, viens voir.»

Le garçon sort à son tour, les cheveux en bataille, l'air encore un peu endormi.

«Oh!»

Lui aussi subit le choc du paysage. Il faut dire que la veille, dans le noir, ils n'ont pas vu grand-chose malgré la lune qui se levait. Et ils étaient tellement épuisés qu'ils n'avaient qu'une idée: dormir.

Ils sont tirés de leur contemplation par les cris rageurs de Jad, qui n'apprécie pas d'avoir été abandonné et qui réclame son biberon avec beaucoup de conviction.

«Mais ça boit tout le temps, un bébé! s'exclame Karim, qui a l'impression que ce personnage prend beaucoup de place, en dépit de sa taille minuscule. Et quels poumons!

— Si ce n'était que ça, soupire Maha. Mais ça chie tout le temps.

— Maha! s'écrie Karim, choqué par le terme qu'a utilisé la fillette. Ce n'est pas Nada qui aurait dit un mot pareil.

— Non, n'est-ce pas? riposte Maha, piquée. Mais ce n'est pas elle non plus qui lui aurait changé sa couche!»

Et, d'un pas rageur, elle se dirige vers la tente.

Elle change le bébé en silence puis le dépose dans les bras de Karim. Elle vide ensuite le fond de la gourde dans une petite casserole.

«Fais chauffer cette eau pour un biberon.

Moi, je descends à la rivière rincer cette couche et celle d'hier soir, que je m'étais contentée de mettre dans un sac de plastique. Et je vais remplir la gourde.»

Au moment où elle commence à descendre la pente abrupte, Karim lui lance:

«Un conseil: remplis d'abord la gourde.

— Tu me prends pour une conne, ou quoi? Évidemment, que je vais commencer par remplir la gourde.»

Elle fait quelques pas puis ajoute:

«Et pas la peine de me dire que Nada n'aurait jamais dit "conne". Je le sais.»

Karim la regarde disparaître.

«Petit, déclare-t-il ensuite à Jad qui réclame toujours son biberon à grands cris, ta sœur va finir par me rendre fou. J'espère malgré tout qu'elle ne va pas se casser la figure dans ce ravin.»

*

* *

Maha ne s'est pas cassé la figure dans le ravin, même si elle a glissé à plusieurs reprises, provoquant chaque fois une avalanche de petits cailloux qui dévalaient la pente à toute vitesse avant de tomber dans le cours d'eau avec des petits «ploc» qui ont rassuré la fillette. Au moins il y avait de l'eau au fond.

Elle a rempli la gourde et rincé les couches (dans cet ordre) puis elle est remontée en s'agrippant à tout ce qui lui tombait sous la main.

«Ouf! soupire-t-elle en se laissant choir à côté de Karim qui, tant bien que mal, donne le biberon à Jad. C'est une façon comme une autre de s'ouvrir l'appétit pour le petit déjeuner. Je meurs de faim.

— Madame est servie», répond Karim avec un mouvement du menton en direction de deux grosses tartines posées sur un mouchoir.

Maha lève des sourcils étonnés.

«Tu as eu le temps de préparer le lait et de faire les tartines? Nada avait raison, tu es vraiment parfait.»

Et elle se précipite sur les tartines, qu'elle engouffre en prenant à peine le temps de respirer.

Karim, intrigué, tourne et retourne dans sa tête la petite phrase qu'elle vient de lui lancer. Nada a déjà dit qu'il était parfait? Que voulait-elle dire par là? Et qu'a-t-elle pu dire d'autre à son sujet? Que connaît Maha de lui?

*
* *

Toute la journée ces questions le poursuivent. Il avance, il monte, il porte Jad, il est conscient d'une douleur entre les épaules, de l'effort qu'il lui faut faire pour avancer une jambe, puis l'autre, encore et encore. Mais, toujours, comme une obsédante litanie, reviennent les questions. Questions stériles, inutiles, sans doute égoïstes, mais qui lui martèlent la tête et le cœur. Que pensait Nada de moi? Que disait-elle à mon sujet? M'aimait-elle? Et qui était-elle vraiment? Nada. Un nom. Un sourire. Une odeur un peu sucrée. La courbe fugitive d'un sein. Un baiser trop rapide. Et maintenant cette douleur qui lui fouille le ventre.

À un moment donné, ils croisent une route, qu'ils traversent en s'assurant qu'elle est bien déserte. De temps en temps, ils aperçoivent une ferme, au loin, et même des silhouettes qui marchent ou qui travaillent dans des champs, mais ils ne rencontrent personne.

La chaleur est telle, à midi, qu'ils décident de s'arrêter quelques heures à l'ombre des arbres. Ils continueront ensuite jusqu'au soir, comme la veille.

L'après-midi, les bombardements reprennent au loin, mais ils y portent à peine attention. Là-bas, il y a des bombes; ici, il y a des arbres, des rochers, des oiseaux et des papillons. Les deux mondes n'ont rien en commun. Peut-être est-ce ainsi qu'on oublie les atrocités. En s'éloignant. En faisant comme si elles n'existaient pas.

*

* *

Ils ont regardé le soleil s'enfoncer dans la mer, très loin sur l'horizon.

«Un spectacle comme celui-là, dit soudain Karim, ça me donne beaucoup plus le goût de prier que les appels du muezzin[1].

— Tu ne regardes pas dans la bonne direction, fait remarquer Maha. La Mecque, ce serait plutôt derrière nous. Enfin, il me semble.»

Le garçon ne répond pas tout de suite. Et quand il répond, c'est pour demander:

«Et toi, est-ce que tu pries cinq fois par

---

1. Muezzin: Fonctionnaire religieux musulman attaché à une mosquée et dont la fonction consiste à appeler du minaret, cinq fois par jour, les fidèles à la prière.

jour en te prosternant en direction de La Mecque?

— Cinq fois, non. Ça fait beaucoup, tu ne trouves pas?

— C'est pourtant l'un des cinq piliers de l'islam, l'une des cinq obligations personnelles de notre religion. Serais-tu une mauvaise musulmane?

— C'est ce que prétendaient ma mère, Mme Farhat et même Nada. Mais je ne crois pas être une mauvaise musulmane. Un peu insouciante, peut-être, mais pas mauvaise. De toute façon, je suis encore une "petite fille", comme tu me le rappelles si souvent, et je ne suis donc pas encore soumise à toutes les obligations. Je prie quand même régulièrement, je jeûne pendant le ramadan et je crois, comme le dit la *chahâda*[2], "qu'il n'y a de dieu que Dieu et que Mahomet est son prophète". Quant à l'aumône et au pèlerinage à La Mecque, je m'en occuperai quand je serai grande. Alors, tu vois bien que je ne suis pas une si mauvaise musulmane. Et toi, es-tu un bon musulman?»

Karim réfléchit un peu.

2. Chahâda: Profession de foi de l'islam, affirmant l'unicité de Dieu.

«Probablement pas. Il faut dire que ma mère est chrétienne et que mon père a cessé depuis longtemps d'aller à la mosquée. Alors, ce n'est peut-être pas le milieu le plus propice à la ferveur religieuse. Je crois en Dieu, oui. À celui de Moïse, de Jésus et de Mahomet. Mais je n'y pense pas souvent. Il m'arrive parfois de lire le Coran. Certaines sourates[3] sont très belles.»

Tout en parlant, Karim s'étonne de parler ainsi de religion avec Maha. Il s'étonne aussi du sérieux que celle-ci met à l'écouter. Par moments, il a du mal à se rappeler qu'elle n'a que douze ans.

*

* *

Ils se sont remis en marche en direction des montagnes. Celles-ci se dressent devant eux, immenses et droites, formant une barrière apparemment infranchissable. Si Antoine Milad ne leur avait pas remis une carte précise de la région, s'il ne les avait pas assurés de la présence d'un sentier menant de l'autre côté de la montagne, ils hésiteraient à continuer vers cette barrière aux sommets

---

3. Sourates: Chapitres du Coran.

enneigés qui semble s'éloigner au fur et à mesure qu'ils avancent.

«Ce n'est pas possible! s'exclame Maha au cours d'une de leurs nombreuses pauses. On a beau s'exténuer à marcher, les montagnes sont toujours aussi loin. Crois-tu qu'il s'agisse de montagnes ensorcelées?»

Karim n'est pas loin de se poser la même question, mais il refuse de se laisser aller au découragement et répond donc avec un optimisme un peu forcé:

«Mais non, voyons. On avance bien. Regarde ce gros cyprès, là-bas. Il grandit à vue d'œil. Si les sommets semblent toujours aussi loin, c'est à cause de l'humidité, qui trouble la limpidité de l'air et déforme les distances...

— Vive la science! riposte Maha d'un ton moqueur. Tu es sûr de ce que tu avances?

— Eh bien...

— C'est bien ce que je croyais. Allez, un peu plus de vigueur, Monsieur le professeur!»

*

*   *

Après le coucher du soleil, ils arrivent près d'une autre route, plus importante, le long de laquelle les villages se succèdent à intervalles un peu trop rapprochés à leur goût. Ils n'ont qu'une idée: traverser cette route, le plus rapidement et le plus discrètement possible. Et, pour s'assurer cette discrétion, ils décident d'attendre que la nuit tombe. Deux ombres qui marchent parmi les ombres, ça ne devrait pas trop attirer l'attention. Ils s'installent donc confortablement au creux d'un bosquet en attendant le crépuscule.

«Allons-y, décrète Karim au bout d'un moment. À présent, il fait sûrement assez sombre. De toute façon, si on tarde trop, c'est la lune qui risque de nous trahir.»

Ils se lèvent et, après un coup d'œil prudent aux alentours, traversent la route avant de s'engager dans les champs qui s'étendent de l'autre côté. Ils marchent vite, pour s'éloigner le plus rapidement possible des villages.

«Si nous sommes bien où nous devrions être, a dit Karim pendant qu'ils attendaient, et si j'en crois la carte, le village à notre gauche s'appelle Mazraat Kfardibiane, et celui de droite, Bqaatouta. Ou peut-être Boqaatet Kanaâne.»

Maha se moque bien des noms des villages. Ce qu'elle veut, c'est les voir disparaître.

«On va marcher encore un peu, suggère Karim, puis on s'installera pour la nuit. Malgré ton pessimisme, jeune fille, nous ne sommes vraiment pas loin des montagnes. En allongeant le bras, on pourrait les toucher... ou presque. Demain, nous pourrons changer de direction et aller plutôt vers le nord, afin de rejoindre le sentier dont nous a parlé...»

Il s'interrompt, abasourdi, devant la scène qui, à la sortie d'un bouquet d'arbres, s'étale devant eux.

La lune vient de se lever, éclairant un paysage hérissé d'une multitude de rochers blancs et déchiquetés. Plus loin, la base des montagnes est ceinte de milliers de murets en terrasses.

«Des pierres de lune», murmure Maha.

Et, tous les deux, ils cherchent, en arabe et en français, l'expression qui convient le mieux à ce lieu irréel et troublant.

«C'est lunatique, finit par dire Maha. Lunaire et fantomatique.»

Ils avancent silencieusement dans ce paysage lunatique, entre les rochers dressés vers le ciel, vers la lune qui semble les attirer. Il y en a pendant des kilomètres et des kilomètres.

«Les voilà, tes stalagmites, fait remarquer Karim.

— Si on veut, à part que les stalagmites poussent dans les entrailles de la terre, et que ces aiguilles de pierre sont tombées de la lune. Ce sont des orphelines de la lune, qui se tendent de toutes leurs forces pour que celle-ci les reprenne. Mais la lune reste de glace. Elle se contente de les baigner de cette lumière blanche. Elle reste là à les attirer, à les agacer, mais jamais elle ne les reprendra.

— Tais-toi», l'interrompt Karim, qui n'aime pas cette histoire d'orphelines et d'efforts inutiles.

Et puis, marchant au milieu des rochers, ils découvrent des ruines. Des ruines d'il y a très longtemps.

Des colonnes, quelque chose qui a dû être un temple, deux tours carrées.

«Des ruines romaines, murmure Karim d'un ton rêveur. Tu te rends compte, des gens sont venus ici, autrefois. Ils ont prié, ils ont peut-être habité là. C'est beau, non? Tellement paisible.

— Oui. Mais tu ne trouves pas ça bizarre, toi, que des vieilles ruines ce soit beau, et que des jeunes ruines, comme celles de Beyrouth, ce soit affreux? Crois-tu que, dans des centaines ou des milliers d'années, les gens vont marcher d'un air inspiré dans les ruines de Beyrouth en trouvant cela beau, paisible et romantique?

— Tu as de ces idées!» riposte Karim, troublé malgré lui. Romantiques et paisibles, les ruines de Beyrouth? Non, sûrement pas. C'est ce qu'il tente d'expliquer à Maha. «Mais... non, ce ne sera ni paisible ni romantique. Il y a eu trop de morts, il me semble, trop de sang et trop de cris.

— Et dans ces ruines-ci, et dans toutes les autres dans le monde, il n'y a pas eu de morts, de sang et de cris? À Troie, à Rome, à... à je ne sais pas, Babylone ou Sparte ou Baalbek, il n'y a pas eu de guerres, de batailles, d'horreurs? Mais à présent, tout ce qu'on voit, c'est le côté paisible et romantique. Tu ne trouves pas ça révoltant, toutes ces morts oubliées?»

Karim ne répond pas. Il n'y a rien à répondre. Une vie ne suffirait pas à essayer de comprendre.

*

*   *

«Ce serait l'endroit rêvé pour faire un feu, soupire Maha un peu plus tard. Un grand feu de joie.

— Un grand feu de joie qui attirerait sur

nous l'attention du monde entier, ou à peu près, rétorque Karim en allumant plutôt le réchaud discret que leur a remis Milad. Alors, minestrone, boîte de thon et dattes, Mademoiselle?»

Maha soupire. Bien sûr, minestrone, boîte de thon et dattes. Comme tous les soirs. Quand Antoine Milad a rempli leurs sacs de provisions, il a eu un petit sourire en désignant les boîtes de thon, les sachets de minestrone déshydraté et l'énorme paquet de dattes.

«La variété n'est pas terrible, mais il y en a en quantité. Vous ne mourrez pas de faim avec ça.

— De faim, non; de monotonie, sûrement.

— Un peu de monotonie n'a jamais tué personne.»

D'un soir à l'autre, d'un repas à l'autre, le rituel ne change guère. Thon, minestrone et dattes. Café soluble. Lait pour Jad, un peu de purée en petit pot. «Vivement qu'il ait vidé tous ces pots, a grogné Karim en soulevant son sac la première fois. Ça pèse une tonne, ces petits pots.» «Pas autant que les boîtes de thon», a riposté Maha, qui a hérité de ces dernières.

Et, après le repas, Karim rince la vaisselle pendant que Maha change la couche de Jad, lave la couche souillée, endort son frère en lui chantant une petite chanson triste, toujours la même, dont Karim n'arrive pas à saisir les paroles et qu'il n'ose pas lui demander de chanter plus fort.

Ils se sont installés au milieu des ruines, dans ce paysage lunaire et minéral qui brille d'un éclat étrange sous la lune.

Avant d'entrer dans la tente pour dormir, Karim et Maha s'attardent un peu à regarder la nuit. Le ciel est constellé d'étoiles pâles qu'ils ont du mal à distinguer dans le clair de lune.

«J'aime la nuit», déclare Maha d'une voix douce.

Et, un moment après:

«Je hais la nuit», annonce-t-elle tout aussi doucement.

Karim hausse les sourcils:

«Il faudrait savoir, ma fille. Tu aimes ou tu hais la nuit?

— Mais... les deux, répond Maha sur le ton de l'évidence. C'est comme pour tout.» Elle se tait un instant, semble chercher une façon de lui faire comprendre. «Est-ce que tu lis, parfois, des interviews de vedettes de cinéma ou de sport?» Karim, de la tête, indique que non. «Moi, j'en lis tout le temps.

J'adore ça. Tu sais, ce genre d'interview où on demande aux gens quelle est leur saison préférée, ou leur mets préféré, ou leur couleur préférée. Ce qui m'intéresse, ce ne sont pas leurs réponses. C'est de voir que, *toujours*, ils ont une réponse. Qu'ils sont capables de dire “Ma couleur préférée, c'est le rouge” ou “Ma saison préférée, c'est l'été”. Moi, ma couleur préférée, c'est le rouge. Et le vert. Et le jaune. Et le blanc. Quand je dis quelque chose, j'ai souvent l'impression que je pourrais dire le contraire et que ce serait aussi vrai. J'aime la nuit, oui, quand je peux me raconter des histoires dans le noir, dans le secret de mon lit. Ou quand tout est calme et vaste, comme ce soir. Je hais la nuit quand les obus éclatent partout. Quand les gens profitent des ténèbres pour tuer, violer, piller. Alors, tu vois, tout est vrai.

— Ou tout est faux, fait remarquer Karim.

— Si tu veux.

— C'est à cause de cela que la vieille Mme Farhat te traitait de menteuse?

— Non, ce que je viens de te dire, tu vois, c'est le genre de chose qu'elle ne comprend pas, qu'elle ne comprendrait pas même si on le lui expliquait pendant cent ans. Non, elle parlait d'autre chose. Des fois où je dis que je vais étudier chez mon amie Hiba, alors qu'en fait je vais fumer "en cachette" derrière l'immeuble, juste sous ses fenêtres. Je déteste fumer, mais j'adore choquer cette vieille chouette. Ou quand je reviens à la maison plus tôt que d'habitude en disant que le prof était malade et qu'on nous a donné congé, alors que je me suis tout simplement éclipsée pour ne pas avoir à répondre à un examen de mathématiques.

— Et ça te sert à quoi, de raconter ces mensonges?

— À m'attirer des ennuis, en général, répond Maha avec un petit rire. Et toi, tu ne mens donc jamais?»

Pris de court, Karim hésite avant de répondre.

«Non. Enfin, oui, sûrement un peu, comme tout le monde. Mais pas... pas pour ce genre de choses. Je déteste mentir.

— C'est vrai, le jeune homme parfait, comme disait Nada.»

Encore cette expression! Cette fois, à la faveur de la nuit, Karim se décide à poser la question qui l'a poursuivi toute la journée.

«Nada t'a parlé de moi?

— Tu sais, elle et moi, on ne se parlait pas tellement.

— Mais ça fait deux fois que tu dis que

Nada parlait de moi comme d'un jeune homme parfait. Et l'autre nuit, quand nous avons quitté l'abri, tu savais que nous nous étions embrassés. C'est donc que Nada te l'a dit.»

Maha ne répond pas tout de suite. Elle enroule un bout de sa longue natte autour de son doigt, l'air songeur. Elle se décide enfin. Plantant son regard dans celui du garçon, elle relève le menton avec un air que celui-ci commence à connaître et lance avec une pointe de défi:

«Non, elle ne me l'a pas dit. Je l'ai lu dans son journal intime. Elle le cachait sous son matelas. Ça, si tu veux mon avis, ce n'était pas très malin. *Tout le monde* sait que c'est le premier endroit où on va fouiller. Elle aurait pu faire preuve d'un peu d'imagination, le punaiser derrière un tiroir ou le dissimuler dans la bibliothèque. Mais Nada n'a jamais eu aucune imagination.

— Menteuse, indiscrète... Sais-tu que je commence à me demander si Mme Farhat n'avait pas raison.

— Et moi, crie Maha avec colère, je commence à croire que ma sœur avait raison: tu es vraiment un jeune homme parfait. Tu ferais un bon policier, tiens, ou un juge. Sévère, pompeux, facilement indigné. Je hais les gens parfaits. Et, pour une fois, le contraire n'est pas vrai.»

Sur ces mots, Maha se glisse dans la tente. Karim l'entend refermer la fermeture-éclair de son duvet avec brusquerie.

Le garçon fixe sans le voir le paysage qui s'étale sous ses yeux. La conversation avec Maha l'a troublé. C'est la première fois qu'il rencontre quelqu'un qui le déroute autant. Maha est à la fois naïve et farouche, fragile et dure. Il ne sait jamais si elle va se mettre à rire et à sautiller, ou, au contraire, crisper les poings et lui lancer sa rage en pleine figure.

Et les accusations de la fillette le mettent mal à l'aise. Est-il vraiment le personnage rigide et sévère qu'elle a décrit? Un jeune homme parfait: qu'est-ce que ça peut bien vouloir dire pour elle? Karim a l'intuition que ces mots n'ont pas pour Maha le sens qu'ils pouvaient avoir pour Nada. Et il ne sait toujours pas ce que Nada voulait dire par là. D'ailleurs, veut-il être parfait? Peut-être, dans le fond. Serait-ce si mal? De toute façon, il sait très bien qu'il ne l'est pas, parfait. Il est susceptible, égoïste, orgueilleux... Peut-être pas toujours, mais...

Soudain, il se dit que Maha a raison. C'est difficile de décréter qu'une chose est vraie, immuable, définitive.

«Je ne comprends pas cette gamine, murmure-t-il à la nuit. Elle est insolente et bourrée de défauts, mais elle a aussi du cran, de la débrouillardise... et quelque chose de mystérieux. Quelque chose comme une vision qui s'accorde mal à son corps frêle et à sa voix claire. Et voilà qu'elle est fâchée contre moi. Demain, il faudra qu'on se réconcilie. Ce serait idiot de poursuivre ce voyage en se boudant.»

Karim se glisse à son tour dans la tente, mais il a du mal à trouver le sommeil. Ses pensées tourbillonnent autour de lui, mais il n'arrive à en suivre aucune avec logique et précision. Au moment de s'endormir, il se demande quel défaut, chez lui, pourrait amadouer Maha, la rendre moins dure à son égard.

Ce sont les pleurs de Jad qui, le lendemain matin, réveillent Karim.

Il fait clair, le bébé est près de lui dans la tente, mais aucune trace de Maha.

«Elle n'est quand même pas partie en m'abandonnant son frère, grommelle Karim encore à moitié endormi. Non, sûrement pas. Pas avec ce qu'elle a dit l'autre nuit.» Karim revoit le visage fervent levé vers lui, il entend la voix claire de Maha dire qu'elle n'a plus que Jad au monde. «Non, elle ne l'a pas laissé. Mais où peut-elle bien être?»

Comme pour répondre à sa question, des bruits se font entendre un peu plus loin. Karim perçoit des craquements, des frôlements, et la voix de Maha, un peu haletante:

«Viens, allez, viens, ma belle, ma toute noire. Oui, comme ça. Holà... non, ne tire pas comme ça. Je ne te veux aucun mal, voyons. Oui, ma toute noire, oui.»

Intrigué, Karim sort la tête de la tente. Maha aurait-elle trouvé une chatte, ou une poule?

Eh bien, non, la créature que tente d'amadouer Maha n'est ni une chatte ni une poule, mais une chèvre, une chèvre au long poil noir qui regarde Maha d'un air impénétrable.

«C'est qu'elle a la tête dure», marmonne Maha.

Elle a entortillé une des couches de Jad de façon à en faire une espèce d'anneau qu'elle tente de passer autour du cou de la chèvre. Elle tient aussi un bout de corde, sorti d'on ne sait où. De toute évidence, elle cherche à tenir la chèvre en laisse, comme un petit chien.

«C'est vrai qu'elle a un air buté, approuve Karim toujours à genoux dans l'ouverture de la tente. Si, en plus, on tient compte de ses grands yeux, de son menton pointu et de sa toison noire et emmêlée, c'est tout à fait toi. On pourrait l'appeler Maha, ou Mahelle.

— Très drôle, réplique Maha sans

prendre la peine de se tourner vers lui. J'espère seulement que j'ai moins de poils au menton... menton que je n'ai d'ailleurs pas si pointu que ça. Mais, au lieu de m'insulter, tu devrais venir m'aider à attacher cette maudite chèvre. Oui, ma belle, oui, ma toute douce, continue-t-elle en tentant de caresser la tête noire. Mais oui, tu vas venir avec nous. Tu vas voir, on va faire un beau voyage. Et puis, on va pouvoir te soulager un peu. Tu ne trouves pas qu'elle a le pis gonflé?

— Moi, tu sais, les chèvres..., commence Karim d'une voix prudente.

— Enfin quelque chose que tu ne sais pas! s'exclame Maha, ravie. Il n'est peut-être pas si parfait qu'il en a l'air, finalement, dit-elle à la chèvre qui continue de résister. On va pouvoir en faire quelque chose.

— Et puis, es-tu vraiment sûre que ça s'appelle un pis, pour une chèvre?

— C'était trop beau pour durer, soupire Maha. Comment tu veux que j'appelle ça? demande-t-elle avec un geste en direction des mamelles. Des seins?

— En tout cas, ce n'est pas chez toi que se remarque le plus la pudeur légendaire des femmes arabes», fait remarquer Karim en s'extirpant complètement de la tente.

Mais sa voix n'est ni rigide ni sévère,

cette fois, et Maha ne s'offusque pas de sa remarque.

Le garçon s'approche de Maha et de sa chèvre pendant que, dans la tente, Jad hurle de plus belle.

«En effet, ces... choses semblent gonflées, admet-il en se grattant la tête d'un air perplexe.

— Eh bien, dans ce cas, trayons-la, déclare Maha d'un air décidé. Si seulement je pouvais arriver à... Voilà! s'écrie-t-elle avec jubilation. J'ai enfin réussi à lui passer ce licou. Mais oui, ma jolie, mais oui, ma toute noire. Tu vas rester bien tranquille pendant que ce grand maladroit va te traire. Mais oui...

— Moi! s'étrangle Karim. Mais je n'ai jamais fait ça.

— Oui, ça on commence à le savoir. Et moi, tu crois que j'ai passé ma vie à traire des chèvres, au coin de la rue Mazraa et du Borj Abi Haïdar? Ça ne doit pas être si compliqué, il me semble. Tu prends les trayons et tu tires.»

Résigné, Karim va chercher la casserole, il la dépose sous la chèvre, là où, selon toute probabilité, le lait risque de couler, puis il s'accroupit à côté de la bête. L'opération a un côté vaguement sexuel qui le rend mal à l'aise. C'est sans doute moi qui ai l'esprit mal tourné, songe-t-il, sans que cette explication lui facilite la tâche le moins du monde.

Il se décide enfin à saisir les trayons et à exercer une petite pression.

«Plus fort, s'impatiente Maha. On ne te demande pas de la caresser mais de la traire.»

Karim se sent devenir cramoisi, sans savoir si c'est de colère ou de honte.

Il serre plus fort, tire un peu.

«Fais glisser tes mains», suggère Maha.

Il fait glisser ses mains. Finalement, quelques gouttes jaillissent... et tombent partout sauf dans la casserole. Karim s'attend à quelque remarque acerbe de la part de Maha, mais, curieusement, la fillette ne dit rien.

Karim trouve enfin une façon de faire gicler le lait. Il ne gagnerait probablement pas le concours national des trayeurs de chèvres, mais le niveau de lait monte peu à peu dans la casserole.

«Je crois que c'est tout, finit-il par déclarer quand les mamelles semblent vides et flasques sous ses doigts.

— Enlève vite la casserole, avant qu'elle mette un sabot dedans», suggère Maha à mi-voix.

Elle a cependant abandonné le ton railleur et péremptoire qui agaçait tant Karim.

Le garçon prend la casserole et se relève. Ce n'est qu'à ce moment qu'il se rend compte qu'il est trempé de sueur et épuisé comme après une longue course.

«Eh bien, ce n'est pas de tout repos, la vie de berger.»

Soudain, Maha éclate de rire. Un rire limpide, frais comme une source au cœur de la mousse.

C'est la première fois que Karim l'entend rire ainsi, sans retenue, sans raillerie, et il est gagné par ce rire qui cascade dans le petit matin.

Ils rient tous les deux parmi les ruines, au milieu des pierres de lune qui paraissent roses sous le soleil levant, entre la chèvre qui bêle et Jad qui s'époumone au fond de la tente. Ils rient à en pleurer, à en avoir mal au ventre, à en perdre l'équilibre. Parfois, ils semblent près de se calmer. Puis ils se regardent, et leurs rires repartent de plus belle.

«On rit in-co-er-ci-ble-ment, hoquette Karim.

— Co... comment? s'étrangle Maha.

— Pas co, inco. Inco... inco... je n'en peux plus!» râle Karim.

Il y a longtemps qu'il n'a pas été aussi heureux. Aussi bêtement heureux.

(«Bêêê!» dit la chèvre.)

*

* *

Une fois calmés — même les rires incoercibles ont une fin —, ils attachent la chèvre à un arbre, se partagent le lait encore chaud (Maha soutient que Jad est trop petit pour du lait de cette sorte, et Karim ne la contredit pas, d'autant plus qu'il trouve que ça a un drôle de goût, le lait de chèvre) puis Karim va chercher Jad pendant que Maha s'escrime avec le réchaud.

«Mais il est dégueulasse, ce bébé! s'exclame Karim, qui sort de la tente en tenant Jad à bout de bras.

— S'il te plaît, ne me fais pas rire, implore Maha. J'ai mal partout.

— Alors répète après moi "Karim est un jeune homme imparfait et bourré de défauts".

— Karim est un défaut bourré de jeune homme imparfait.

— Le ton manque de conviction, mais ça va aller. Alors, voilà, j'ai le remède idéal contre les fous rires.»

Et il lui dépose Jad dans les bras, Jad qui ressemble en ce moment à un petit paquet hurlant, puant et dégoulinant de pipi.

*
* *

Ils ont dit adieu à leur paysage lunatique et à leurs ruines. D'après leur guide, cet endroit s'appelle Qalaat Faqra. Non loin de là, ils devraient trouver un torrent surmonté d'un pont naturel d'une beauté impressionnante. Maha et Karim n'ont rien contre la beauté, mais ils sont surtout attirés par l'idée de se rafraîchir un peu dans le torrent.

Ils trouvent le torrent, admirent comme il se doit l'arche parfaitement symétrique qui le surplombe et trempent avec délices leurs pieds (et quelques autres parties de leur anatomie) dans l'eau vive et glacée. De grosses pierres rondes semblent avoir été déposées exprès dans le lit du torrent pour qu'ils puissent le traverser sans danger. Ils le traversent donc et poursuivent leur route, qui, à présent, grimpe résolument dans la montagne.

Avant de quitter Qalaat Faqra, ils ont consulté longuement la carte de la région, indécis quant à la route à suivre. Ils savent où ils veulent aboutir, aucun doute là-dessus. À côté d'Aaqoura, un peu plus au nord, d'où part l'ancienne voie romaine qui va les conduire de l'autre côté du mont Liban, à quelques kilomètres de Chlifa. Mais ils hésitaient sur la meilleure façon d'y aller. D'après la carte, une route longe la base des montagnes et, après une longue courbe, arrive à Aaqoura. Malheureusement, cette route passe par plusieurs villages, et les jeunes voyageurs se demandaient s'il serait prudent de s'aventurer dans des lieux aussi habités. Ils ont donc décidé de passer par la montagne.

«Comme l'a dit Antoine Milad, la nature sera toujours plus clémente que les humains, ou quelque chose dans ce goût-là, a rappelé Karim.

— On va donc continuer notre vie sauvage et aventureuse, s'est réjouie Maha. Et puis, à présent qu'on a Tête noire, même si on se perd, on ne risque pas de mourir de faim. N'est-ce pas, ma belle?» a-t-elle ajouté en direction de la chèvre.

Tête noire, condescendante, a penché sa tête (noire).

«On ne se perdra pas, a déclaré Karim avec assurance. Il suffit de grimper jusqu'à ce qu'on atteigne une espèce de plateau, puis de tourner vers le nord. On sera alors dans une vallée. En suivant cette vallée, on devrait aboutir du côté d'Afqa, pas trop loin d'Aaqoura, *inch Allah*.»

Maintenant, quelques heures plus tard, ils doivent, pour la deuxième fois, rebrousser chemin parce que la pente sur laquelle ils se sont engagés est coupée par un profond précipice, et qu'il n'est pas question de se risquer dans un endroit pareil avec une chèvre et un bébé. La chèvre, passe encore. Mais le bébé...

Ils reviennent donc sur leurs pas et tentent leur chance ailleurs, à un endroit où la montagne s'élève en pente raide. Leur progression est lente et difficile, Tête noire s'arrête dans les endroits les plus incongrus, et ils n'ont toujours pas trouvé leur «espèce de plateau».

Évidemment, se dit Karim, c'est le genre de truc qui se voit beaucoup plus clairement sur une carte que sur un terrain couvert d'arbres et particulièrement accidenté. Les choses apparaissent plus confuses quand on a le nez collé dessus.

Ils ne craignent pas de se perdre, pas encore, mais ils commencent à se demander s'ils n'auraient pas mieux fait de suivre la route, quitte à marcher la nuit et à dormir le jour, au creux d'un fossé ou dans des fourrés.

«Oh, et puis non, conclut Maha. On a juste à être moins pressés, c'est tout.»

Ils entrecoupent donc leur route de

haltes fréquentes. Maha en profite pour essayer d'identifier les arbres et les plantes qu'ils rencontrent.

«Ça, c'est un pin, c'est sûr, et ça, un chêne. Mais cette drôle de plante, là, c'est quoi?»

Karim doit avouer son ignorance en matière de botanique.

«Pour une fois que ta perfection aurait servi à quelque chose, soupire Maha. Tant pis, on mourra idiots.»

Finalement, après beaucoup de pas et beaucoup de haltes, ils découvrent leur plateau, un peu avant la nuit. Une vallée s'ouvre vers le nord, entre une colline à gauche et une montagne plus haute à droite. Ils commencent à s'y engager, mais, bientôt, l'obscurité est telle qu'ils ne voient même plus où ils mettent les pieds. Ils doivent se résigner à passer la nuit au milieu des montagnes.

Après le coucher du soleil, un vent frais s'est levé, qui les fait maintenant frissonner. Ils montent la tente en vitesse et s'y réfugient, heureux de la chaleur qui monte des trois corps entassés dans cet espace restreint. Jad est couché entre eux, et, comme chaque nuit, Karim espère qu'ils ne l'écraseront pas.

Dehors, Tête noire tire sur sa corde et pousse des bêlements plaintifs.

«Crois-tu qu'il y a des loups, dans la montagne? s'inquiète soudain Maha. Il ne faudrait pas qu'il arrive malheur à Tête noire. Tu sais, comme dans l'histoire de "La chèvre de M. Seguin". Elle s'est battue toute la nuit, et puis, au matin, le loup l'a mangée.

— Il n'y a sûrement pas de loups par ici, répond Karim d'une voix qu'il s'efforce de rendre rassurante. Et puis, tu voudrais qu'on fasse quoi? Qu'on l'installe avec nous dans la tente, avec sa barbichette qui nous chatouillerait le bout du nez, et son haleine qui nous empoisonnerait à coup sûr?»

Maha a un petit rire.

«Allez, ne t'inquiète pas pour ta chèvre, reprend Karim. Et fais de beaux rêves.

«Toi aussi, riposte la fillette d'une voix taquine. Rêve à moi.»

Et, après un dernier regard à la Dame à la licorne, elle éteint la lampe de poche.

Dans le noir, Karim attrape une longue natte et tire doucement dessus.

«Dis donc, ce n'est pas la modestie qui t'étouffe, fait-il remarquer à mi-voix.

— Moi, il n'y a rien qui m'étouffe», précise Maha.

Et elle s'endort, un large sourire aux lèvres.

«Elle s'habitue à nous, tu ne trouves pas? On dirait même qu'elle sourit. Et elle avance avec beaucoup plus d'enthousiasme...»

Karim éclate de rire.

«Et voici Mademoiselle Maha, grande spécialiste en chèvres et en sourires de chèvres. À défaut de licornes...

— Évidemment, elle n'a pas la classe d'une licorne, admet Maha. De toute façon, jamais je n'aurais attaché une licorne. Les licornes, c'est fragile, c'est fier, c'est nécessairement libre. On ne peut pas les attacher comme de vulgaires chèvres (excuse-moi, Tête noire). On les admire de loin, une fois, quand on est vraiment chanceux, et on vit avec leur souvenir toute notre vie.»

Karim, qui n'arrive pas à déterminer si

elle croit réellement à l'existence des licornes, juge plus prudent de ne rien dire. L'humeur de sa compagne est au beau fixe, et il ne tient pas à ce que ça change.

La journée est elle aussi au beau fixe. Le temps est magnifique, la chèvre s'est laissé traire sans regimber, Jad gazouille plus qu'il ne pleure, et ils avancent plus rapidement que la veille dans ce paysage âpre et vivifiant. Même le minestrone et le thon semblent avoir un goût différent.

La vallée s'étire, plus longue qu'ils ne l'avaient prévu, mais leur marche est aisée. Une fois de plus, Karim est frappé par les odeurs qui montent de la terre, des fourrés, de ce foisonnement de vie végétale qui les entoure.

«Si on traversait les montagnes ici, tu crois qu'on arriverait à Chlifa? demande Maha au milieu de l'après-midi, avec un geste vers les sommets qui se dressent à leur droite.

— Peut-être. Le problème, c'est qu'on ne peut pas traverser n'importe où. Tu as vu cette neige? Il faut qu'on trouve un col praticable, et la voie romaine dont nous a parlé Milad est certainement plus sûre et plus praticable qu'un sentier qu'on ouvrirait nous-mêmes.»

Maha s'arrête et regarde les sommets enneigés.

«Je n'ai jamais touché à de la neige. Et toi?»

Karim, d'un mouvement de la tête, indique que lui non plus ne connaît pas la neige.

«J'ai toujours rêvé de me coucher dans la neige et d'agiter les bras, pour faire comme des ailes d'ange, confie Maha. J'ai vu ça dans un film, une fois, et je me suis promis qu'un jour je ferais l'ange.»

Puis ils se remettent en route et se dirigent vers la trouée de lumière, droit devant, qui semble marquer la fin de la vallée.

*

* *

«Eh bien, mon vieux, pour une réussite, c'est une réussite, commente Maha avec une ironie amicale. C'est ça, Afqa?»

Ils se tiennent au bord du vide, à l'extrémité d'une falaise qui tombe à la verticale d'une hauteur vertigineuse. Le sol, en bas, semble prodigieusement loin. Du flanc de la falaise, quelque part sous eux, jaillit une source qui donne naissance au Nahr Ibrahim, le fleuve d'Adonis.

«Admets que le paysage vaut le coup d'œil, rétorque Karim. Regarde ce torrent qui se précipite au bas de la falaise, cette vallée qui se fraie un passage jusqu'à la mer, ces villages accrochés çà et là aux pitons rocheux, toute cette luxuriante végétation qui brille dans les feux du couchant.

— Tu devrais faire carrière dans la publicité, tu as du talent, constate Maha, qui ne peut s'empêcher d'admirer elle aussi le panorama qui s'étale à leurs pieds. Ces fleurs rouges, c'est quoi, à ton avis?»

Les bords du Nahr Ibrahim, ainsi que les champs avoisinants, sont en effet constellés d'une multitude de fleurs rouges.

«Aucune idée, répond Karim, que les questions botaniques de Maha commencent à lasser. Des fleurs rouges. Pour ma part, je me demande surtout comment on va descendre d'ici.

— Il y a un sentier, plus bas, annonce Maha, dangereusement penchée au-dessus du vide. Si on pouvait l'atteindre...»

Mais déjà Karim la tire par en arrière.

«Tu es folle ou quoi? Tu tiens vraiment à faire un vol plané de plusieurs centaines de mètres avant de t'écraser sur le sol?»

Maha hausse les épaules.

«Ne t'inquiète pas pour moi. J'ai le pied sûr.

— Occupe-toi plutôt de Jad et de Tête noire, pendant que je vais explorer les environs.

— Et pourquoi on tient absolument à descendre? Un peu plus loin, on va encore vouloir grimper. En suivant à peu près le bord de la falaise, on va finir par arriver à Aaqoura, d'où part la voie romaine. Et comme la voie romaine grimpe dans la montagne, on ne peut pas faire autrement que de tomber dessus.»

Karim sort la carte et l'examine avec attention.

«Tu as raison, finit-il par admettre. On peut essayer de suivre le bord de la falaise. Mais je crains que ce ne soit pas toujours possible. Dès qu'un cours d'eau va descendre de la montagne, il va nous couper le chemin.

— On verra bien. En attendant, moi, je commence à avoir faim.»

Après le repas, pendant que Jad boit goulûment son lait et que Tête noire broute tranquillement de longues herbes, Karim tire leur guide touristique du sac et le feuillette un moment.

«Des anémones», déclare-t-il soudain.

Maha lui jette un regard interrogateur.

«Tes fleurs rouges, ce sont sûrement des anémones. Écoute ça: *Né des amours incestueuses de Cinyrias, roi de Chypre, avec sa fille Myrrha, Adonis était d'une beauté si extraordinaire qu'Aphrodite s'en éprit. Un jour qu'il chassait dans les forêts du Liban, un sanglier, envoyé par Mars, jaloux (peut-être ce sanglier était-il Mars lui-même), le chargea et le blessa mortellement. Avertie du malheur, la déesse se lance à sa recherche, parcourt en pleurs la montagne, trouve son amant, le soigne, mais ne peut l'arracher à une mort trop humaine. Sous ces ombrages d'Afqa où ils s'aimèrent pour la première fois, Adonis et Aphrodite échangent un dernier baiser. Du sang du jeune dieu, répandu sur la prairie, jaillissent des anémones*... C'est clair. Ces fleurs rouges éparpillées sur les berges, c'est le sang d'Adonis», conclut-il avec un grand geste en direction du fleuve qui serpente plus bas.

Maha, elle, a les yeux qui brillent.

«Tu te rends compte, des dieux se sont aimés ici. Ici. C'est fabuleux, c'est fantastique, c'est foudroyant, c'est...

— Ce que je trouve fabuleux, surtout, c'est qu'on parle aussi de sangliers. Tu nous vois, tomber nez à nez avec un sanglier?

— Tu es sûr que ça s'appelle un nez, pour

un sanglier?» demande Maha, ravie de prendre enfin sa revanche.

Pour toute réponse, Karim se précipite vers elle en poussant d'affreux grognements et lui arrache Jad, qui, heureusement, vient de finir de boire.

«Un monstre! crie Maha. Un monstre vient de m'enlever mon bébé! Mais je vous en supplie, monstre, laissez-moi ma chèvre.

— Groïnk, groïnk!

— Laissez-moi aussi mes sachets de minestrone, mes boîtes de thon et mes dattes, de grâce, monstre, ne m'enlevez pas mon thon!

— Groïnk, groïnk!

— Par contre, si vous pouviez me débarrasser du sinistre jeune homme qui m'accompagne, je vous en serais fort reconnaissante.

— GROÏNK!!!»

Le monstre, après avoir posé Jad par terre, se jette sur Maha et fait mine de la manger.

«Groïnk, pas mauvais cet arrière-goût de thon, oui, ça rachète le restant, groïnk.»

Et le monstre, l'air repu, se laisse choir à côté de Maha qui rit aux éclats.

*

* *

«Si nous passons la nuit au début de la voie romaine, estime Karim, nous avons une chance d'arriver à Chlifa demain en fin de journée.»

Aussi se hâtent-ils le long de la falaise, dans l'espoir d'atteindre la voie romaine avant la nuit.

«Comme tu l'as si bien dit, poursuit Karim, on ne peut pas la rater, puisqu'elle passe au creux d'une vallée qui va couper notre route. J'espère juste que la descente va être moins abrupte que la falaise au-dessus de la grotte d'Afqa.»

Ils se hâtent donc, mais s'essoufflent vite à monter, à descendre, à guetter les trous, les ronces, les rochers, à porter Jad, à tirer Tête noire. Ils s'acharnent pourtant, car le soir tombe, il va bientôt faire noir, et ils sont bien décidés à camper près de la voie romaine.

«Ça ne devrait plus être très loin», marmonne Karim qui, au même moment, trébuche sur une grosse racine. C'est lui qui porte Jad, et il jette les mains en avant pour protéger le bébé en tombant. Résultat: deux mains écorchées et un bébé intact mais réveillé et hurlant. L'heure de son biberon est passée depuis un moment, mais les marcheurs n'ont pas voulu s'arrêter, ce qui aurait ralenti leur progression. Tant qu'il ne pleure pas..., se disaient-ils.

«Ça va, ça va, on va te le préparer, ton biberon.»

Avec l'eau qui reste, Maha prépare du lait, et Karim nettoie les éraflures de ses mains. Il n'en mourra pas, c'est sûr, mais ça chauffe. Où diable peut bien être cette vallée? L'auraient-ils ratée? Impossible, on ne rate pas une vallée aussi prononcée. Et ils n'ont sûrement pas tourné en rond, ils ne se sont pas éloignés du bord de la falaise. Alors?

Alors ils reprennent leur route dès que Jad a été abreuvé et changé. Karim ouvre la voie, lampe de poche en main, et Maha le suit. Elle porte Jad, tire Tête noire et espère de tout cœur que la vallée va bientôt se manifester.

«Je n'aime pas signaler ainsi notre présence par un rond de lumière, déclare soudain Karim, les sourcils froncés. Qui sait qui peut nous observer?

— Éteins la lampe et installons-nous ici pour dormir, suggère Maha.

— Non. Pas avant d'avoir atteint la vallée», s'obstine Karim.

Ils marchent, un pas à la fois, encore et encore. «Trois cent huit, trois cent neuf, trois cent dix..., compte Maha dans sa tête.

Non, mille trois cent dix. Non. Oh, et puis tant pis.»

Enfin, dans le faisceau lumineux de sa lampe, Karim voit le terrain s'incliner brusquement.

«C'est la vallée, Maha! C'est la vallée!» chuchote-t-il d'une voix excitée. Il n'ose pas parler trop fort. Il ne sait pas à quelle distance se trouve le village chrétien d'Aaqoura, et il ne veut surtout pas qu'on les entende.

La pente est abrupte, mais pas impraticable. Des cailloux roulent parfois sous leurs pieds fatigués, mais ils ne s'en préoccupent même pas. Ils veulent descendre, c'est tout, trouver un lieu sûr pour planter la tente et dormir, dormir. Jusqu'à ce qu'il soit l'heure de se lever, demain matin, et de marcher encore, toute la journée, avant d'arriver à Chlifa.

«On s'installe ici? demande Maha quand ils atteignent enfin le fond de la vallée.

— Non, je m'enfoncerais un peu plus vers la montagne, répond Karim. J'ai l'impression que nous sommes très près de la route, ici. Ce serait bête que quelqu'un nous aperçoive au lever du jour.»

Maha pousse un soupir. Karim a raison, bien sûr. Mais elle a tellement hâte de s'arrêter.

Elle rajuste le châle dans lequel se trouve Jad et qui a glissé légèrement vers l'avant. Pour ce faire, elle lâche un court instant la corde à laquelle est attachée Tête noire. La chèvre profite de ces secondes de relâchement pour se sauver.

«Tête noire! Tête noire! Reviens!»

Et Maha s'élance à la suite de la chèvre qui s'éloigne dans la nuit.

Karim, qui cherche encore à s'orienter, se tourne avec impatience dans leur direction.

«Ce n'est pas le temps de...»

Un bruit fulgurant couvre la fin de sa phrase. Une explosion a déchiré la nuit, et l'écho se répercute le long de la vallée.

«Maha! hurle Karim. Maha!»

Et il court comme un fou dans la direction prise par la fillette.

«*El-hamdou li'llah*! souffle Karim. Dieu soit loué!»

Dans le faisceau de sa lampe de poche, Karim vient d'apercevoir Maha qui court dans le noir, les bras tendus vers l'avant.

En entendant Karim, elle s'arrête et se tourne vers lui. Aveuglée par la lampe, elle ferme les yeux. Son petit visage triangulaire est sillonné de larmes.

«C'est Tête noire, articule-t-elle d'une voix blanche. Je l'ai vue... je l'ai vue exploser. Il faut la sortir de là!»

Et elle reprend sa course aveugle.

Karim, d'un bond, est près d'elle et lui saisit le bras avec brutalité.

«Tu es complètement folle! Pour autant

qu'on sache, le terrain est un véritable champ de mines. Tu risques de sauter toi aussi en tentant de la rejoindre. Et tu voudrais faire quoi, de toute façon? Elle est morte, éclatée, éventrée, déchiquetée. Tu ne peux rien pour elle.»

Mais Maha ne l'écoute pas. Elle est déchaînée. À coups de pied, à coups de poing, elle se débat avec une rage féroce. Elle le griffe au visage, lui mord une main, tente par tous les moyens d'échapper à la poigne qui la retient.

«Lâche-moi, lâche-moi, lâche-moi!» hurle-t-elle, au bord de l'hystérie.

Et elle plante à nouveau ses petites dents pointues dans la main du garçon.

Karim n'hésite plus. Aux grands maux les grands moyens, se dit-il avant d'assener une gifle retentissante sur la joue de Maha.

Sonnée, celle-ci vacille et cesse de se débattre. Les larmes envahissent à nouveau ses yeux égarés, et elle murmure:

«Il faut que j'aille la chercher, il faut que je la trouve, il faut que je l'enterre. Il le faut, tu m'entends, il le faut. On ne peut pas la laisser là comme une bête.

— Mais *c'est* une bête, riposte Karim avec force. C'est une bête! Et je ne te laisserai pas risquer ta vie, ta vie et celle de Jad, pour une bête. Tu m'entends? À présent tu vas venir avec moi. Avec tout ce boucan, je m'étonne que tout le village ne soit pas déjà arrivé en courant. Et s'ils arrivent, je ne veux pas qu'on soit dans les parages. Je ne sais pas qui a posé cette mine, ni pourquoi, mais je ne suis pas sûr de vouloir rester ici pour l'apprendre. Viens.»

Maha se laisse entraîner sans résister. Elle n'y met aucun enthousiasme, aucune énergie, mais elle avance, c'est déjà ça.

Karim n'ose pas rallumer la lampe de poche, de peur d'attirer l'attention. Ils avancent donc à l'aveuglette le long de ce qu'il imagine être la voie romaine. Ce soir-là, la lune n'est pas au rendez-vous. Karim ne sait pas s'il doit le déplorer ou s'en réjouir. On n'y voit rien, mais les autres ne nous voient pas non plus, se dit-il.

Au bout d'un moment, il s'arrête, tend l'oreille. Pas un son, sinon les bruits toujours un peu inquiétants de la nuit. Peut-être une rumeur, au loin, mais il n'arrive pas à déterminer s'il s'agit de voix humaines ou du murmure d'un torrent.

Du bout du pied, il tâte le sol. Il quitte le sentier, une main tendue vers l'avant, l'autre toujours fermement serrée autour du coude de Maha, et se dirige vers une masse sombre, à droite, qui ne peut être qu'un bouquet d'arbres.

Sous le couvert des arbres, il se risque à allumer la lampe de poche, en prenant bien soin de diriger le faisceau vers le sol. Il trouve un endroit suffisamment dégagé pour planter la tente, s'empresse de monter celle-ci, y installe Jad et s'apprête à y faire entrer Maha quand celle-ci se met à parler.

Les mots sortent de sa bouche comme le sang sort d'une blessure. Doucement mais inexorablement.

«Elle était vivante et puis elle est morte. Combien ça prend de temps, dis, entre la vie et la mort? Entre le moment où on sourit, où on parle, où on marche, où on rêve, et le moment où on n'est plus rien qu'une carcasse rigide, froide, inutile? Toi qui sais tout, peux-tu me dire cela? Elle était vivante et puis elle est morte. Je l'ai vue, la tête éclatée, le dos brisé, les membres disloqués. À ce moment-là, pour la première fois, j'ai été remplie d'amour pour elle. D'amour et de pitié, d'une formidable pitié. Et puis ils l'ont tournée, et j'ai vu ses seins magnifiques, intacts. Et là j'ai été jalouse, tu te rends compte, une fois de plus j'ai été jalouse de ma sœur. J'ai été jalouse d'une morte, peux-tu comprendre cela, d'une morte!»

Elle se tourne brusquement vers lui et se met à lui marteler la poitrine de ses petits poings durs. Et quand elle se remet à parler, c'est d'une voix au bord des cris, au bord des hurlements.

«Toujours, j'ai été jalouse de Nada, du plus loin que je me souvienne. Elle était tellement belle, tellement douce, tellement aimable et souriante. Tellement tout, quoi. Tellement tellement. Et elle se délectait de sa beauté et de sa douceur. Elle trouvait ça normal, que tout le monde la regarde et la flatte, normal que tout le monde l'aime, normal que tout le monde la cite en exemple. Et moi, tout ce temps, j'étais malade de jalousie, malade de méchanceté, malade à en crier. J'aurais voulu la voir souillée, ou humiliée, une fois, une seule fois. Pour avoir une chance, moi aussi. Pour que tout le monde cesse de la regarder, elle, et ses cheveux, et ses hanches, et son visage de madone, et me regarde moi, une fois, une seule fois. Pas juste pour me traiter de menteuse et de voleuse, mais pour me voir, moi. Une fois, une seule fois.»

Maha ferme les yeux, comme devant une vision insupportable.

«Et puis elle est morte. Elle a été brisée, souillée, disloquée, *et ça n'a rien changé*. J'ai continué à être malade de jalousie. Mais en même temps, l'horreur de tout ça cogne dans ma tête et mon ventre, sans arrêt, sans arrêt. Je me dis, ce n'est pas possible, ce n'est pas possible que toute cette beauté, que toute cette perfection n'ait servi à rien. Ce n'est pas possible que ce corps n'ait servi à rien. Tu te rends compte, la plus belle fille du monde, et elle n'aura jamais connu l'amour. Toute cette beauté gâchée, perdue. Et moi je suis toujours là, moi, le monstre de jalousie et de méchanceté! Tu ne trouves pas ça drôle, dis? Tu ne trouves pas ça horriblement drôle?»

Et Maha s'effondre. Son corps frêle est secoué de sanglots. Elle continue de répéter qu'elle est un monstre, un monstre, en griffant le sol de ses doigts rageurs.

Karim est resté figé tout le temps qu'a duré cette explosion de rage et de désespoir, ce déferlement de bile noire et mauvaise. Il ne sait quoi dire, quoi faire.

Finalement, il se penche sur la petite silhouette prostrée, il lui effleure le dos, il dit:

«Cesse de te faire du mal... C'est fini, tout ça. Tu n'es pas un monstre, voyons. Tu...»

Maha se redresse et le défie du regard.

«Mais toi aussi tu préférerais que ce soit elle et pas moi qui fasse ce voyage avec toi. Ose donc dire le contraire!»

Le garçon est pris de court.

Non, il ne peut pas dire le contraire. Mais il rejette de tout son être la conclusion à laquelle est arrivée Maha.

«Il ne s'agit pas de choisir entre elle et toi, commence-t-il avec toute la conviction dont il est capable. Ce que je voudrais, c'est que vous soyez vivantes toutes les deux, et que cette guerre n'ait jamais eu lieu, et que nos plus grandes préoccupations, ce soient un examen de physique ou un poème à écrire pour le cours de français. Mais ce n'est pas le cas. On est ensemble depuis quoi, deux jours, trois jours, j'ai choisi de venir avec toi, et je ne regrette pas ma décision. Maha, écoute-moi. Tu es courageuse, débrouillarde, intelligente; tu t'occupes de ton frère d'une façon fantastique; tu es sensible et drôle. Je n'ai pas l'habitude de filles comme toi. J'ai du mal à te suivre, mais tu me fais du bien. Tu... Oh, je ne sais pas, je ne sais plus. Mais arrête de te faire du mal. Arrête de t'accuser de toutes ces choses. Tu n'es pas un monstre de jalousie et de méchanceté, comprends-tu? Tu étais jalouse de Nada, et alors? Tout le monde est jaloux de quelqu'un d'autre, un jour ou l'autre. Tout le monde nourrit des pensées noires un jour ou l'autre. C'est comme ça. Toi, tu as eu la malchance que ta sœur soit morte au moment où tu lui en voulais. Mais ce n'est pas de ta faute, tu m'entends? Pas de ta faute. Et cesse de te torturer avec ça.»

Pendant que Karim parlait, Maha a cessé de griffer la terre de ses mains nues, de se meurtrir les doigts sur les cailloux acérés. Elle dévisage le garçon, avec des yeux démesurément grands, infiniment malheureux, mais au fond desquels tremble une goutte d'espoir incrédule.

«Ils l'ont prise et ils l'ont emmenée. Ils les ont emmenés, elle, mes parents et ma tante Leïla, et ils les ont jetés dans un trou, quelque part, je ne sais même pas où. Ils ont jeté Nada dans un trou, avec son corps brisé, ses seins intacts, ses cheveux comme un voile noir. Ils l'ont couverte de terre, ils l'ont cachée, cachée à tout jamais, et je ne sais même pas où. Elle est en train de pourrir quelque part sous la terre, et jamais plus je ne la verrai, jamais plus je ne lui parlerai, jamais je ne pourrai lui dire que je l'aime. Je croyais que je la haïssais, mais je l'aime, même si je la déteste d'être morte avant que je puisse le lui dire. Oh Nada, Nada, Nada...»

Karim entoure de ses bras le petit corps frémissant. Il y a quelques années, en classe, il a étudié le livre *Le Petit Prince*, de Saint-

Exupéry. Une phrase de ce livre lui revient brusquement en mémoire. «Il me semblait tenir un trésor fragile. Il me semblait même qu'il n'y eût rien de plus fragile sur la Terre.» Voilà que ces mots ne sont plus seulement des mots dans un livre. Ils ont pris chair, la chair frissonnante et fragile d'une petite fille meurtrie. Karim la berce, il lui caresse le dos, il murmure des mots doux et apaisants, de ceux qu'on chuchote aux petits enfants pour les consoler.

Il voudrait pleurer.

Karim fait un rêve troublant et délicieux.

Il est lové contre une femme dont il caresse la poitrine. Une merveilleuse sensation de bien-être l'envahit.

Quelque part, un bébé se met à pleurer.

Aussitôt, Karim est en alerte.

Ce n'est pas un rêve, c'est la réalité.

Avec un choc, Karim se rend compte qu'il est couché contre Maha et que sa main, en effet, forme comme une coupe autour d'un sein menu. La honte envahit le garçon. Et, aussitôt après, à la honte s'ajoute l'horreur quand, en dépit de sa volonté, sa main s'arrondit en une fugitive caresse avant de s'arracher à la douceur du sein tiède.

Il se fait l'effet d'un satyre, d'un vieux salaud qui profite d'une enfant endormie.

Pourvu que Maha ne se soit rendu compte de rien!

Karim jette un coup d'œil rapide au visage de Maha et sursaute en découvrant le regard de la fillette posé gravement sur lui. Si la honte tuait, il serait déjà mort.

«Je... je m'excuse, balbutie-t-il. Je ne l'ai pas fait exprès, je te le jure. Ça ne se reproduira pas. Nous... nous sommes tombés endormis à même le sol, cette nuit, et...»

Il ne sait pas trop comment finir. Toutes les explications du monde ne suffiraient pas à excuser cette faiblesse de son corps, cette trahison indigne de la confiance que lui accordait Maha.

Celle-ci continue à se taire en le dévisageant de ses yeux immenses. Elle a le visage barbouillé de terre et de larmes séchées, les ongles noirs et abîmés, les mains écorchées. Elle est l'image même de la désolation. Et lui, Karim, a profité de son sommeil!

«Ne me regarde pas comme ça, implore-t-il. Je t'en supplie, ne me regarde pas comme ça. Je te jure que ça ne se reproduira pas.»

Enfin Maha ouvre la bouche. Mais les paroles qui tombent de ses lèvres déconcertent encore plus le garçon.

«Pourquoi tu t'es écarté de moi avec une telle horreur? demande Maha de sa voix claire et précise. Est-ce qu'ils sont si horribles, mes seins? Et si ça avait été ceux de Nada, est-ce que tu aurais pris cet air dégoûté?»

Soudain, Karim en a assez de cette petite fille jalouse et exigeante. Assez de ses questions et de ses tortures. Assez de ses contradictions.

«Tes seins? crie-t-il d'une voix mauvaise. Quels seins? Tu n'as même pas de seins!»

Maha vacille comme sous l'effet d'un coup. Son visage devient dur et froid. Ses yeux sont d'un calme effrayant.

«Tu veux savoir ce qu'elle a écrit, Nada, au sujet du baiser que tu lui as donné? "Pas mal, mais moins excitant que celui de Rachad. À vrai dire, Karim est parfait mais un peu ennuyeux. Dommage, il a pourtant de beaux yeux."»

Sur ces mots, Maha se lève et va chercher Jad qui hurle à tue-tête dans la tente.

*

*   *

Ils mangent, défont la tente, reprennent leurs sacs. Tout cela dans un silence lourd, imprégné de rancœurs.

L'ancienne voie romaine qu'ils sont en

train de suivre relie les villages d'Aaqoura et de Yammouné, de part et d'autre du mont Liban, dont elle franchit l'échine par un col à 2000 mètres d'altitude. La voie s'enfonce entre des massifs impressionnants, parmi les plus hauts du pays, aux sommets généralement enneigés. Au nord, le Dahr el-Qadit, au pied duquel poussent les derniers cèdres du Liban, symboles millénaires de ce pays de montagnes. Derrière le Dahr el-Qadit, le Qornet es-Saouda, le point culminant du pays. Au sud, le Jebel Sannine, moins haut, mais quand même grandiose.

La montée est rude. Le silence est bientôt rompu par le bruit de leurs souffles précipités, par l'occasionnel raclement d'un caillou qui roule sous leurs pas. Dans la tête de Karim résonnent des mots durs, des mots méchants, même. «...moins excitant que celui de Rachad» «Pas mal, mais...» «...un peu ennuyeux.» Nada a-t-elle vraiment écrit cela ou Maha a-t-elle tout inventé pour se venger? Maha, l'indiscrète, la menteuse. Maha, la malheureuse, la désespérée. Et quelle importance, à présent? Karim constate avec tristesse que le souvenir de Nada s'est estompé dans son esprit. La blessure est encore présente, ainsi que les regrets, mais ils sont moins vifs, moins aigus.

Au bout d'un temps impossible à déterminer — deux heures, cinq heures? —, ils atteignent le col. Jusqu'à présent, ils ont grimpé. Maintenant, le sentier descend sans arrêt jusqu'à Yammouné, puis jusqu'à Chlifa. Ils ont réussi à se hisser jusqu'au cœur du mont Liban, jusqu'à l'épine dorsale du pays. Curieusement, Karim n'en tire aucun sentiment de triomphe. Seulement un immense soulagement.

Ils laissent tomber leurs sacs, déposent Jad par terre, au pied d'un gros rocher. Maha sort le réchaud, verse de l'eau dans la petite casserole.

«Je vais faire un tour par là», annonce Karim en désignant la montagne qui s'élève à leur gauche.

Maha relève la tête brusquement.

«Tu nous abandonnes?

— Je ne vous abandonne pas, je vais juste faire un tour un moment. Je redescends tout de suite après. Il n'y a pas de quoi faire un drame.»

Maha se mord les lèvres. Elle semble désemparée, tout à coup.

«Reviens vite, murmure-t-elle.

— Je reviendrai quand je reviendrai», réplique Karim d'une voix agacée avant de s'éloigner.

*

*   *

Il a été pris du désir subit et impérieux de grimper encore plus haut, de se tenir au faîte du monde, ou, plus modestement, de dominer du regard la largeur du pays. C'est possible, il le sait. Des paroles de son père lui reviennent en mémoire: «... l'indicible sentiment de puissance que l'on éprouve à embrasser du regard le pays tout entier, ou presque, des rives de la Méditerranée aux contreforts de l'Anti-Liban.» Lui, Karim, veut à son tour se tenir au sommet du monde. Il veut lui aussi apercevoir la mer d'un côté et l'Anti-Liban de l'autre, il veut jeter un premier coup d'œil à la Beqaa, cette immense plaine baignée de lumière qui s'étend entre les deux chaînes de montagnes, celle du mont Liban et celle de l'Anti-Liban. Il veut surtout grimper et oublier ce qui se passe plus bas.

Il s'élève peu à peu au-dessus du col. Les arbres se font plus rares. Des plaques de glace, des creux encore tapissés de neige apparaissent. Karim grimpe lentement, en s'aidant de plus en plus souvent de ses mains. Les écorchures de la veille se rappellent douloureusement à son esprit. De temps en temps il se redresse, jette un regard autour de lui. Il ne voit plus Maha et Jad, dissimulés derrière les arbres serrés au bas de la pente. Il ne voit pas encore la mer ni la Beqaa. Où qu'il porte les yeux, il n'aperçoit que des montagnes aux croupes arrondies et enneigées. Il progresse à présent sur la neige. Il pense à Maha, qui rêve de faire l'ange dans la neige. Il n'est pas sûr que cette neige conviendrait. Trop dure, trop compacte. Maha...

Tout en cassant la croûte neigeuse à l'aide de ses talons puis en y enfonçant prudemment les pieds, de façon à pouvoir continuer à grimper, Karim revoit la scène du matin. Son réveil troublant, sa honte, sa flambée de colère contre Maha. En réalité, c'était à lui-même qu'il en voulait. Les mots qu'il a lancés à Maha retentissent à nouveau dans sa tête. «Tu n'as même pas de seins!» Alors qu'il venait justement de découvrir qu'elle en avait. «Tu n'as même pas de seins!» Alors qu'il venait d'être troublé par eux.

«Et alors? murmure-t-il à présent en essayant de se justifier. Je n'allais quand même pas me mettre à la peloter pour lui remonter le moral? Il y a des limites à la charité.»

Mais il sait qu'il est de mauvaise foi. Il

sait qu'entre la peloter «par charité» et lui crier des horreurs, il aurait pu trouver quelque chose, autre chose, pour la rassurer. Mais il n'a pensé qu'à lui.

«Je suis une ordure. Je me suis déchargé sur Maha de l'horreur que je ressentais pour moi-même. Je l'ai attaquée dans ce qu'elle a de plus fragile parce que je me haïssais moi-même. Décidément, je suis un beau salaud.»

Il se promet de s'excuser, en redescendant. Ce serait trop bête de terminer le voyage sur cette note hargneuse, d'effacer les moments de camaraderie et de confiance. Ils viennent de trop loin, tous les deux, pour se quitter en ennemis.

Soudain, Karim a hâte d'être auprès de Maha. Il est impatient de lui parler et de dissiper les malentendus. Il a besoin de son sourire, de son pardon, de son amitié claire et droite.

Il s'arrête à nouveau pour regarder autour de lui. Cette montée n'en finira donc jamais? Plus il grimpe, plus il a l'impression d'être loin du sommet. Il ne vise pas le sommet, bien sûr, seulement un point d'où il pourra embrasser toute la région du regard, mais même ce point semble se dérober, reculer insensiblement à chacun de ses pas. Depuis combien de temps est-il parti? Depuis combien de temps Maha l'attend-elle? Devrait-il continuer ou, au contraire, rebrousser chemin?

C'est pendant qu'il s'interroge ainsi que le cri monte jusqu'à lui. Un cri perçant, effrayant, qui le glace jusqu'au cœur.

«Maha!» hurle-t-il en retour.

Seul le silence lui répond. Un silence qui vibre encore des échos du cri terrible qui l'a ébranlé.

Karim se hâte à présent vers le sol, mais sa course est ralentie par la glace, la neige, les brusques dénivellations. Il glisse, se rattrape, glisse encore et tombe en se tordant une cheville. Il poursuit sa descente en boitant. «Maha!» hurle-t-il à tous les trois pas. Mais seul le silence persiste à lui répondre.

*

* *

Il arrive enfin au col. Il voudrait courir vers le rocher où il a laissé Maha et Jad, mais ses jambes sont lourdes tout à coup, affreusement lourdes. Il a du mal à lever les pieds, et ça n'a rien à voir avec sa cheville tordue.

Il s'approche du rocher. Jad est là, couché sur le dos, qui agite les jambes et les bras en gazouillant.

«Maha! lance Karim d'une voix rauque. Maha, où es-tu? Si c'est une blague, elle n'est pas drôle.»

En même temps, il espère follement que c'est une blague et que Maha va surgir de derrière un arbre en criant: «Je t'ai bien eu.»

«Maha!»

Mais Maha ne surgit de nulle part.

Karim contourne le rocher près duquel Jad continue à gazouiller. Il a les jambes de plus en plus lourdes, et le cœur qui bat à grands coups douloureux.

Il aperçoit alors Maha et, aussitôt, il sait que ce n'est pas une blague. Pas une blague, le corps à moitié nu abandonné derrière le rocher. Pas une blague, le mince filet de sang le long d'une cuisse. Pas une blague, le flot rouge qui s'échappe d'une gorge tranchée.

Le garçon tombe à genoux dans les cailloux. Il s'agrippe aux herbes qui poussent à travers les pierres. Il se retient à la terre pour s'empêcher de sombrer dans un immense trou noir, dans l'horrible tourbillon qui veut l'aspirer.

Et le hurlement qui s'échappe de sa gorge réveille tous les échos de la montagne. Un hurlement de rage, de douleur, de désespoir, qui s'enfle et se gonfle et se frappe aux parois des montagnes, encore et encore, formidable et impuissant.

Ni la douleur ni le désespoir n'empêchent le monde de tourner, les oiseaux de chanter, les torrents de couler. Karim, lui, continue de respirer, de marcher, de bouger les jambes et les bras, de faire les gestes que font les vivants.

Il a couvert la nudité de Maha. Il a enroulé une écharpe autour de la gorge mutilée. Il a, tant bien que mal, arrimé Jad sur son dos. Et il s'est mis en route, portant Maha dans ses bras, après avoir abandonné leurs sacs maintenant inutiles. Il n'a gardé que la photo de la famille Tabbara, la photo d'une famille heureuse autour d'un nouveau-né, et la carte postale de la Dame à la licorne. «Où tu es, j'espère qu'il y a des licornes, de la musique... et des chèvres à tête noire», a murmuré Karim avant de ranger la carte postale dans la poche arrière de son jean.

Le sentier descend en pente raide jusqu'au lac de Yammouné, à présent asséché. Karim avance comme en rêve avec son double fardeau. Il ne voit pas où il met les pieds, et il bute parfois contre une pierre qui affleure. Des cailloux roulent sous ses pas, mais il ne s'en aperçoit même pas. Il avance, une jambe à la fois, interminablement, en s'efforçant de secouer le moins possible son précieux fardeau. Ses bras s'engourdissent. Il ne sait plus si Maha est lourde ou légère. Il a parfois l'impression de porter un oiseau blessé, une fragile et légère boule de plumes douces et ébouriffées. Mais, par moments, l'oiseau si léger s'alourdit, et Karim craint alors de laisser échapper ce corps qui pèse comme du plomb sur ses bras. Il bande ses muscles, raidit ses bras, empoigne plus fermement le corps encore tiède de la fillette. Il faut qu'il continue. Il est presque au terme de leur marche vers Chlifa.

Il n'a aucune notion du temps qui passe. Il sait seulement qu'à un certain moment il aperçoit la flèche d'une église, le minaret d'une mosquée. C'est Yammouné, un village fier, farouche même, a-t-il entendu dire.

Des gens — des guetteurs? — l'ont vu venir, et, bientôt, quelqu'un s'avance vers lui. C'est un vieillard aux traits profondément burinés, aux yeux attentifs.

«*Es-salâm aleïkoum*, mon fils. Que la paix soit sur toi. Tu viens d'au-delà de la montagne?

— Oui.

— D'Aaqoura?

— De Beyrouth.

— Et tu vas où?

— À Chlifa.

— Chlifa. Oui.»

Puis le vieillard désigne Maha.

«Elle est morte?

— Oui.

— Qu'est-ce qui s'est passé?

— Un homme, des hommes peut-être. Au niveau du col. Je ne sais pas.

— Tu n'y étais pas?

— Non.

— Où étais-tu?»

Karim n'en peut plus de fatigue. L'immobilité est plus épuisante que la marche. Il vacille et s'écroulerait sans doute de tout son long si le vieillard ne le retenait pas.

Derrière, des femmes se sont mises à pousser de grandes lamentations. Karim ne peut s'empêcher de se demander pourquoi elles crient ainsi. Elles ne connaissaient même pas Maha. De quel droit pleurent-elles sa mort? La mort de Maha lui appartient à lui. Ces femmes n'ont pas le droit de l'en déposséder.

«Dépose-la ici», indique le vieillard en lui désignant une pièce d'étoffe blanche à ses pieds. Karim ne sait pas comment cette étoffe est arrivée jusque-là.

Il dépose Maha. Aussitôt, il se sent atrocement seul.

Il lève les yeux vers le vieillard.

«J'étais plus haut, dit-il enfin en réponse à la question du vieil homme. Je n'étais pas là. Elle était seule avec un bébé. Je l'ai abandonnée.»

Le vieillard ne répond pas tout de suite. Il regarde le corps étendu à ses pieds.

«Ceux qui l'ont tuée, ce devaient être des hommes d'Aaqoura. Des chrétiens. Ce sont nos ennemis depuis le début des temps.

— Ou des Syriens, avance un autre homme, un peu en retrait.

— Ou des hors-la-loi, des braconniers, des voleurs, suggère un autre. La montagne a toujours servi de refuge aux hors-la-loi.»

Pourquoi pas des Israéliens? songe Karim avec dérision. Ou des chefs du Hezbollah? Ou des Palestiniens? Ou le dieu Mars, descendu du ciel pour la circonstance? Ou l'un d'entre vous, qui m'observez avec tant d'attention? Qu'importe l'identité ou la nationalité des tueurs? Elle est morte, c'est tout.

Au fond de lui, il sait bien qui est responsable de sa mort. Maha n'est pas morte d'un coup de couteau au travers de la gorge. Elle est morte d'abandon et de paroles chargées de haine. Celui qui l'a tuée, c'est lui, Karim.

*

* *

«Elle voulait aller à Chlifa, elle va aller à Chlifa.» Voilà ce que Karim a répété avec obstination au vieillard qui proposait d'enterrer Maha chez eux, à Yammouné.

Le vieillard s'est incliné.

Pendant que des femmes s'occupaient de Jad, des hommes sont allés chercher une charrette bringuebalante, sur laquelle ils ont allongé Maha.

«On pourrait aussi y installer le bébé», a suggéré Ahmed, le vieillard. Mais Karim a refusé. Il va porter Jad jusqu'au bout, jusqu'à Chlifa.

Un pitoyable convoi s'est mis en branle pour Chlifa, situé à une dizaine de kilomètres de là. La charrette, tirée par un âne rachitique; Karim, qui porte Jad; quelques hommes armés de longs fusils.

Ils suivent les pavés inégaux de la voie que les Romains, il y a fort longtemps, ont tracée entre Baalbek et Yammouné. Sous les yeux de Karim s'étale enfin la plaine de la Beqaa, immense et lumineuse, mais le garçon la remarque à peine, pas plus qu'il ne remarque les fleurs qui déjà se fanent dans la chaleur de l'été ou la grosse tortue qui les regarde passer avant de se réfugier sous sa carapace. Il a les yeux fixés sur la charrette qui, quelques pas devant lui, avance en cahotant, sur la forme blanche qui a été Maha.

Le soleil a déjà disparu de l'autre côté du mont Liban quand ils atteignent Chlifa, minuscule village niché dans l'ombre au pied des montagnes.

À peine les paroles rituelles de bienvenue ont-elles été échangées que Karim demande à voir le vieil Elias.

«Le vieil Elias? répète, surpris, celui qui les a accueillis. Quel vieil Elias?

— Un vieil homme, natif de ce village, qui y est revenu il y a quelques années après avoir habité longtemps à Beyrouth. Sa femme s'appelle Zahra.»

Un moment de silence suit la réponse de Karim.

Celui-ci a l'impression que le village tout entier le dévisage avec des yeux ronds de curiosité.

«Nous sommes bien à Chlifa? demande-t-il enfin.

— Oui, répond l'homme qui se tient devant lui. Mais celui que tu cherches, le vieil Elias, est mort il y a six mois, et sa femme l'a rejoint quelques semaines plus tard. Tu arrives trop tard, mon fils.

— Mais...

— Cette femme, là-bas, c'est leur nièce, Fatima. Elle va pouvoir te renseigner mieux que moi.»

Les mots tournent dans la tête de Karim. Morts, six mois, Fatima.

Si le vieil Elias et sa femme sont morts six mois plus tôt, les parents de Maha n'ont donc pas pu envisager d'envoyer leurs enfants auprès d'eux. Maha a-t-elle inventé cette histoire? A-t-elle décidé de partir, coûte que coûte, sans savoir ce qu'elle trouverait au bout du chemin? Ou bien avait-elle simplement décidé de lui mentir, une fois de plus?

Des mots prononcés par Maha, la nuit où ils se sont installés parmi les pierres de lune, lui reviennent à l'esprit. «Quand je dis quelque chose, j'ai souvent l'impression que je pourrais dire le contraire et que ce serait aussi vrai.» Les mensonges. La vérité. Qu'est-ce que c'est, au juste? Des mots et leur contraire. L'endroit et l'envers des choses, aussi réels l'un que l'autre? Aussi «vrais» l'un que l'autre? Maha, Maha, tu m'as laissé beaucoup de questions, mais peu de réponses, gémit tout bas Karim avant de se tourner vers la nièce d'Elias et de Zahra, qui lui enlève Jad des bras et lui pose une question qu'il n'entend pas.

*

*   *

Les préparatifs pour l'enterrement. Après une longue discussion, les anciens décrètent que Maha est morte *chahîd*, c'est-à-dire martyre, et que son corps ne sera donc pas lavé avant l'enterrement. On se contente de déposer le corps, enveloppé d'une étoffe blanche, directement dans un trou creusé dans la terre.

Karim assiste à la cérémonie sans y participer vraiment. Pendant la lecture du Coran, il parle à Maha dans sa tête. Tu vois, lui dit-il, tu vois, pour toi, on respecte le rituel. Toi, on va savoir où tu es enterrée. Tu es ici, à Chlifa, à l'ombre d'un genévrier. Tu vois, je connais enfin le nom d'un arbre: genévrier. C'est un beau nom. Et c'est un bel arbre. Un gros arbuste, plutôt, avec des épines. Le genre d'arbre que j'aurais plutôt imaginé dans des pays nordiques. Mais, bon, il y en a un ici, et c'est à son pied qu'on t'a enterrée. Quand le vent s'insinue entre les branches, ça fait comme un murmure. Il va pouvoir te tenir compagnie, quand je serai parti. Parce que je vais partir, tu vois. Je... Bon, je vais partir, mais toi, il te restera le murmure du vent dans le genévrier. Est-ce que je t'ai dit que c'est beau, un genévrier? Tu aimerais sa couleur. Il faut que je parte. Je n'ai rien à faire ici, tu vois.

Il lui répète «tu vois, tu vois», à elle qui ne voit plus rien, pour essayer d'expliquer, pour s'excuser de l'abandonner, une fois encore.

L'un des hommes du village va les conduire au camp syrien le plus proche, Jad et lui. Ensuite, Karim espère pouvoir aller à Damas, la capitale de la Syrie, à moins de cent kilomètres de là, d'où ils pourront s'envoler vers l'Amérique, vers Montréal où se trouvent ses parents.

Fatima, la nièce du vieil Elias, a proposé

de prendre Jad et de s'en occuper comme de son propre fils, mais Karim a refusé.

«Non. Maha me l'a confié, en quelque sorte. Je ne peux pas l'abandonner lui aussi.

— Et tes parents? demande Fatima. Qu'est-ce qu'ils vont dire en te voyant arriver avec un bébé?»

Karim hausse les épaules. Sa famille va devoir accepter Jad, c'est tout.

À vrai dire, il y pense à peine. C'est si loin, tout ça.

Pour le moment, toutes ses pensées sont tournées vers l'instant où il devra s'éloigner du genévrier, s'arracher à ce coin de terre où Maha repose à jamais.

Troisième partie

La vie continue

Montréal, février-mai 1990

Je rêve à ce pays où l'angoisse
Est un peu d'air
Où les sommeils tombent dans le puits

Georges Schehadé

Journal de Karim
Montréal, quelque part en février 1990

Bizarre comme on perd la notion du temps dans un lit d'hôpital. Bizarre aussi comme les souvenirs refluent. Ceux de là-bas et ceux de mes premiers mois ici, au Québec.

La tête de mes parents quand je suis descendu de l'avion avec un bébé dans les bras! Si j'avais eu le cœur à rire, j'aurais ri en les voyant calculer vite, vite, vite dans leurs têtes. Neuf mois (plus ou moins) ajoutés à six ou sept mois (selon toute apparence), non, ça ne peut *pas* être son fils, c'est mathématiquement impossible. Ils ont soupiré de soulagement, mon père trois secondes avant ma mère. Il a toujours été plus rapide en calcul mental.

Évidemment, ils ont posé des questions. J'ai répondu, sans entrer dans les détails. Les Tabbara sont morts, sauf lui. J'étais sur place. Je l'ai pris. Je l'ai emmené. Un peu primaire, peut-être, mais mes parents ont accepté mon explication. Ils devaient vraiment être soulagés de me voir sain et sauf.

Je suis arrivé à Montréal en août. Je n'ai aucune idée de la date, même si je n'étais pas dans un lit d'hôpital. Les cinq ou six premiers mois, j'étais dans un vide complet. Dans une bulle qui m'isolait de tout, qui me protégeait. Je ne voyais rien, je n'entendais rien, je ne faisais rien. Si, quand même: je m'occupais de Jad. Heureusement qu'il était là. Sinon, je crois bien que j'aurais décroché complètement.

J'aimerais pouvoir dire que je réfléchissais, que je m'interrogeais sur le sens de l'existence, la vie et la mort, mais ce n'est même pas le cas. Je végétais. Mes parents ont bien essayé de me sortir de cette torpeur, de me faire bouger, de me faire découvrir le pays. Je ne voulais rien voir. Il paraît que l'automne est beau, par ici. Possible. Moi, je n'ai rien vu.

Finalement, après la folie collective que représente la fête de Noël, mes parents m'ont carrément obligé à fréquenter la polyvalente du quartier. Pas nécessairement pour que j'apprenne quelque chose. Plutôt pour me sortir de mon enlisement. Pour me faire réagir. Ça, pour réagir, j'ai réagi. Au-delà de tout espoir, même. Au point de me retrouver dans ce lit d'hôpital. Et de m'embourber malgré moi dans l'embrouillamini des «relations humaines», comme dit le prof de morale.

Il doit y avoir une leçon à tirer de tout cela, mais je suis trop fatigué pour y penser maintenant.

23 février

J'ai retrouvé la date. Je suppose que c'est bon signe.

Depuis que j'ai été transféré dans un hôpital de Montréal — le jour de la Saint-Valentin, comme me l'a si gentiment fait remarquer l'infirmière —, My-Lan est venue me voir tous les jours. «Mes parents vont finir par trouver que j'étudie beaucoup chez Sandrine», a-t-elle dit hier avec un petit rire.

Je commence à m'habituer à ses rires, à sa voix, à ses yeux en amande. J'ai plus de mal à m'habituer à tout le reste, à ce qui m'a fait la haïr au début. Son corps frêle, ses longs cheveux noirs, certaines de ses réflexions. Alors, quand elle vient, je me concentre sur son visage et sur sa voix. Je la fais parler.

Elle n'est pas très bavarde, et elle n'est pas du genre à s'étendre longuement sur ses problèmes et ses malheurs. Mais elle m'a quand même parlé de la guerre dans son pays, de la torture, des morts. Elle m'a décrit l'odyssée qu'a représentée son voyage jusqu'ici. Elle s'est rappelé ses premiers mois à Montréal, quand elle ne parlait pas un mot de français, quand tout lui apparaissait déroutant et souvent choquant.

Première constatation: je n'ai pas le monopole du malheur. C'est bête à dire, mais j'en étais presque venu à imaginer que j'étais le seul à connaître la souffrance et la mort. Rien que ça! Non, mais, quelle prétention!

Deuxième constatation — en forme de question: ça donne quoi de se vautrer dans son malheur? Je me rends compte que, pendant des mois, je me suis drapé dans mon malheur comme s'il s'agissait d'une vertu qui m'aurait autorisé à mépriser tout le monde. Qu'est-ce que je sais du malheur des autres? De quel droit me suis-je permis de juger que seule ma souffrance était digne d'intérêt?

Troisième constatation: vivre ou mourir, il faut choisir. *To be or not to be*, comme disait un dénommé Shakespeare. Je n'ai aucune idée de ce qu'il avait en tête en écrivant cela, mais il me semble que ça colle bien à ce que je suis en train de découvrir. Quand je me suis réveillé dans cet hôpital des Laurentides où on m'avait conduit, j'ai presque regretté de ne pas être mort. Il me semble à présent que ça ressemblait un peu à de la lâcheté. Je n'aime pas ce mot. Qui peut dire ce qui est lâche et ce qui ne l'est pas? Ce qui est courageux? Ce qui est admirable? Tu avais raison, Maha: moi aussi, maintenant, j'ai parfois l'impression que je pourrais dire le contraire de ce que je dis, et que ce serait aussi vrai. Ça complique un peu les choses, mais ça n'enlève rien à leur intérêt. Ça aurait même tendance à leur en ajouter. Où en étais-je? Vivre ou mourir. En fait, pendant six mois, j'ai été quelque chose comme un mort-vivant. Je n'arrivais pas à choisir. J'ai essayé de vivre en marge des autres, en marge des souvenirs, des cauchemars et des remords. En marge de la vie. Ça ne pouvait pas durer.

Je ne sais pas encore pourquoi on vit. Je ne le saurai peut-être jamais. Mais il me semble qu'on n'a pas le droit de se laisser mourir. Ne serait-ce que par simple respect pour tous ceux qui meurent et qui auraient voulu vivre. Pour l'instant, ça me suffit comme raison. Vivre parce que Maha et Nada sont mortes. Et leurs parents, et leur tante Leïla, et tous les autres que je ne connais pas. Vivre pour que leur mort n'ait pas été inutile, pour ne pas les abandonner dans l'oubli. Vivre pour les faire connaître à Jad, qui vient de faire ses premiers pas, et c'est absolument merveilleux, les premiers pas d'un bébé. Oh, Maha, Maha, tu n'auras même pas vu les premiers pas de Jad!

28 février

De retour à la maison. Ce n'est pas encore la grande forme, je me sens même comme un vieillard rhumatisant et cachexique. Je ne sais pas vraiment ce que ça veut dire, cachexique, mais c'est un beau mot: Maha aurait adoré. Je me rends compte que je fais, comme ça, des provisions de mots, de sons et d'images pour elle.

Avec mon retour à la maison, les visites de My-Lan ont cessé. Ces visites me manquent plus que je ne l'aurais cru. J'ai besoin de My-Lan. Elle me sert de lien avec le monde. Elle m'a permis de faire le pont entre là-bas et ici. Ce n'est pas rien.

Mais ce n'est pas non plus la fin du monde, comme ils disent ici. Autrement dit, je ne suis pas amoureux d'elle, comme semblent le croire les infirmières (indulgentes), mes parents (soulagés — il n'est pas mort, il revient à la vie normale — mais inquiets — ça donne quoi, un mélange de Libanais et d'Asiatique?) et même Béchir, à qui j'ai envoyé un rapport succinct des dernières semaines et de mes prouesses en terre d'Amérique.

«Eh bien, mon vieux, m'a écrit Béchir en retour, tu ne t'emmerdes pas, au fin fond de tes forêts! Puis-je en conclure que je recevrai sous peu ta liste des vingt et une choses qui te plaisent dans ce pays et que cette liste commencera par “My-Lan”? Alors, elle est comment, ta petite amie? Puisque moi, je t’ai tout dit sur Lolote, j’espère que tu vas me rendre la pareille. Avec mes salutations désinvoltes, etc., etc., etc.»

Lolote! J’ai d’abord cru à une blague, mais il faut que je me rende à l’évidence: mon ami Béchir est amoureux d’une fille qui s’appelle Lolote. C’est dur à avaler, mais tant pis, j’avale. C’est à cela qu’on reconnaît les grandes amitiés.

Trêve de balivernes. Non, je ne suis pas amoureux de My-Lan, ce qui ne m’empêche pas de l’aimer beaucoup et d’attendre avec impatience le moment où je la reverrai. C’est tout.

La vie continue. Presque comme avant. Mais dans ce «presque»-là, il y a tout un monde.

Évidemment, la terre n'allait pas s'arrêter de tourner parce qu'une bagarre a éclaté et qu'un gars a failli en tuer un autre.

Il y a eu des tracasseries administratives et légales. Je suppose que c'était inévitable. Je ne connais pas les détails. Ça ne m'intéresse pas. Mais tout semble être rentré dans l'ordre assez rapidement. Il y en a qui disent que la famille de Karim n'a pas porté plainte et que toute l'affaire a été classée comme «accident». D'autres prétendent que Dave doit se présenter devant un juge (ou un policier, ou un psychologue, ou une travailleuse sociale, ça dépend des versions) à tous les deux (cinq, dix, trente, cinquante, alouette) jours. La vérité, c'est que personne ne connaît tous les détails de cette histoire.

Je m'en tiendrai donc, comme toujours, aux faits les plus sûrs.

Le retour de la classe-neige s'est fait dans l'ahurissement le plus complet. Une bagarre, un coup de couteau, un blessé grave. Nous avions du mal à digérer tout ça, à prendre conscience que ça s'était vraiment passé dans notre classe, entre des gars qu'on connaissait ou qu'on pensait connaître. Si je n'avais pas peur des grandes formules, je dirais que La Violence Venait De Faire Irruption Dans Notre Vie. Un beau titre en lettres rouges et noires.

Les jours suivants, tout le monde nous traitait comme des convalescents, avec des tas d'égards et beaucoup de ouate. Pas d'examens, pas de remontrances, pas de devoirs trop longs. On aurait dit qu'ils avaient peur de nous voir exploser les uns après les autres.

Dave est revenu en classe le premier. Un peu moins voyant que d'habitude. Pas entièrement assagi, non, il ne faut pas s'attendre à des miracles, mais moins pénible qu'avant. Peut-être que c'est vrai cette histoire de juge, d'avocat ou autre. Ou peut-être qu'il a juste eu la peur de sa vie.

Karim n'est revenu qu'en mars. Lui, bizarrement, il est à la fois plus visible et moins voyant qu'avant. Il est plus présent, il participe plus aux activités, aux discussions. Je n'irais pas jusqu'à dire que c'est le boute-en-train de la classe, mais il se mêle au groupe. Il semble même de plus en plus copain avec Simon, qui est un des gars sympathiques de la classe. Par contre, il a perdu son air de prince du désert. C'est un peu dommage, mais je suppose qu'on ne peut pas avoir à la fois un personnage formidablement romanesque et un gars qui se montre enfin humain. Résultat: après la curiosité un peu morbide des premiers jours, tout le monde a cessé de guetter le moindre de ses gestes et de ses regards pour ne lui accorder qu'une attention normale. Même Nancy a renoncé à le séduire. Elle lui a sauté au cou dès son retour et a plaqué un long baiser sur la bouche du «héros», comme elle a dit, mais Karim n'a pas répondu avec beaucoup d'enthousiasme à son assaut. Elle en a conclu qu'il devait être gai. Ce que j'aime, chez Nancy, c'est la merveilleuse simplicité de ses raisonnements. Ça doit drôlement lui faciliter l'existence.

D'autres, par contre, sont persuadés que Karim éprouve un doux penchant pour My-

Lan. D'abord parce qu'il s'est porté à son secours. Ensuite parce qu'il passe beaucoup de temps avec elle. Ça aussi, ça m'apparaît un peu simpliste comme raisonnement, mais, dans le fond, je n'y connais rien. Mieux vaut donc que je me taise à ce sujet.

Un dernier détail: Karim et Dave se comportent de façon civilisée l'un envers l'autre. Ils ne sont pas les meilleurs amis du monde (ce serait quand même assez étonnant), mais ils ne se tombent pas non plus dessus à bras raccourcis dès qu'ils se voient. Ils jouent même au soccer ensemble!

Si je devais résumer l'atmosphère de la classe, ou les changements qui se sont produits cette année, je dirais qu'on respire un peu mieux. Ce n'est pas le paradis sur terre, non, mais ce n'est pas non plus le lieu froid et factice où on cohabitait sans jamais se toucher et sans rien savoir les uns des autres. On se parle plus. On se mêle plus. En français, on monte une pièce de théâtre qui s'appelle «Chus pas raciste, mais...». Ça ne va pas changer le monde. Ça va peut-être juste nous aider à comprendre un peu plus le monde dans lequel on vit, les gens avec lesquels on vit. C'est quand même mieux que de se taper sur la figure.

Montréal, en terre lointaine
le 15 mai 1990

Tu es teigneux, mon vieux Béchir, comme il n'est pas permis.

Mais, enfin, toute patience trouve sa récompense. Est-ce que ça existe, comme proverbe? Sinon, j'en revendique la paternité.

Vingt et une choses, dis-tu. Eh bien, voici (sans ordre précis):

1. le printemps (à cause de l'hiver, que j'abhorre, exècre, abomine, etc.)
2. le mont Royal
3. la tarte au sucre
4. le rire de certaines filles (pas toutes!)
5. la paix
6. un gars qui s'appelle Simon et qui est en train de devenir un bon copain (ne t'inquiète pas, il ne t'a pas complètement délogé... même s'il est nettement moins teigneux que toi)
7. le soccer (c'est comme ça qu'on appelle le foot, ici)
8. les piscines
9. les jambes de certaines filles (pas toutes!)

10. les samedis matins à flâner au lit avec un livre
11. la rue Sainte-Catherine et les immeubles du centre-ville
12. les salles de cinéma
13. les cours de biologie (au fait, dans ta dernière lettre, à part m'engueuler parce que je ne t'avais toujours pas fait parvenir ma liste de vingt et une choses que j'aime ici, tu m'as rappelé ton intention de devenir ingénieur pour pouvoir retourner au Liban et rebâtir un pays plutôt amoché; continue à me tenir au courant de tes projets; on pourra se retrouver là-bas, dans quelques années, quand tu seras ingénieur et moi médecin; je réfléchis beaucoup à cela, depuis quelque temps, et j'ai l'impression que j'aimerais beaucoup rafistoler les corps amochés; les âmes aussi, peut-être; enfin, on verra)
14. la rue Saint-Laurent
15. les tempêtes de neige (et ne t'avise pas de prétendre que je me contredis)
16. les pistes cyclables
17. la liberté de bouger, de circuler, de s'agiter ou de ne rien faire
18. la paix (*bis*, *ter* et plus encore)

19. les cheveux de certaines filles (pas toutes!)
20. le bruit paisible des voitures dans la nuit
21. (censuré)

Alors, satisfait?

Je tiens toutefois à préciser que je déteste et que je détesterai toujours le hockey, le beurre d'arachide, les téléromans et les cours d'anglais.

Karim

DANS LA MÊME COLLECTION

Contes pour tous

1 LA GUERRE DES TUQUES
Danyèle Patenaude et Roger Cantin

2 OPÉRATION BEURRE DE PINOTTES
Michael Rubbo

3 BACH ET BOTTINE
Bernadette Renaud

4 LE JEUNE MAGICIEN
Viviane Julien

5 C'EST PAS PARCE QU'ON EST PETIT QU'ON PEUT PAS ÊTRE GRAND
Viviane Julien

6 LA GRENOUILLE ET LA BALEINE
Viviane Julien

7 LES AVENTURIERS DU TIMBRE PERDU
Michael Rubbo

8 FIERRO… L'ÉTÉ DES SECRETS
Viviane Julien

9 BYE BYE CHAPERON ROUGE
Viviane Julien

10 PAS DE RÉPIT POUR MÉLANIE
Stella Goulet

11 VINCENT ET MOI
Michael Rubbo

12 LA CHAMPIONNE
Viviane Julien

13 TIRELIRE, COMBINES ET CIE
Jacques A. Desjardins

Sélection «Club la Fête»

1 LE MARTIEN DE NOËL
Roch Carrier

À partir de 8 ans

1 GASPARD OU LE CHEMIN DES MONTAGNES
Christiane Duchesne

2 BIBITSA OU L'ÉTRANGE VOYAGE DE CLARA VIC
Christiane Duchesne

3 MILLE BAISERS, GRAND-PÈRE
Stella Goulet

4 PAS D'HIVER! QUELLE MISÈRE!
Pierre Guénette

5 LE 25e FILS
Bernard Tanguay

6 LES IDÉES FOLLES
Ken Roberts

7 L'ORDINATEUR ÉGARÉ
Pierre Pigeon

8 MYSTÈRE ET BOULE DE GOMME
Jacques Pasquet

9 LE GRAND TÉNÉBREUX
Pierre Pigeon

10 L'ARMÉE DU SOMMEIL
Gilles Gagnon

11 MÉLI-MÉLO
Jacques Pasquet

12 LES PRISONNIERS DE MONSIEUR ALPHONSE
Céline Cyr

13 TROIS ALLERS DEUX RETOURS
Pierre Moessinger

14 DES BLEUS ET DES BOSSES
Denis Desjardins

15 JACOB DEUX-DEUX ET LE DINOSAURE
Mordecai Richler

16 UN CHIEN, UN VÉLO ET DES PIZZAS
Cécile Gagnon

17 MACK LE ROUGE
Yves Beauchesne et David Schinkel

18 LES LUNETTES D'ANASTASIE
Céline Cyr

19 ON NE SE LAISSE PLUS FAIRE
Yvon Brochu

20 LE PARI D'AGATHE
Sonia Sarfati

21 MENACE SUR BOUQUINVILLE
Louise Lévesque

22 LE BLOND DES CARTES
Johanne Mercier

23 LA TÊTE DE LINE HOTTE
Jasmine Dubé

24 VINCENT-LES-VIOLETTES
Céline Cyr

25 SAUVETAGES
Sonia Sarfati

26 LA VRAIE HISTOIRE DU CHIEN DE CLARA VIC
Christiane Duchesne

27 LES ENFANTS D'YDRIS
Louise Lévesque

28 QUELQUE TEMPS DANS LA VIE DE JESSICA
Sarah Ellis

29 HISTOIRE DE LA PRINCESSE ET DU DRAGON
Élisabeth Vonarburg

30 PANTOUFLES INTERDITES
Céline Cyr

31 L'HOMME DU CHESHIRE
Michèle Marineau

32 LA BANDE À FÉLIX
Jean-Pierre Bélanger

33 LE CHAMPION DES BRICOLEURS
Cécile Gagnon

34 LE PIANO DE BEETHOVEN
Carmen Marois

35 UNE HISTOIRE À FAIRE JAPPER
Yves Beauchemin

36 GRANULITE
François Gravel

37 VICTOR
Christiane Duchesne

38 FÉLIX ET LE SINGE-À-BARBE
Jean-Pierre Bélanger

39 ON N'EST PAS DES MONSTRES
Yvon Brochu

À partir de 14 ans

1 PELLICULES-CITÉS
Jacques Lazure

2 UN JARDINIER POUR LES HOMMES
Nicole Labelle-Ruel

4 SIMON YOURM
Gaétan Lebœuf

5 NOCTURNES POUR JESSIE
Denis Côté

6 J'AI BESOIN DE PERSONNE
Reynald Cantin

7 VOL DE RÊVES
Paul de Grosbois

8 DES MILLIONS POUR UNE CHANSON
André Vanasse

9 CASSIOPÉE OU L'ÉTÉ POLONAIS
Michèle Marineau

10 L'ÉTÉ DES BALEINES
Michèle Marineau

11 LE DOMAINE DES SANS YEUX
Jacques Lazure

12 BOUDIN D'AIR
Gaétan Lebœuf

13 LE SECRET D'ÈVE
Reynald Cantin

14 LE CHOIX D'ÈVE
Reynald Cantin

Collection Clip

---

1 LA PREMIÈRE FOIS TOME 1
Collectif

2 LA PREMIÈRE FOIS TOME 2
Collectif

3 SANS QUEUE NI TÊTE
Jacques Pasquet

4 N'AJUSTEZ PAS VOS HALLUCINETTES
Jean-Pierre April

5 LE MARIAGE D'UNE PUCE
Mimi Barthelemy
en collaboration avec Cécile Gagnon

6 L'ESPRIT DE LA LUNE
Jacques Pasquet

Tales for All – Montréal Press

---

2 THE PEANUT BUTTER SOLUTION
Michael Rubbo

3 BACH AND BROCCOLI
Bernadette Renaud

4 THE YOUNG MAGICIAN
Viviane Julien

5 THE GREAT LAND OF SMALL
Viviane Julien

6 TADPOLE AND THE WHALE
Viviane Julien

7 TOMMY TRICKER AND THE STAMP TRAVELLER
Michael Rubbo

8 SUMMER OF THE COLT
Viviane Julien

9 BYE BYE RED RIDING HOOD
Viviane Julien

transcontinental
IMPRESSION
IMPRIMERIE GAGNÉ

IMPRIMÉ AU CANADA

"How did yo

"A love letter. ... mer said.

He gave a harsh laugh. "I never saw it."

"She never sent it."

"Diana wanted you to find out, you know." Seth was staring at the ocean, not at her. "If we end things over this, it'll be just what she wanted to have happen."

Summer sighed. She had the strange desire to nestle close to him, not because she needed to, but out of habit. It seemed unreal, the two of them sitting there like strangers waiting for a bus.

"I can almost understand you wanting Diana," Summer said. She was surprised at how reasonable she sounded. "I mean, she's beautiful and smart and sexy and . . ."

"Not you," Seth finished. "She's not you, Summer."

"Maybe that was the whole point."

Don't miss the other books in this romantic series:

#1 June Dreams
#2 July's Promise
#3 August Magic
#4 Sand, Surf, and Secrets
#5 Rays, Romance, and Rivalry

Special edition Spring Break Reunion

Available from ARCHWAY Paperbacks

Summer

Beaches, Boys, and Betrayal

Katherine Applegate

AN ARCHWAY PAPERBACK
Published by POCKET BOOKS
New York London Toronto Sydney Tokyo Singapore

AN ARCHWAY PAPERBACK *Original*

An Archway Paperback published by
POCKET BOOKS, a division of Simon & Schuster Inc.
1230 Avenue of the Americas, New York, NY 10020

Produced by Daniel Weiss Associates, Inc., New York

ISBN: 0-671-51040-1

First Archway Paperback printing August 1996

10 9 8 7 6 5 4 3 2 1

Printed in the U.S.A.

IL 7+

To Michael

1

How Not to Dot Your I's

It was a simple enough note. No question what it meant.

And yet as she held it, the paper shivering slightly between clamped fingers, Diana found herself recalling an article on handwriting analysis she'd read somewhere. One of her mom's *Cosmos*, maybe, something with a title like "Love Letters: How to Read Between His Lines."

Of course, this would technically come under the heading of a "hate letter." And it wasn't from a guy—it was from her cousin.

Diana studied the note again, as if the handful of words had been written in code:

Seth and Diana:
I know everything.

Do not try to get in touch with me.
Summer.

The broad stroke across the *t*. The thick period, almost a dash, after the name. The sharp, hurried writing, nothing like Summer's usual silly, feminine loops. Summer, who'd been known to dot her I's with hearts. Yes, if the handwriting was any indication, Summer was most definitely furious.

That was, after all, what Diana had intended. It hadn't surprised her to come home to the apartment and see Summer's closet half emptied, her suitcase gone.

Everything was going according to plan.

Except for this note. Diana hadn't expected it. The words on paper made everything so permanent and official. She'd felt this way when they'd handed over her driver's license, the plastic coating still a little warm, the picture startled and not quite herself.

This was real. Diana had hurt her cousin in a way she could never take back. She'd wanted to hurt Summer, she'd had her reasons for hurting her, and yet now Diana couldn't take her eyes off the note in her trembling hands.

She heard a key fumbling in the lock. Seth, Summer's boyfriend, came in. He was carrying a package and a bouquet of roses.

"For me?" she asked sarcastically.

"Yeah, right." He tossed the roses aside. "Where's Summer?"

"You tell me." She held out the letter, vaguely noting the way it continued to flutter in her fingers like a trapped moth.

Seth grabbed the paper from her. She watched him take in the words, the permanent, official words, just as she had.

"You *told* her about us?"

"I have no idea how she found out," Diana said, snatching back the note.

Unless, of course, it was the love letter I wrote you, she added silently. *The one I left out so Summer would find it.*

Seth sank against the counter. His lips worked at forming words, but none came. She imagined those lips on her mouth, her neck, remembered the sure and gentle way he had of kissing.

"But how?" Seth said at last. "How could she have found out?"

"The point is, she was going to find out eventually, Seth."

"But not now, not when I finally thought we had things worked out. . . ."

Diana turned toward the sink, away from Seth's wounded eyes. "You've gotten through other stuff. Maybe she'll forgive you for this."

"She'll never forgive either of us."

"I know," Diana admitted. It was a price

she'd been willing to pay to win Seth for good. Lose a cousin, gain a cousin's boyfriend. It had seemed like a reasonable exchange.

"Where do you think she went?" Seth asked.

"She left a note for Marquez. You could read it. Maybe it says something."

Seth marched to Marquez's bedroom. A moment later he returned. "Summer is at that new job of hers, taking care of that handicapped guy. I guess she's staying at his house." He gazed at the peach-colored roses on the counter. "You told her, didn't you?"

Diana didn't answer.

"I thought so."

"She loves Austin, Seth. Why can't you see that?"

"But she *chose* me."

The catch in his voice made her reach for him. She was surprised when he didn't push her away. She kissed him, hoping he might kiss her back, knowing he wouldn't.

"*I* chose you too, Seth," she whispered, pulling away.

"Then you chose wrong." He rubbed his eyes. They were both silent. Through the French doors came the sound of the ocean, sighing again and again over some great, unspeakable loss.

"I was going to head back to California tomorrow," Seth said. "But I can't leave now, not with things like this."

Diana stared at the note in her hand. Things with Summer, he meant. "What about things with . . ." With us, she wanted to say, but of course she didn't.

"With what?"

Diana turned away. Slowly she tore the letter into long, neat strips. She stuffed them into the garbage disposal. She ran the water. With a flick of the switch the disposal chewed up the paper, growling purposefully.

Diana turned off the disposal. She watched the water run. The note was gone, but she could still see the letters in her mind, the tight scrawl, the scribbled signature of the cousin she'd lost forever.

2

Betrayal Is a Mighty Big Word

Summer woke from her nap in a room that was not her own. She blinked. For a brief, terrifying instant she had absolutely no idea where she was. She sat up, taking in the thick oriental rug, the deep blue wallpaper shimmering like satin, the Tiffany lamp sending jeweled patterns onto the ceiling.

Well, wherever she was, she'd clearly come into money.

Oh. She was at her job. Her brand-new, live-in companion job.

She was at her brand-new, live-in companion job because she couldn't ever go home again.

It was amazing, the way you could go to sleep and leave your complicated life completely behind you. Of course, the waking up wasn't much fun.

She walked to the wide pair of doors that opened onto the balcony. It was nearly dark, and the air had a touch of coolness in it. The ocean view was stunning, endless black against a sky of velvety twilight blue, but her eyes were drawn back across the inlet to Coconut Key. The lights along the coast glowed yellow. The old lighthouse at the north end of the key swept its single eye over the dark water.

Running here to Jared's estate had made sense a few hours ago. It was the only place she knew of where she could avoid Seth and Diana indefinitely. And she was going to be working here every day, anyway. One whole wing was filled with assorted staff members.

But now, standing here on the balcony, it seemed crazy, almost pathetic. Summer had never felt quite so thoroughly alone. She was barely on speaking terms with her brother. Her best friend, Marquez, was caught up in her own problems. And Summer had just learned she'd been betrayed by her cousin and her fiancé.

Betrayal. It was a big, dramatic word, like something from her English class on Shakespeare. From the Cliffs Notes, anyway.

She smiled, just a little. It was too much like a soap opera to be her life. Of course, in soap operas the main characters didn't run off to hide and lick their wounds, not unless they were due to be killed off because the ratings were down.

She was surprised at how empty she felt. Shouldn't she be throwing things, vowing revenge, cursing the names of Seth and Diana? In a soap opera she would get even. She would steal Seth back from Diana, she would make Seth pay for his lies. Or at least get amnesia, adopt a new identity, and return to town as a redhead.

But all she felt was emptiness. It almost disappointed her. Was she such a wimp she couldn't even dredge up a decent anger high? Marquez would be outraged on Summer's behalf. Why couldn't Summer manage to feel anything?

She tried to imagine Diana in Seth's arms. Tried to imagine them laughing at how naive Summer was, how they'd faked her out. She felt like a computer in need of a bigger memory. A little more RAM—maybe then she'd see the whole picture. Maybe then she'd come up with the appropriate feelings.

She heard a soft motorized whir and looked down to see Jared, the guy she'd been hired to assist, moving slowly down the long cement path to the beach. He was swathed in bandages—his arms, his face, one leg. The other leg was in a cast.

He paused at the sand's edge, unable to go

farther. He looked so alone, even more alone than Summer. She wondered why his family wasn't here for him. He had no friends, just the people hired to care for him. And now Summer was one of them, his paid companion.

When she'd come running here, suitcase in hand, she'd told Jared what had happened. *For him to have hurt you like this,* he'd said, *he must have truly lost his way.*

Losing your way. It was a nice phrase. It was how she'd felt a lot this summer, since graduating. Lost. Faced with hard choices and no nice neat plan to guide her—just her hunches about what made sense. As if life were one humongous, unsolvable geometry problem. Which college to choose. Which job to take. Which guy to pick—Austin or Seth.

She'd picked Seth. Out of loyalty, and out of love.

So much for hunches.

She went back into the huge bedroom. A large stone fireplace dominated one end of the room, but it was hard to imagine ever using it here in Florida. Around the fireplace dark wood shelves held thick, leather-bound books. She scanned the shelves, found a couple of promising titles, and pulled them out. She'd promised Jared she'd read to him tonight.

Summer headed down the long winding staircase. The house was quiet, as immaculate as a hospital and just about as sterile. Even the perfectly manicured garden in the back seemed antiseptic—not a dying bloom or fallen leaf anywhere.

"Hi, Jared," she said quietly, hoping not to startle him.

He turned his bandaged head an inch or two. Again she was reminded of a mummy. Between the bandages covering his injuries from the car accident, the cast on his leg, and the expensive clothes, the only parts of his body visible were his dark, luminous eyes and his left hand.

"I thought you were napping," he said, in the hoarse whisper caused by his injured vocal cords.

"I was. It was nice too. I sort of forgot everything." She sat on the white bench at the end of the path.

"I do that," Jared said. "Then when I wake up, I'm always sort of shocked by all these bandages."

Summer nodded. His problems were so enormous that she felt her own shrivel in comparison. "I brought *Huckleberry Finn*," she said. "And something about spies I've never heard of. I thought I could read to you, if you want."

Jared stared at her in that unselfconscious way he had, as if she were an expensive museum piece he'd just acquired. "We'll start tomorrow. You relax, sit here. You had a rough day."

"Not so rough."

"Your boyfriend and your cousin—" Jared began, letting the rest go unsaid. "That's pretty rough."

Summer's eyes stung, surprising her with tears. She hadn't cried yet. But the sound of pity in a stranger's voice was like the starting shot she'd been waiting for. She looked away, down the thin white beach. The sky was the vivid, unreal blue of night starting. Gaslights in the garden glowed like huge fireflies.

"I just feel like such a fool," Summer said, still looking away. "How could I not have known there was something between them? I can even understand how Seth might have had feelings for someone else, because I do. Did, I mean. But to keep it from me, all these months . . ."

"Did you tell him?" Jared asked.

Summer turned to face him. He seemed to be straining toward her, leaning in his wheelchair with effort. She wondered if he was so intensely curious because he'd been starved for companionship for many months, or if he was just being polite.

"I told him eventually," she admitted. She managed a weak smile. "I know, I know. How can I be mad at him when I did the same . . . but it's not the same, not really. Diana's my cousin, Jared. For her and Seth to be together—I don't know. It feels different. Like a bigger betrayal."

Again that word. And again she wondered why she couldn't match her sad, small feelings to the big hurt it implied.

"I've done my share of betraying people," Jared said. "It's much easier than you'd think. But cleaning up the mess afterward . . . that isn't so easy." The slight movement around his lips made her wonder if he was smiling.

The glass doors to the back porch eased open, and Summer turned to see Stan, Jared's butler. "A visitor to see Ms. Smith," he said in his clipped New England accent.

"Visitor?" Summer repeated. Marquez! Marquez had gotten her note and rushed over after work to commiserate. Summer felt a surge of relief.

"It's probably my roommate," Summer told Jared. "I hope you don't mind. I mean, we didn't really discuss whether it's okay for me to have guests—"

"Of course," Jared said. "It's your house too, for as long as you want."

She started down the long path that snaked through the garden. Stan was holding the door, waiting so stiffly that she felt a little like royalty. A figure appeared in the dim glow of the porch light. Summer gasped.

"Summer," Seth said. "We have to talk."

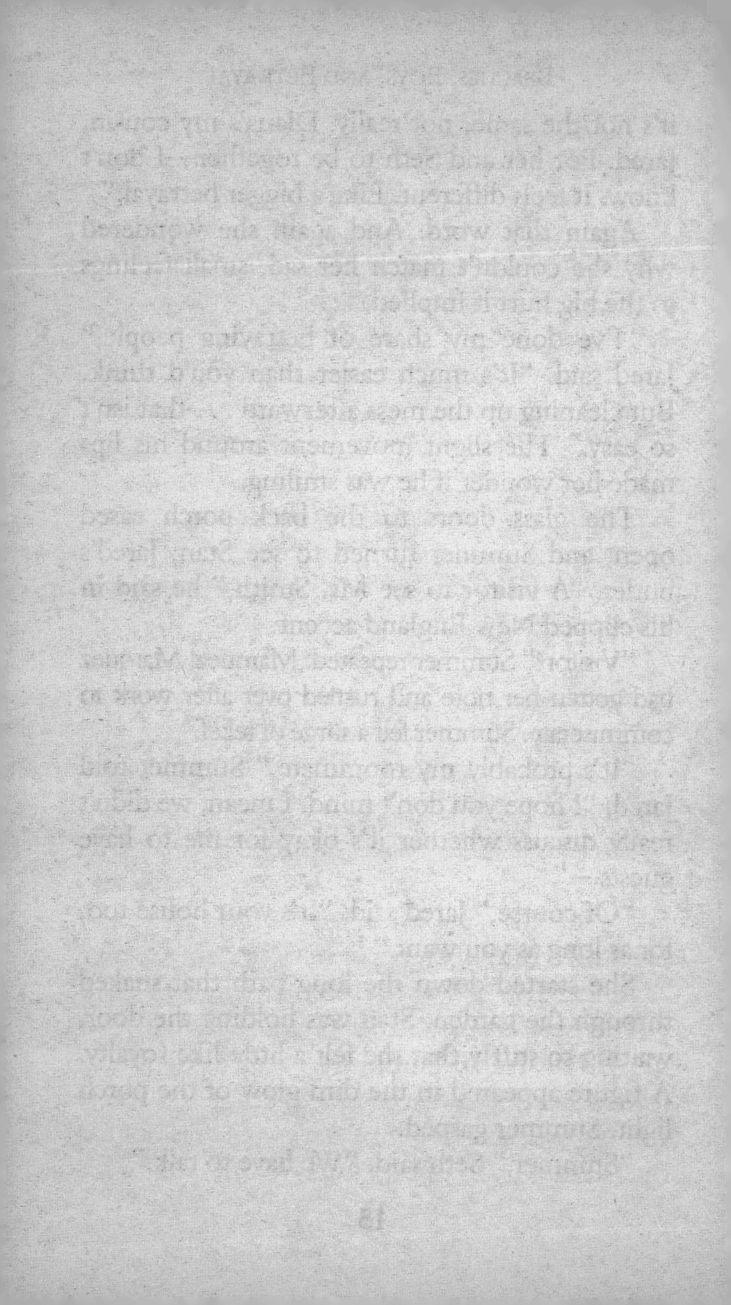

it's not the same, not really. Daisy, my cousin, and I, we used to be together, I don't know, it was different. Like a bigger betrayal."

Again the word. And again she wondered why she couldn't match her word with the [illegible].

"I've done my share of betraying people," Jared said. "It's much easier than you'd think. But cleaning up the mess afterwards — that isn't so easy." The slight [illegible] around his lips made her wonder if he was smiling.

The glass doors to the back porch swished open and Summer turned to see [illegible] outside. "A visitor to see Ms. Summer," he said in his clipped New England accent.

"Visitor?" Summer repeated. Miranda Marquez had pointed her nose and peered over [illegible] to [illegible]. Summer felt a surge of relief.

"It's probably my roommate," Summer said [illegible]. "I hope you don't mind. I mean, we didn't really discuss whether it'd be okay for me to have guests."

"Of course," Jared said. "It's your house too, as long as you want."

She started down the steps [illegible] that wound through the garden. She was halfway to the door [illegible] [illegible] in the dim glow of the porch light, [illegible].

"[illegible]," [illegible]. "I'll [illegible]."

3

First Love, First Good-bye

"I have nothing to say to you, Seth."

Seth rushed at her, grabbing her shoulders. His face was grim. "We have to talk. You have to let me explain."

Summer shook off his hands. "Please, Seth," she said.

She was terribly aware of Stan and Jared, perfect strangers watching her private drama unfold. She felt like an actor in a very poorly attended outdoor performance of *General Hospital.*

But Seth was adamant. "I'm not leaving."

"It's all right, Summer," Jared said, rolling toward her down the path. His voice was barely audible over the sound of the waves crashing on the beach. "I was just leaving."

When he reached them, Jared paused for a moment, the hum of his wheelchair suddenly quieted.

"Jared, this is Seth Warner," Summer said.

"Hi." Seth gave a terse nod.

"You okay?" Jared asked Summer.

"Fine. I'm sorry about this. Maybe we can read tomorrow."

"Tomorrow," Jared said. He tilted his head, eyeing Seth carefully, then headed toward the door where Stan was waiting.

Summer returned to the bench and sat stiffly. Seth joined her, careful to leave space between them. She realized suddenly that this could be the last time they saw each other. They would call it off. Seth would go back to California. Down the road they might run into each other—say, at a party for a mutual friend. She could picture the awkward, surprised glance, the cold, heavy feeling in her chest. She wondered if they would even acknowledge each other. Would they pretend all their time together had never happened?

"How did you find out?" Seth asked.

"A love letter. From Diana to you."

He gave a harsh laugh. "I never saw it."

"She never sent it."

"Diana wanted you to find out, you know." Seth was staring at the ocean, not at her. "If we end things over this, it'll be just what she wanted to have happen."

Summer sighed. She had the strange desire to nestle close to him, not because she needed to, but out of habit. It seemed unreal, the two of them sitting there like strangers waiting for a bus.

"I can almost understand you wanting Diana," Summer said. She was surprised at how reasonable she sounded. "I mean, she's beautiful and smart and sexy and . . ."

"Not you," Seth finished. "She's not you, Summer."

"Maybe that was the whole point."

"There was no 'point,' it was just an . . . an accident. I didn't mean for it to happen—"

"Were you . . . together when she went out to California last week to visit?"

Seth squirmed a little. "We saw each other, yeah."

"Were you *together?*" Summer pressed.

He didn't answer. Well, duh, Summer. Connect the dots. She'd actually been naive enough to encourage Diana to visit Seth. They must have had a good laugh over that. Summer Smith, junior matchmaker.

"As I was saying," Summer continued in a prim lecturing voice that she'd never heard from herself before, "I could almost understand your going after Diana. The temptation and all. It's like Austin and me." She was glad when he winced a little. "But what I can't understand, Seth, is how you could have kept it from me all these months. How you could have let me feel so rotten and guilty about Austin when you knew what you'd done with Diana was every bit as bad. Worse, even."

"Why is it any worse?" Seth asked. "Why isn't it just the same?"

"I can't explain it—it just is. Because she's my cousin and my roommate, and you knew, you *both* knew, how much it would hurt me."

"You hurt me too, Summer. And I forgave you."

"Do you love Diana?"

"No," Seth said automatically. "Not exactly."

"Not exactly."

"I'm only *in* love with you. Doesn't that make it any better, Summer?"

"In a way it makes it worse, Seth. Because it means you were just using Diana. It makes me feel sorry for her."

"The using was mutual, trust me. You don't need to feel sorry for Diana. You think it was an accident I flew back here to see you? Diana's the one who told me you weren't wearing my ring anymore. She's the one who told me about Austin—" His voice cracked.

She watched the tears trail down his cheeks. It scared her how indifferent she felt. How numb. She'd only seen Seth cry a couple of times. But now, seeing him cry over her, it was like watching a movie where you'd already figured out the ending and you wondered if maybe you should go buy some more popcorn.

"Summer." Seth took her hand. "We can't let it end like this. This is crazy. We've been through too much together. We're engaged."

"We *were* engaged."

"What about everything you said last night?" Seth cried. He was growing increasingly frantic, but the more agitated he got, the more cool and centered she felt. "About how what mattered most was loyalty and faithfulness and all we'd gone through together? Are you telling me this is it? It's over?"

Summer thought for a while. The finality of it all began to penetrate, like a tiny flashlight in dense fog. "It just feels like we've gone through too much, Seth," she said softly. "It's like . . . like that car of yours that you finally sold to the junkyard for parts. That Dodge? Remember how you kept trying to patch it together and as soon as you did something else would go wrong—the back door fell off or the alternator died? And then that old man rear-ended you in the parking lot at Wendy's and you just said, okay, it's time to give up. This is like the final straw. This is our rear-ending at Wendy's."

She tried to smile, but the muscles wouldn't obey. It occurred to her that only a few days ago, she'd told Austin it was over between them. In the space of a week she'd ended relationships with the two great loves of her life.

Last summer she'd come to the Keys just hoping to meet a cute guy, maybe even fall in love. She'd worried about her flirting technique and her dancing technique and her kissing technique.

And now here she was, polishing her breaking-up technique.

Suddenly she felt very old. Older than Seth. Older than her friends. Older even than those actors on *90210*.

Seth reached into his pocket. He held out something small and shiny in his palm, and she knew at once that it was another ring.

"I found it at Woolworth's today," Seth said. "A replacement ring for your replacement ring." He paused. "When Diana came to see me in California, she brought a ring with her. She said it was yours."

Summer gasped. "*She* found my ring and didn't tell me?"

"I was going to mail the real one to you when I got back to California. But now I guess you won't be needing it."

"No," Summer said softly.

Seth pressed the ring into her hand. "You might as well take this. I've already got a real one. Besides, I'm not going back to California for a while."

"What? You have to go back and finish your internship. You said you were learning so much about boat building—"

"Screw all that. I'm going to go hang out with my grandfather on Crab Claw for a while. Finish up the summer there."

"Look, there's something you should know, Seth. I reapplied to Carlson College."

Seth looked at her blankly. "When?"

"Before this. Before I found out about you and Diana. I went for a visit, and I realized I was only going to UW to please you. Well, mostly I realized I was going there because I was afraid I couldn't hack it at Carlson."

"I thought you wanted us to be together. So you were planning on breaking up with me all along?"

"No, no. I knew it was going to be hard, being at different colleges, but I thought you could try to reapply to Carlson next semester and—"

"What does it matter now?" Seth interrupted. "The point is, you were ready to give up on us."

"No." Summer closed her fingers around the little ring with its fake diamond. "I just wasn't ready to give up on myself. And you shouldn't be either. You should go back to California, finish out the internship."

Seth just shook his head.

"I'm glad for everything we had, Seth." Summer touched his damp cheek. "You'll always be my first love." She was glad she was being so generous. She didn't want to feel bad about this later. No scenes, no accusations.

"Maybe if we give it some time?" Seth said hoarsely.

She started to say, No, it's over, it's time for you to move on. But when she looked into his desperate, regretful eyes, she couldn't bring herself to say it.

"I don't know," she whispered. "Maybe."

The word was so small and sad, so pathetically hopeful. When Seth leaned over and softly kissed her, she felt something inside shift and crack.

She was almost relieved when she finally started to cry herself.

4

Please Leave a Message After the Beep. . . .

Marquez marched down the sidewalk toward her boyfriend's apartment, her dark curls bouncing rhythmically. She'd been calling Diver all evening without success. Now she was opting for the up-close-and-personal approach.

Her mind was reeling. After work she'd gone home to her apartment to change clothes, only to discover that Summer, her best friend, had moved out. Marquez didn't need a scorecard. She'd known all about the little game Diana and Seth had been playing, but she'd kept her mouth shut, hoping things would work out on their own.

Great. Marquez's boyfriend was AWOL, and her best friend had run away from home. It was not a pretty picture.

She climbed the porch steps to the apartment Diver shared with Austin Reed. Her hand was trembling, but she couldn't tell if it was from nerves or because she hadn't eaten anything all day.

She knocked. "Enter at your own risk," Austin yelled.

Marquez pushed open the door. The room was dense with smoke. Discarded potato chip bags and bottles littered the floor. A tiny fan on a TV tray herded the thick air back and forth.

Austin was lying on the couch, ratty jeans, no shirt. He was reading a *TV Guide*. His half-grown beard was dark against his drawn face. His long brown hair hadn't seen a comb in many a moon. He always looked a little edgy—now he looked downright scuzzy. Still, Marquez could understand why Summer was so taken with him. Even when scuzzy, he was attractively scuzzy.

"Hey, Marquez, join the party. You're just in time. I've got *Doctor Quinn, Medicine Woman* on tape."

Marquez waved her arms to clear the air. "Since when do you smoke?"

"I don't. I'm just experimenting with self-destructive behaviors. Next I thought I'd try the all-doughnut diet. Or else take up skydiving. Of course, that would require moving off the couch, and I think I may be permanently stuck here.

I sat on a package of Oreos a few days back."

"Blythe told me you were late to work and McNair almost fired your butt."

"Yeah. I was very disappointed when he gave me a second chance to clean up my act."

Marquez cleared a spot off a chair and sat. "This is because Summer ended things, huh?"

"I know it's not very melodramatic, eating and drinking myself into a stupor and watching the Weather Channel. I ought to have the decency to fall on my sword or something."

"You may want to hold off on the sword. Summer and Seth just officially broke up. You heard it here first. Look, have you seen Diver anywhere? I've been calling all day—"

"I turned the sound on the machine off." Austin tossed his *TV Guide* to the floor. "Tell me more about this alleged breakup."

"First things first. Diver?"

Austin frowned. "Didn't he say anything to you?"

"About what?" Marquez asked impatiently. She couldn't seem to stop her knees from jiggling.

"He left around six or so. He had his backpack and his sleeping bag—which is to say everything he owns, pretty much. Said something about going camping for a couple of days, getting away from the real world."

Marquez leapt out of her chair like she'd

been ejected. "Are you *sure?* He didn't say anything to me, Austin, and I know he would have. And he just started a new job, he's supposed to work tomorrow, this doesn't make any sense—"

"Whoa, calm down, Marquez." Austin sat up. "I'm sure there's a logical explanation. I did ask him about his job and he said they were cool with it."

"How could they be cool with it? *I'm* not even cool with it!" She grabbed his phone. "Can I use this?"

"Sure."

Marquez hesitated. "Damn. What's his boss's name? Linda something. Linda . . . Linda . . ." She pounded the receiver in her palm.

"Calm down, girl. You sneaking into the double espressos again at Jitters?"

"Linda Right? Linda—"

"Rice?" Austin ventured.

"That's it!" Marquez dialed information, got the number, and waited impatiently for the phone to ring.

"So anyway, about this Summer-Seth situation—" Austin tried, but she ignored him.

"Linda?" she said when a woman answered. "This is Marquez—uh, Maria Marquez, Diver Smith's girlfriend? I'm really sorry to bug you like this, but I was wondering if you could tell me if he's scheduled to work tomorrow."

Marquez listened, said thanks, hung up, and

groaned. "He's scheduled for the next four days straight. She didn't know anything." She wrung her hands. Her pulse throbbed in her throat. She couldn't get enough air. It was like trying to breathe through a straw. "There's something wrong, Austin. He wouldn't just split like this unless something were really, really wrong."

Austin put out his cigarette and stood a little unsteadily. He put his arm around her. "Relax, kid. Nothing's wrong. Now, come here and sit down. Watch those Oreos. I'm getting you some water." He led her to the couch. "Take it easy, Marquez. You've had a hard week. I mean, you just got out of the hospital a little while ago."

She nodded, touching the Band-Aid covering her stitches. She'd felt a little like this that night—dizzy, lost. The diet pills, probably, or not eating. She'd hit her head, fallen.

"Austin, Diver tells me everything. He wouldn't just vanish unless something horrible had happened. You've got to think. Did he say anything else? Leave a note, anything?"

Austin handed her a plastic cup from Burger King filled with water. "I don't think so, Marquez."

"Did he seem okay?"

"Well, I don't know Diver that well. He's always sort of . . . cryptic. But he did look a little down." He sat down next to Marquez. "You know, he did say something weird. A message he wanted me to pass along—"

"To me?"

"To Summer, actually. He said something like, 'Tell Summer she was right about me all along.' Does that mean anything to you?"

Marquez closed her eyes. "It means he wasn't feeling good about himself, I can tell you that much. Summer's not exactly her brother's biggest fan. She blames him for her parents splitting up, for running out on her family—"

Running out. As soon as she said the words, Marquez realized the truth.

Diver, who had spent his life running from problems, could be running once again.

Without thinking, she reached for Austin's hand. He held tight and pulled her close. "He would never run out on you, Marquez. He loves you completely."

"How do you know that?"

"Because he told me so. In that Diver way he has. Said you were the only woman who didn't disturb his *wa*. Whatever the hell that is."

She leaned her head on Austin's warm shoulder. The room was swimming in lazy circles around her. She had to clear her head, get organized. First she'd go see Summer, see if she knew anything. Then . . . well, she'd deal with then when she got there.

"Maybe he tried to call," Austin suggested.

He reached for the answering machine on the floor, his arm still around Marquez.

The first four messages were all from Marquez. *Diver, where are you? Diver, call me. Diver, you said you were going to meet me after work. Damn it, Diver, where* are *you?*

The next was from their boss at Jitters, reminding Austin he'd better be on time for his shift tomorrow.

Then came the last one. *Diver, hon. I so enjoyed our little visit this afternoon. Can't wait to see what develops.*

That was it. No name, no number.

"That southern accent," Austin said. "That's got to be Caroline."

Marquez didn't have to be told. She'd watched Diver at the beach party last night, eyeing beautiful, blond, petite Caroline like a lovesick puppy. She'd seen the looks they'd exchanged, and she'd known what they'd meant.

And now Diver and Caroline had spent the afternoon together. "His leaving," Marquez whispered. "It's about Caroline, I know it is."

"Marquez, my darling, crazed Marquez," Austin said, planting a kiss on her cheek, "that frothy little southern magnolia can't hold a candle to you. Diver loves you."

Marquez looked at him. "Yeah, and Summer loved you," she said gently.

Austin gave a crooked smile. "You're making comforting you extremely challenging."

For a moment they sat together, considering their shared plight. At last Austin rose. "Come on. We'll go talk to Summer, see if she knows anything."

"I doubt Summer's in the mood for visitors right now, Austin."

"You can tell me all about it on the way. But first let me brush my teeth, assuming I remember how."

"A little Right Guard wouldn't hurt either."

He laughed. She watched him disappear into the bathroom. When he closed the door, she replayed Caroline's message on the machine. She listened for meaning, for clues in the sweet, musical lilt of Caroline's voice.

But there was nothing there to hear, no matter how hard she tried.

5

It's a Dog of a Way to Get Around

It never hurt in the dream. The sizzling embers under his bare feet were as cool as wet stones. The fire licked at his skin, the fumes poisoned his lungs, but he couldn't feel a thing.

As the fire ate it away, Diver walked through the crumbling house until he found his father, his father who was not really his father, lying under a burning support beam. His clothes were on fire, his hair, even his skin. His mouth was contorted with pain.

He was screaming, but Diver couldn't hear him.

The dream shifted jerkily, like a badly spliced film. He was lying on the ground outside the house now, the fire behind him. The grass was damp and springy against his cheek. His head was bleeding.

He looked back. The fire was like a living thing. He heard sirens howling.

Somewhere nearby he saw a light come on. A shadow passed by a window.

He climbed to his feet and ran, the way he always did in the dream. He was moving wildly, propelled by fear and by the sound of his father's screams that now, at last, he could hear.

He turned the corner down the dark street. The sirens and the screams filled his head. And then, out of the corner of his eye, he saw the hand—a girl's hand, familiar and yet not, reaching out to him. The hand extended from the doorway of an old, rickety house. The house seemed to float over a blue, endless ocean.

The sirens grew louder, the screams tore at him, and then Diver reached for the hand.

Something shook him hard. A voice penetrated through the screams. "Wake up, man."

Diver's eyes flew open. He saw a beefy forearm layered with blue tattoos.

He was on the Greyhound. It was night. He was headed for Miami, or somewhere like that.

"You musta been havin' a nightmare, man." The owner of the tattoos returned to his seat on the other side of the dark aisle.

"Yeah." Diver ran his fingers through long, blond hair. "I guess."

"I get those real bad, man." The tattooed man shrugged. "Course, I'm usually awake."

When the Greyhound made a stop just south of Miami, Diver was grateful for the chance to stretch his legs. It was a seedy building, low-slung and dirty, with a small twenty-four-hour restaurant attached to one end.

With his fellow passengers, groggy and grumbling, Diver shuffled off the bus. The driver leaned against the bus, sucking alternately on a Coke and a cigarette, looking as bleary as the rest of them.

Inside, most of the passengers headed for the restaurant, which smelled of grease and bus fumes. But Diver found himself making his way toward the telephones, old-fashioned booths with accordion glass doors. He entered one, sat on the wooden stool, and held the receiver, still warm from its last use.

He wanted so much to call her. Just to hear Marquez's voice—hear her bitch at him and laugh at him and tell him how she didn't care what was wrong, just please get his butt home.

He could call, let her answer, hang up.

But she would know who it was. By now she was probably pretty worried. It would be wrong, cruel even, to call her like that.

As if running away from her without a word was somehow kind. He leaned against the glass. He felt something low in his chest, a tight place he associated vaguely with anger. He hadn't been angry much in his life. He hadn't felt much at all, actually.

His head hurt the way it had hurt in the dream. As if the dream had been real.

He laughed grimly. Of course, it had been.

He punched 411 into the keypad. "Directory assistance," a man answered.

"I need the number for Blythe, uh . . ." What *was* Caroline's roommate's last name? "Blythe Barrett, I think, in Coconut Key."

"Checking."

He waited, flashing back to his visit from Caroline this afternoon. *I didn't kill him,* he'd told her, but she'd known it wasn't true, and so had he.

The operator gave him the number. He listened to the dial tone hum. What could he say? *Yes, Caroline, you're right. I did kill him. I burned down the house with my father in it and then I ran like hell. Like I'm running now, so fast you'll never find me.*

He hung up the receiver. What was the etiquette when you were running from your blackmailer? Probably it would not be in your best interest to call and taunt her.

He was hungry. He wasn't thinking clearly.

He left the phone booth and went to the restaurant. His fellow travelers were camped out, each in separate booths, sullenly munching down day-old fries and burgers. Diver bought an apple and a granola bar and went outside.

The night wrapped itself around him, warm

and damp. The bus was idling, filling the air with acrid smoke. Above the big windshield a sign glowed red. Miami.

He didn't have much cash. It wasn't the first time. After the fire he'd changed his name and lived on the streets. He could do it again, but the thought of dodging cops and sleazebags and dopers made him deeply tired. He could pick up odd jobs, get by. But he'd liked his last couple of jobs, taking care of injured wildlife at rehab centers. Lousy pay, great work.

A while back Summer had told him he had to get his act together, stop drifting, reacting. Grow up. He really had. He had a job, a place to stay with a roof and four walls, and, of course, his relationship with Marquez.

But a chance meeting with a girl named Caroline had ripped all that from his grasp.

He'd had lunch with Summer just today. It had been tense, like it always was between them these days. But there'd been a moment when she'd reached for his hand and he'd told his sister how much he loved her. At least, he'd told her in his way. He hadn't exactly said the words.

He wolfed down the granola bar. It surprised him a little, the way he could still have an appetite while his life crumbled around him. How had Marquez starved herself all these months? Hoarding calories like gold, exercising to exhaustion, sneaking diet pills. He should have watched out for her better. He should have made her see how beautiful and perfect she was.

And now there was no one to tell her that.

One by one the other passengers returned to the bus. The driver tossed his cigarette. "Time to go, bud," he said.

Diver watched him climb the steps. The engine revved. If he got back on that bus, he'd fall asleep.

If he fell asleep, he'd dream again.

He waved the driver on. The doors squealed shut. The bus slowly pulled away.

The fire, the smoke, the screams would have to wait, for a few more hours at least.

6

A Little Night Visiting

Tap. Taptaptap. Tap.

For the second time in one evening Summer awoke in a room that she didn't recognize. This time, though, it didn't take her as long to remember that she was at Jared's—or to remember why.

She checked the glowing digital clock. It was a little after midnight.

Tap. Taptap. Taptap.

Was it hailing? South Florida was famous for its sudden storms, but when she'd been outside with Seth and Jared, the sky had been clear. And why hadn't she heard any thunder or rain?

She climbed out of bed and went to the window. As she pulled back the curtain the sharp clatter of stones against glass made her jump in surprise. She opened the window.

"Summer! It's me, Marquez!"

"Marquez?" Summer called. "Who's that with you?"

"But, soft!" came a male voice, "what light through yonder window breaks?"

"Austin? What are you doing here?"

"Auditioning for summer stock."

"Let us in, okay?" Marquez called.

"Wait there."

Summer threw on the robe she'd remembered to pack at the last minute. The hallway was dark. Silently she swept down the wide staircase.

Marquez. It would be so good to see Marquez.

She didn't let herself think about how it would be to see Austin.

It took her two tries to disarm the door alarm the way Juanita, Jared's nurse, had taught her before Summer went to bed.

Marquez and Austin were waiting on the wide porch. Summer pulled them in, enforcing silence with a finger to her lips. She led them upstairs to her room and shut the door.

"Be very quiet or they'll fire me for sure," she said in a whisper.

Marquez flew into her arms. "Summer, are you okay? I was so worried when you just left behind that note, and now with Diver—"

"What *about* Diver?"

Marquez burst into tears. Summer looked over at Austin, who was scanning the bookshelves. "Austin? What happened?"

He turned to her, his face grave. "He's gone, Summer."

"Gone?"

Marquez was sobbing—great gasping sounds that Summer had never heard her friend make before.

"This evening I ran into him as he was leaving my apartment," Austin said. "He said he was taking a couple of days off, and that they were cool with it at work."

"B-bu-but I called his job," Marquez sobbed. "And th-th-th—"

"They didn't know anything about it," Austin finished gently.

Summer led Marquez to the bed. They sat there together, Summer's arm draped over her friend's frail shoulders.

"I just saw him this afternoon," Summer said. "He was sort of down, but he didn't mention anything to me." She shook her head. "This would be just like Diver, to run out without a word. It wouldn't exactly be the first time. He didn't even leave a note, nothing?"

Marquez shook her head and sniffled. "But I know why he left. It's that Caroline girl. She left a message on Austin's machine. They got together today, and at the beach last night he couldn't take his eyes off her."

"Marquez," Austin interrupted, "Diver is not interested in Caroline. He's in love with you."

"Diver told me about her, Marquez," Summer said. "He and Caroline were neighbors when they were kids, that's all."

Marquez looked at her hopefully. "Really?"

"He told me at lunch."

"Still, he had to leave for some reason. . . ." Marquez's voice faded away.

"Damn it," Summer muttered, all her pent-up anger at Diver resurfacing. "How could he just walk out like this? I mean, before, when he left Minnesota, I could almost understand. It was a new place, and my family was new to him. It was a hard adjustment, sure. But *now?* Now, when everything's going so well? He has a cool job, and he has you—"

She paused, suddenly aware of her rising voice and of Marquez's soft sobs. There was no point in making things worse. "Marquez, you know Diver," Summer said, softening her tone. "He gets these whims. He's probably sleeping on the beach, doing his back-to-nature thing. Truth is"—she forced a laugh—"he probably couldn't hack living in a normal apartment with Austin."

"Wouldn't be the first roommate I've driven out," Austin agreed.

"And after all," Summer added, "before this, Diver was living in a tree house. He's not like other guys, Marquez. He's got this wild streak in him. He's sort of, well . . . uncivilized. Give him a couple of days without indoor plumbing or remote controls and he'll be back, good as new."

"You think?" Marquez asked.

"I know. He *is* my brother, after all."

"Still"—Marquez grabbed a Kleenex box off Summer's nightstand—"he should have told me. At least when you ran out, you left a note."

"Interesting," Austin noted as he thumbed through a thick book he'd pulled off the shelves. "You both pull a disappearing act on the same day. Perhaps this tendency to vanish runs in the family."

"I did not pull a disappearing act," Summer said sharply. "I was offered a live-in position and I chose to . . . to exercise that option. That's all."

"And what exactly prompted this . . . exercising?" Austin asked, smiling just enough to tell Summer he'd heard about her and Seth.

Summer sighed heavily. "Austin, if you already know about Seth and me, why are you asking? And since we're getting personal, there's this newfangled invention on the market. It's called a razor. I've got one in my bathroom you could borrow, but I've already used it on my legs."

"Actually, that might be very exciting for me."

She turned her attention back to Marquez. "Are you going to be okay tonight?"

Marquez nodded. "I just feel so . . . you know, helpless."

"Tomorrow's your counseling session at the hospital, right?"

Marquez gave a terse nod.

"Well, I'll try to get off early here and when you're done at your session, we'll go on an all-out Diver search. We'll check all the beaches, talk to anyone who might have seen him. We'll track him down, Marquez, I promise. Who knows? He'll probably show up tomorrow, all happy and Zen again, before we can even start looking."

Marquez smiled with one corner of her mouth. "Yeah. That would be Diver, all right." She stood shakily, bracing herself on Summer's shoulder. "Well, we should get going. Nice place, by the way. I can see why you prefer it."

"How'd you find my room, anyway?"

"Process of elimination," Austin answered. "You had the lousiest view."

"It's not fair to leave me alone with Diana, you know," Marquez said. "I had to hide all the sharp knives."

"I know. But I just can't deal with her and Seth right now."

"We've been so busy talking about Diver. You sure you're holding up okay?"

Summer shrugged. Out of the corner of her eye she could see Austin watching her intently. "Just kind of numb."

Marquez looked down at her feet. "Summer. There's something I have to tell you. I, uh, I kind of knew."

Summer blinked. "Knew. You knew what?"

"Don't make this any harder than it already is. I knew about Diana and Seth. I saw this letter from her to him. Really nauseating stuff. I didn't tell you because I thought maybe it was over and I didn't want to mess things up between you and Seth. . . ." She rolled her eyes. "And now look. As usual, with my incredible insight into human nature, I've totally screwed things up. No wonder Diver ran off."

She started to sob again. Summer felt the choices rolling around inside her—yell, cry, be disappointed, be sad. But when she looked at Marquez, so frail and desperate, all she could do was hug her close. "It's okay," she said. "I probably would have done the same thing."

Austin put a gentle hand on Marquez's shoulder. "Come on, kid. How about you and me stop by I Scream? They're open till one, I think. I'll buy you a hot fudge sundae with Reese's Pieces."

"I'm not hungry," Marquez murmured.

"I know," Austin said. "But let's go, anyway. I wouldn't mind some company."

Marquez looked from Summer to Austin and back again. "I need some air," she said. "And I have the feeling you two need some too. I'll meet you downstairs, Austin."

When Marquez was gone, Austin looked a little uncomfortable. "About last night," he said, clearing his throat. "When I crashed your little beach party . . . I believe I may have been slightly inebriated."

"You lay on the beach and made sand angels. It took two of us to drag you home. I'd say 'slightly' was a slight understatement."

Austin winced. "In any case, thanks for lugging me home. And I apologize for my boorish behavior."

"Apology accepted."

"If you need help with Diver . . ."

"Thanks. I'll let you know."

Austin moved a little closer. He touched her hair and she shivered. "About you and Seth—" he began.

"Marquez is waiting," Summer said. "You should probably go."

Austin seemed to be debating whether to press on. "All right," he said at last. "We'll do this another time." He gave her a gentle kiss on the cheek. "You've got enough to deal with right now."

7

Jared's Future, Jared's Past

"Glad you could join us."

Juanita was sitting in the breakfast room, a sunny, spacious area apparently reserved for the staff. She was just a few years older than Summer, a pretty olive-skinned woman with a halo of brown curls. As usual, she was dressed in a crisp white uniform. She sat at the table by a bank of windows overlooking the ocean, removing sections from a grapefruit with systematic care.

"I kind of overslept a little," Summer said apologetically.

"Deb, our cook, is out shopping, so you're on your own," Juanita said. "There's cereal over there in the cupboard by the sink, English muffins by the toaster. Make yourself at home."

Fumbling around in the huge, shiny kitchen, Summer managed to fix herself a bowl of Cheerios. She sat across from Juanita, feeling like an unwanted guest in a near-empty hotel.

"We were supposed to meet at nine to discuss Jared's therapy," Juanita said, opening a notebook.

"I'm really sorry—"

"But before we start, perhaps we should establish some ground rules," she continued. "Jared's family arranged for him to recover here so that he could have complete quiet. Jared's very generous with the staff. We're allowed to have guests and to use the grounds." She paused. "But that does not mean taking advantage of the situation. That does not mean, for example, having one's friends sneak into Jared's home in the middle of the night."

Summer gulped.

"By my count, you've already been visited by three friends, two of them"—she lowered her voice—"*male.* You're obviously a very pretty girl, Summer, and it's only natural that you would have . . . admirers. Including Jared, I suspect." She added the last part as if it were clearly a topic for *Unsolved Mysteries.* "But it is extremely detrimental to his recovery to be reminded of all he's lost. He's just a little older than you are, Summer. Imagine how hard it is for him to be around people his own age, living their normal lives." She paused to sip her tea. "I've spoken to Jared's mother on the phone. Apparently Jared was quite a handsome guy. She said he had no shortage of girlfriends. One in particular he was quite smitten with."

"I wonder where she is."

Juanita shrugged. "I've seen it before. People have an accident like this, it really separates the wheat from the chaff. So-called friends just vanish."

"Poor Jared," Summer said. "I'm truly sorry about my friends coming by. I promise to be more careful in the future."

Juanita smiled. "I'm glad we understand each other." She tore out a page from her notebook. "Now, I've put together a list of therapeutic activities. Jared's been going through a slump. He's very depressed, very uninterested in life. Most of the time he just stares blankly at the TV. Your goal is to help him reengage." She passed the list to Summer.

Summer scanned the section headed "8:00 A.M. to 12:00 P.M." "Wake at eight," she read. "Bathe, change dressings, eight to eight-thirty. Breakfast, eight-thirty to nine. Read newspapers, nine to nine-thirty. Read novels, nine-thirty to ten. Play chess or other board game, ten to eleven—" She frowned. "I know I'm not a nurse or anything, but isn't this kind of . . . you know, regimented?"

She heard a whirring noise behind her, the sound of Jared's motorized wheelchair as he sped into the room. He was neatly dressed as always, in a crisp tailored blue shirt and khaki pants, hemmed at the knee on one side to accommodate his large cast. He had a heavy gold ring on his left hand, and on his good foot he wore an expensive-looking dark leather shoe—attempts, it seemed, to impose order onto the chaos of bandages and plaster.

"She's right," Jared said in his low, gravelly voice. "It does sound regimented." He rolled over to the table and cocked his head to read the list. "My entire future laid out before me." He narrowed his eyes. "What? You didn't bother to schedule in my breathing, Juanita?"

"I just thought a plan of activities would give you something to look forward to each day—"

"We'll wing it, right, Summer?"

"Sure," Summer said. "How about a walk around the neighborhood? A roll, I guess I should say?"

"Fine idea," Jared said.

"I'm not so sure that's advisable, Summer," Juanita said. "Jared's wheelchair is cumbersome, and the temperature is so high—"

"Relax," Jared said. "What's the worst that can happen?"

"The worst that can happen is your throttle will stick and you'll roll straight into the ocean," Juanita said with a reluctant smile.

"I'll take my chances," Jared said.

"Ready?" Summer asked, spooning down the last of her cereal.

"Wear your Nikes. I'm hard to keep up with," Jared advised.

Summer took her bowl to the sink. "There's one thing," she said. "I was sort of wondering if I could have a couple of hours off this afternoon."

"Of course," Jared said, but Juanita was scowling.

"It's this family emergency. My brother's sort of disappeared—"

"Diver's gone?" Jared asked.

"Yeah, he . . . how'd you know his name?"

"You mentioned him yesterday."

"I did? Oh, well, I guess I did. Yesterday's sort of a blur. Anyway, it's probably nothing, he's sort of flaky sometimes, but I was going to help his girlfriend try to track him down."

"No problem," Jared said.

"You seem to lead a very turbulent life," Juanita commented.

"Sometimes I do feel a little seasick," Summer said with a grim smile.

Jared wheeled to his bedroom and closed the door. He pulled his sunglasses out of his nightstand drawer and tucked them in his pocket. Summer was waiting in the foyer to start their walk.

Summer was waiting for him.

Summer.

With great difficulty he removed the burled walnut box he kept at the back of the drawer. He set it on the bed, then wheeled over to the closet. With his good hand he removed the key he'd tucked inside his tennis racket cover.

It was an elaborate precaution, but one he felt was necessary. Juanita respected his privacy, such as it was. But it was too easy to imagine her coming across the box and inspecting its contents.

He locked his bedroom door and returned to the bed. It took three tries, but he was finally able to twist the key. The catch released. Slowly Jared opened the lid.

The picture was on top, where he'd left it. A beautiful girl on a sailboat, blond hair shimmering in the Florida sun, smiling radiantly at the camera. A handsome young man, dark eyed and too cocky, his arm draped around her shoulders.

He touched his bandaged face. He hadn't been such a bad-looking guy, all things considered.

Of course, that was a year ago. A lifetime ago. Back when he'd actually thought he might someday hear Summer say, *I love you, Adam.* Back when he'd been the rich son of a powerful senator. Back when everything he wanted came with such sweet ease he'd never imagined life could be any other way.

He was still rich. But his father had retired from the Senate in disgrace. His brother, Ross, was dead.

And he wasn't the cocky guy on the sailboat anymore, the guy who was sure Summer would fall in love with him, like every other girl he'd ever wanted.

Summer had been different. Summer, *he'd* loved.

That had only happened to him once before.

He pulled another picture out of the box. A girl on the beach, hiding behind dark sunglasses. She was Summer's opposite, dark, complicated, her smile full of secrets, and yet they shared one important quality—they both believed in love in a way he never had and never could. He'd believed in loyalty. Family above all else. And he'd lost both girls because of it.

He put back the pictures, locked the box, hid the key. A knock at the door startled him.

"Jared?" Juanita asked. "You need any help?"

"I'm fine. Tell Summer I'll be right there."

He returned the box to its hiding place. He should tell Summer who he was, of course. This couldn't go on forever. But he didn't want to.

For today, at least, for right now, Summer was waiting for him.

Summer.

8

Nice People and Not So Nice

The sign on the door was small, handwritten. Eating Disorders Clinic.

For the third time Marquez walked past the door, casually, indifferently. The hospital, even this part, the outpatient wing, stank of disinfectant. It was making her woozy and lightheaded. Or maybe it was the fact that she hadn't eaten in ages.

She headed for the lobby and sank into a chair. She should go home, work her shift at Jitters, then try to look for Diver. She and Summer could start with the beaches north of town. He liked those. She could imagine him baking in the sun, his shades hiding innocent baby blues, grinning when she finally tracked him down. He'd show her some shell he'd found, or some injured pelican, or whatever had distracted him from acting like a normal human being and telling her where he was.

That was the good version.

In the bad version, the R-rated one that had kept her up all night, he was having a secret rendezvous with Caroline. Marquez wasn't exactly sure where or how, but she knew why. He was with Caroline because she was everything Marquez wasn't: beautiful, petite, thin.

A nurse walked by, rustling in her uniform. She paused, glancing down the hall at the ED door and then back at Marquez.

"Can I help you with directions?" she asked.

"I'm just . . . you know. Waiting for someone."

"At the ED Clinic?" She had a nice smile. Nice, but nosy.

Marquez reached for an aging *People* magazine to prove she really was waiting. "Yeah. She's in there. Jane. She's, um, one of those throwing-up people."

"Bulimic?"

"I guess. Me, I could never do that. I despise throwing up."

The nurse stared. Marquez looked down at her magazine. David Hasselhoff was on the cover. He looked very tan and very old.

"Well, they're nice people at the clinic," the nurse said gently. "I'm sure she'll like it there. They really know how to listen."

"She's not very talkative," Marquez said.

"They'll understand. Tell her to give it a chance."

"Yeah. I'll try. But she doesn't really listen to me."

"There's a counselor on staff here all the time," the nurse said. "You might pass that along."

Marquez flipped through the worn pages of her magazine.

"If you get thirsty, there's a machine down the hall," the nurse said, smiling that sympathetic smile again. "While you wait."

Marquez watched her leave. She was average weight, maybe a little big in the hips, probably some cellulite on the thighs. But still. Nothing like Marquez. Marquez, who made Shamu look like a runway model.

She stared down the hall, imagining the other girls behind the ED door. If she tried hard enough, she could almost believe the lie she'd told the nurse. She was just waiting for Jane. Jane, who was a pretty messed-up girl, who threw up breakfast so she could have another one.

She lingered over an article on some supermodels in L.A. who'd started a new restaurant. In a big color photo they were grouped around a table overflowing with food, enough calories to keep them all happy for a year. One of them, a model Marquez had seen on the covers of

Seventeen and *Mademoiselle,* had a french fry poised delicately between perfectly manicured nails. Of course, she probably barfed it up after the photo shoot. They all did it.

Marquez had seen girls at school do it too. In the bathroom by the lunchroom, the one someone had dubbed the "vomitorium." Once Marquez had been in there, plugging her nose at the putrid smell, when Dana Berglund had emerged from a stall, primly dabbing her mouth with a piece of toilet paper, her eyes wet. She'd smoothed her cheerleader skirt and checked her blush in the mirror. Noting Marquez's rolled eyes, she'd defiantly declared, "Everybody does it," before slipping out the door.

And there'd been that anorexic girl Marquez's junior year. Marquez hadn't known her. She was a senior, very popular, a 4.0, pretty. Real thin, but she always wore big sweaters, flowing skirts. One day she'd just stopped coming to school. Rumors floated around: she had AIDS, she'd taken a job as a roadie with a band from Miami, she'd run off to have a baby. Marquez heard later that she'd died. Starved to death. She hadn't known that was even possible.

She put the magazine down and went back to the ED door. With her ear to the glass, she could make out the faint noise of a girl sobbing.

She'd promised Diver she'd try this once. Summer too.

Marquez turned away. Diver had vanished and Summer had moved out.

She didn't owe them anything.

"Eighty-six the pecan pie," Blythe whispered to Austin. They were standing behind the coffee bar at Jitters. The café was quiet, but the lunch rush wasn't due to start for another half hour. "That guy on table five just noticed one of the pecans moving. Turns out it wasn't a pecan."

"The Roach War begins anew. This building's crawling with 'em." Austin sipped at his cup of coffee, his third this morning. He'd been up late with Marquez, then too buzzed with manic energy to go to sleep after seeing Summer. He was still buzzed, but it was solely the caffeine keeping his eyelids up.

"In my apartment I've learned to accommodate them," he said. "I split my food fifty-fifty, let them use the TV remote when I'm at work. I'm teaching some of the brighter roaches to play poker. The other day I lost forty bucks and a half a bag of Doritos."

"In my apartment," Blythe said, "I drown them in Raid. That works too." She paused to artistically arrange sugar packets in a bowl. "Caroline just pulverizes them with her foot. I'm really glad she's decided to stay a while longer."

Austin smiled. He liked Blythe, a pretty African-American girl with an easy smile and an open manner. She was fun to work with, and she never shirked on the side work, like some of his fellow waitrons.

He glanced over at the corner booth, where Caroline was reading a book and sipping tea. "You and Caroline go way back, huh?" he said, wiping down the counter. "Camp counselors. Very wholesome."

"Yep. During high school, at this summer camp in Virginia. That's how we met." She paused, sighing. "She's changed a little."

"How?" Austin asked casually.

"Oh, you know." Blythe shrugged. "Just . . . we used to laugh so hard, we were constantly snorting milk out of our noses. Now she's going to this really snooty college. She joined this sorority, and she's not nearly so down-to-earth anymore. Like, I mean, she actually *cares* about the difference between a Mercedes and a Lexus, Austin. Her dad's a small-town lawyer and her mom manages this clothing store, but they're not rich or anything, and all of a sudden Caroline's so money obsessed." She sighed again. "It's kind of depressing when people change like that."

Austin reached for a pot of hot water. "Speaking of, it's time for a refill. Maybe I can get her to snort tea through her nose. You know, for old times' sake."

Caroline smiled broadly as Austin approached her table. "You read my mind."

"I live to serve." Austin poured hot water into her teapot.

"Hey, you ever been to Crab Claw Key?"

"Sure. It's just down the road a ways."

"I thought I might go on a little shopping expedition. Coconut's not cutting it for me. It's nothing but glitter T-shirts and Speedo swimsuits. I'm looking for something a little more checkbook challenging. Saks, Nordstrom's, something like that. Heck, I'd settle for a Gap."

Austin laughed. "You want that, you need to head for Miami. Don't get me wrong. Crab Claw has some money. I mean, Senator Merrick used to live over there and Mallory Olan—you know, Diana's mom, the romance novelist—has a place. The main drag has a few nice stores, but nothing that fancy. We're just simple ol' folk here in the Keys."

"You're teasing me," Caroline said, turning up the volume on the accent. She pushed her book aside. "Besides, you're a guy. What do you know about shopping? I tried Blythe, but she's shopping impaired. I ought to ask Summer or Marquez." She paused. "Is Marquez working today?"

"She's coming in later." Austin poured Caroline some fresh tea. "I think she's a little distracted, what with Diver gone and all."

Caroline studied her cup. "Gone?" she repeated.

"Yeah. Just kind of vanished. But then, you know Diver. I hear you two are old friends."

"Where'd you hear that?"

"Summer. Diver told her you two got together yesterday to reminisce."

Caroline shrugged. She poured sugar into her cup and slowly stirred. The spoon shivered in her hand ever so slightly, but her face was a mask of calm. "We weren't exactly bosom buddies or anything. But yeah, we knew each other." She lowered her voice. "To be perfectly honest, he always was a little, well, odd. It doesn't surprise me one whit that he's run off like this. Does anyone have a clue where he went?"

"Nope. He didn't leave a note or anything. Very weird. We thought about calling the police—"

"Oh, I wouldn't do that," Caroline said quickly. "I mean, for one thing, they wouldn't do anything, anyway. I doubt he'd qualify as a missing person for a while. He's over eighteen, he has a habit of acting strangely. And besides, they're busy catching *real* criminals—rapists and burglars and murderers. . . ."

"No one said anything about Diver being a criminal. Real or otherwise."

"No, of course not," Caroline said. "I just meant it would be a waste of time to bother the police. I'm sure Diver will turn up." She offered up another broad smile. "So. When do you get off?"

"Me? My work is never done."

"Your shift has to end eventually." She brushed her hair behind her ear, an innocent gesture that nonetheless seemed scripted. "I thought maybe you might want to give me a tour."

"A most tempting offer. But I do most of my shopping at 7-Eleven. That includes my wardrobe and most of my home furnishings."

"Well, the offer stands," Caroline said, eyes sweeping Austin from head to toe.

Austin gave his best aw-shucks grin and headed over to a nearby table to clear away some plates. Caroline returned to her reading.

She was undeniably a very attractive girl. Too bad he had the sneaking suspicion she was also very bad news.

9

Seek and Hide

Caroline browsed a rack of bathing suits without much enthusiasm. The shops on Main Street in Crab Claw Key were having a sidewalk sale. Nothing special. Certainly nothing worth suffering over in this ninety-degree temperature. The cement shimmered with heat like nothing she'd ever felt before. Even in her tank top and shorts, she was wilting fast. She had a new pair of sunglasses on, the kind all the girls at Tri-Delt were wearing, but even with the deep green lenses, she had to squint.

She moved on to a shoe shop, sorting through a pile of leather sandals. No luck. Which was probably just as well, since she was going to be short on cash soon. Unless she could con her dad into sending her another care package with a nice fat check in it, she might actually have to consider getting a job one of these days.

But it wasn't this summer that worried her as much as next fall. Nobody knew better than she did that she'd squeezed into her sorority because her mom and her grandmother had also been members. She had the birthright. She just didn't have the car, the understated gold jewelry, the ski vacations at Vail. At the sorority house, a grand, crumbling structure on the outskirts of campus, she was merely tolerated, like a stray cat no one had the heart to kick out.

Visiting Blythe down here in the Keys had seemed like a welcome respite from the stresses of college. She was so mellow and uncomplicated compared to Caroline's friends at school. Being around Blythe had made Caroline start to think maybe she'd just quit the sorority and move into a dorm. It would be a humiliating social defeat, but a survivable one.

And then she'd run into Diver.

"Need any help?"

Caroline looked up, startled. A guy with a nose ring was leaning against the doorjamb. He had the spun gold hair of someone who lived from dawn to dusk in the Florida sun. Like Diver's hair.

"No, I'm just browsing," Caroline said.

"That's cool. Give a yell if you need

anything. The Aerosole shoes are fifteen percent off."

"Is there anywhere around here I could get a soda?"

"The Sandcastle, down the street. It's like right on top of the beach."

Caroline headed down the street toward the wide ribbon of white sand filled with sunbathers. She took a seat under a striped red awning that shaded an outdoor café and ordered a large lemonade.

She watched two guys in swim trunks pass by, surfboards under their arms. One paused, pushed down his shades to check her out, grinned, and moved on. He too looked a little like Diver. How would she ever track Diver down now? He was like all these guys, a beach bum, a nomad. He could be anywhere.

She sipped at her lemonade, then rubbed the damp glass over her forehead. She'd moved too fast, pushed too hard. She'd been so excited about her little blackmail scheme that she'd forgotten not to overplay her hand.

Without Diver she had nothing. With him she could have a nice little bundle of cash. She could buy the car, the clothes, the jewelry she needed to redeem herself.

Yesterday she'd been sure she'd had him hooked too. Something about the way he'd reacted to the talk of his father's death had made her wonder if Diver didn't really think he *had* committed murder. When she'd offered to tell the cops a nice little made-up story about how she'd watched from her bedroom window as her neighbor—Diver—had bravely tried to save his daddy, she could tell Diver had no memory of what had happened that night. The guilt in his eyes, the resigned, desperate sound of his voice, told her he wanted to believe her story, but he didn't.

Funny, when you thought about it. Because the little made-up story just happened to be true.

Of course, the police had other ideas. They assumed Diver had torched his house to kill his abusive father and then run. But she could clear him of all that. And there'd be plenty of insurance money waiting for the picking.

She opened her wallet to leave money for the lemonade. All her friends had a Gold Card and fat checking accounts. She could have them too, if she could just track down Diver and get him to go along with her plan.

She'd offered him an eighty-twenty split on the insurance money. Maybe she should have been a little more generous. Of course, she was new to blackmailing. And it wasn't like there were how-to books available.

The surfboard guys returned, ogling her again.

They weren't her type—no future, no cash.

Once upon a time she'd had a wild crush on Diver. Maybe she should go fifty-fifty with him. Then he'd have money to go with his looks.

First, of course, she had to find him.

Diver skirted the shore of Crab Claw Bay, keeping an eye out for anybody who might ask the wrong questions. Fortunately most of the expensive homes along the water seemed deserted. They probably were. These were vacation homes for the rich, and most people found south Florida in the summer way too hot for vacationing.

Diana's mom, Mallory Olan, was an exception. She lived here year-round, although she was often away, visiting friends in Europe or, like now, on extended book tours. Her huge house, a strange jumble of arched windows and fantastic turrets, stood across the bay from the Merrick estate. But Diana's house wasn't Diver's destination. Not exactly.

Pausing under a palm tree, Diver surveyed the area up ahead. It was quiet and still, as if the world had been stunned into silence by the thick, unending heat. He saw no one, no gardeners, nothing except his goal—the ancient stilt house on the edge of the Olans' property.

It was a homely, squat little bungalow, its white paint chipped and faded. From the center of the house a shaded stairway descended straight down to a small platform on the water. A rickety-looking wooden walkway ran a hundred feet from the grassy, shaded shore to the stilt house. The walkway wrapped around the house, forming a narrow deck lined with a railing.

Diver shaded his eyes, hoping to catch sight of his old friend Frank, a brown pelican. But Frank's usual spot on the corner of the railing was empty.

It was now or never. If Diver had timed it better, he might have done this under cover of darkness. But he'd had a hard time hitching back from Miami.

He could take the walkway out to the house, but that was more visibility than he wanted to risk. Hefting his backpack and sleeping bag onto his shoulder, he waded out into the warm water. When it reached his waist, he began to swim, doing his best to keep his stuff from getting soaked.

When he reached the platform under the stilt house, he hefted himself up. It was shady, if not cool. The tar-covered pilings surrounded him. The ripe, sweet smell of dead fish and saltwater filled him with a strange, melancholy joy.

He climbed up the damp wooden stairs. The

trapdoor in the floorboards was open. When it came to the stilt house, the Olans had never been much for security. Diana had told him that her mother would have torn it down long ago except that as a home to bootleggers in the twenties, it was considered a historic landmark, and she got tax breaks for keeping it more or less preserved.

Diver kept low, just in case he could be seen moving past the windows. The mattress was covered with plastic. The sharp smell of mothballs hung in the air. A thin layer of white sand turned the wood floor to sandpaper on his bare feet. It was hot and musty and mildewy and dirty.

It was home.

After the fire he'd been on his own for a long time, moving from beach to beach aimlessly. But when he'd happened on the abandoned stilt house, he'd known it was the place for him. He'd slept on the roof and used the kitchen and bathroom when he needed it. And the Olans had been none the wiser. That was, until Summer had moved into the stilt house. She'd discovered him, and slowly, irrevocably, everything about his life had begun to change.

He opened the front door and sat down on the old wooden walkway, his back against the wall of the house. Out here, facing the ocean, he was safely blocked from anyone's view.

He wasn't sure why he'd come here. He should have moved on, headed north. He was probably much more vulnerable here, although it was remotely possible that hiding out in Crab Claw would actually give him the upper hand. Who would come looking for him here? They'd all assume he was halfway across the country by now, not secreted away in his old hangout.

Besides, he realized with a start, he'd dreamed of coming here. This was the house floating over the water. The house with the girl's hand beckoning.

Of course, there was no girl. Just Diver, all alone.

He closed his eyes. The sun scorched his lids. The water licked at the pilings. He had never been so lonely. Even after the fire. It hurt so much more now because he'd lost so much more.

The air stirred. He opened his eyes. A pelican sat perched on the railing, his huge beak tucked under his wing. He blinked at Diver doubtfully.

"Frank," Diver whispered.

Frank tilted his head, ever dignified, then dropped a load of white poop onto the deck.

Diver laughed. The laughter kept coming, deeper and edgier, until it turned to sobs.

10

Life and Other Games of Strategy

"Checkmate."

Summer winced, her hand poised over a black knight. "That's, like, really bad, huh?"

Jared gave a slight, stiff nod. "That's, like, really dead. But you were fantastic, for your first lesson."

"You could have at least shown me a little mercy."

"Did you show me any mercy when we played five hands of gin?"

Summer grinned. "You're just lucky we weren't playing for cash or I'd have bankrupted you."

Jared leaned forward a bit in his wheelchair. "I prefer playing with you," he confided in a barely audible whisper. "Juanita always lets me win. She thinks I need the morale boost."

A rustle in the doorway made Summer turn around. Juanita was there, arms crossed, mouth pursed like she was sucking on a sour ball.

"Just tell me this. Is there anyone in the Keys you're *not* dating?" she inquired.

Jared smiled at Summer. "I'm pretty sure she's not talking to me."

"There's someone here to see you, Summer," Juanita said. "Again."

"Jeez, Juanita, I'm really sorry. Hardly anyone even knows I'm here—"

"It's okay, Summer," Jared interrupted. "Truth is, I'm beat."

"No wonder," Juanita said. "It's two-thirty, and you were due for your nap at one." She cast Summer a sidelong glance. "I'll take over here, Summer. Maybe we should consider setting a quota on your gentleman callers."

When Summer opened the front door, she found Austin sitting on the lawn, leaning against a palm tree and chewing on a blade of grass.

"Nice digs," he commented. "Even better in daylight." He patted the grass. "Take a load off."

Summer closed the door. "Why are you here?"

"I'm not here to seduce you." He paused. "Unless you're putting in a request."

"I'm working. And I've been informed I'm not supposed to have 'gentleman callers.'"

"*A*, I'm no gentleman. And *B*, it's about Diver."

Summer rushed over. "Did you hear from him?"

"No, nothing like that. Actually, this has to do with Caroline."

Summer gestured toward the palm-lined street. "Come on. I don't want to upset Jared. It's hard for him to see normal kids his own age. Not, incidentally, that you qualify."

They fell into step down the quiet street of manicured lawns, each one boasting tropical blooms in vivid pinks, oranges, and yellows. "So," Summer said, "what about Caroline?"

"Caroline was at Jitters this morning, and when I told her about Diver running off, something about the way she reacted didn't sit right with me."

"What do you mean?"

"She was just a little too interested in his disappearance. And her teaspoon was shaking."

Summer couldn't help smiling a little. "Her *spoon* was shaking?"

"You had to be there." Austin shrugged. "I know it's not much to go on, but since we know she saw Diver yesterday, she's our only lead. I thought about saying something to Marquez, but she's all worked up about Caroline as the other woman, and I didn't want to set her off."

"So what exactly do I do with this information?" Summer asked as they turned the corner. A stretch of palms provided spiky shade, but no relief from the sizzling heat. Beyond a stately white home the ocean sparkled endlessly.

"I'm not sure. I know it's not much. But I tried."

"You could have just called, you know."

Austin stopped walking. A self-conscious smile tugged at the corners of his mouth. "There may actually have been another reason that I stopped by. I may have wanted to ask you something."

His words had taken on a different tone. Summer knew it very well, that whispery and insistent way his voice got, like the sound of a river moving.

"I think we've kind of said all the things we can say, Austin."

He moved a little closer. She refused to look at his face, with all its complicating charms.

"I'm sorry about Seth and Diana, Summer," Austin said. "You deserve better."

"Thanks."

"I know the rules here. I'm supposed to allow you to heal, maybe have a couple rebound boyfriends, then come back into play. But I've never been much of a Miss Manners kind of guy. And besides, there are extenuating circumstances."

"Meaning?"

"Meaning you just dumped me. And as a recent dumpee, I don't think I'm up to waiting around. So I guess what I'm asking is, where does this leave us?"

She watched the bands of frothy white appear far out in the water, then vanish. "I don't know, Austin," Summer whispered. "I don't know anything anymore. I thought I'd made the right decision about Seth."

"Well, as you may recall, I offered a dissenting opinion on that one."

"If I could have been so wrong about him, how can I know anything?"

Austin took her hands in his. "Do you remember what I told you when you were trying to decide about whether to reapply to Carlson?"

Summer watched his fingers tangle in her own, trying to stay neutral, trying not to feel the feelings tangle up inside her in response to his touch. "Something along the lines of, 'Don't crap out on it just because you're afraid of failing.'"

"I'm sure it was much more eloquently phrased. Anyway, you see my point?"

Summer shook her head. "I need to go, Austin," she said, trying to pull away.

"My point is, I'm just another Carlson. You did the noble thing. You stuck with old Seth, who turned out not to be Old Faithful. But that was just a diversionary tactic to keep you from dealing with your feelings for me. So I'm giving you one last chance to claim your prize. It's the choice of a lifetime, Summer. Don't blow it again."

Summer smiled. "The choice of a lifetime, huh?"

"And don't smile all-knowingly like that. You know it's true. Besides, I find it incredibly sexy."

Without warning, Austin bent down and kissed her. The scorching sun and the heat of his body, pressed close to hers, made it seem like much more than a kiss, made it seem almost dangerous.

When he pulled away, a troubled expression had replaced Austin's confidence. "This is harder for me than you know, Summer," he whispered. "I'm not sure it's fair for me to try again like this. There are things about me . . . I don't know. I'm just saying I'm maybe not the best choice for you. I'm saying maybe I'm being selfish here. Hell, I know I'm being selfish—" His voice caught.

"I don't understand. What do you mean?"

"Nothing." He gave a helpless shrug. "Except, of course, what you already know. That I love you."

She watched him walk away without another word. Even when he'd vanished from her sight, she could still feel his fingers wrapped in hers, and she could still taste his kiss.

Austin walked home the long way, taking his time to skirt one of the less crowded beaches. He took off his shoes and let the waves cool his feet. The sun melted into his shoulders, turning the waves to dazzling prisms. "The always wind-obeying deep," Austin mumbled. That's what Shakespeare had called it.

Austin smiled in spite of himself. Here he was strolling down a Florida beach—a lost, lovesick, poorly-groomed poet muttering Shakespeare at the waves. What would his brother say?

He hadn't talked to his brother in a while. The messages kept accumulating on Austin's machine. *I know what you're going through. It gets easier with time. Don't give up hope, man.* Variations on the theme of coping.

Not that Dave was coping all that well. But then, the knowledge that you were going to die early, in exactly the same slow, awful way your father was dying, was bound to wear you down. Dave's fiancée had dumped him, he'd contemplated suicide, he was drinking heavily.

Not that Austin was doing much better.

He was hardly one to preach to Summer about how to make hard choices. What the hell did he know about choices? All he knew was that the idea of being without Summer so filled with him fear that he couldn't let her go. He'd humiliated himself again and again, returning to her life, making his case like an overeager lawyer filing endless appeals.

Even though he knew the kindest thing, the right thing, was to let her go. She didn't deserve to watch him get sick and die. She didn't deserve any of it.

Of course, that assumed a long and happy relationship together first. But he did assume that, like he assumed the sun would rise tomorrow and the ocean would still be blue and *Baywatch* would still be on the air. He loved her that completely.

It could be years, decades, before he had any symptoms. There was research going on, things were always changing. Austin had told his brother that after Dave had gotten the news. Dave had told Austin the same thing when Austin had forced himself to find out the truth about his own future.

Austin paused to toss a shell far out into the ocean. He watched it get sucked deep into the sea without a sound. The wind-obeying deep.

He liked that. Wind obeying. If the sea couldn't fight the wind, how could he? Whatever Summer decided, that would be it. He'd said it before, but this time he *felt* it. No more pleading, no more humiliating pitches like a desperate ad man. He would blow with the wind, let things fall where they might.

There was no point in fighting fate. It was up to karma. The great cosmic game plan. It was up to secrets coded deep in his cells. It was up to the wind.

It was up to Summer.

11

Not Good Enough

Diana slapped the Cheerios box to the floor with a satisfying *whap.* "Gotcha," she muttered.

The door to the apartment opened. "Anybody call?" Marquez asked hopefully as she tossed her waitress apron onto the couch.

"Nope. Sorry. No word on Diver?"

"Nothing." Marquez dropped into a chair. "And not that you and I are speaking anymore, but why are you crawling around on the floor with a box of cereal?"

"Not that you and I are speaking anymore, but I've spent all afternoon in search of the elusive Moby-Roach. This building is such a dump. He kept me awake all night, scrabbling around on the floor."

"Sure it wasn't your conscience keeping you awake?"

Diana ignored the question. "He's trapped inside this box. Now I just need to get rid of him."

"Finally. A guy who's your type. You should have shopped other species a long time ago. If it doesn't work out with Moby, you might try a cobra. Or a rat. Maybe a weasel."

Diana stared wearily at the Cheerios box. She knew Marquez was spoiling for a fight, but she just wasn't up for it.

Seth had stopped by this morning to pick up a duffel bag he'd left behind. He'd spent last night at his grandfather's, he'd informed her. No, he was not going back to California anytime soon. No, he did not want to talk to Diana about Summer, or about anything else, for that matter.

Marquez tried again. "It took you a while, Diana, but I knew you'd realize Seth was out of your league."

"This isn't going to work, is it?" Diana asked softly. "Just the two of us here in this apartment, I mean. Without Summer here, it's like there's no buffer zone to keep us from killing each other."

"I'm up for it. Swords or pistols?"

"Maybe I should move. I could go back to my mom's."

Marquez fell silent. The sound of laughter coming from the pool area in the backyard drifted through the window. "I gotta go look for Diver with Summer," she said, jumping to her feet.

Diana felt her will to stay cool in front of Marquez slipping. She bit down on her lower lip until it stung. "Look, could we at least just stop the fighting? I'm not up for it right now."

"You should have thought of that before you ruined Summer's life."

Marquez disappeared into her bedroom. She emerged a few minutes later, wearing what Diana had come to think of as Marquez's uniform—baggy T-shirt, baggy jeans.

In the old days Diana had gotten great pleasure needling Marquez about her tacky, too bright, *I'm extremely available* clothes. No more.

Marquez grabbed her car keys and her purse. "If Diver calls, tell him . . . I don't know, just tell him to come home."

She was almost out the door when Diana asked, "How was the counseling?"

Marquez paused, hand on the doorknob. "Fine, great. I'm a new woman."

"You didn't go, did you?"

"Actually, I did."

"I saw a counselor for a while, did I ever tell you that? After all the stuff with Ross, with him trying to rape me. . . ."

Diana could feel Marquez's eyes on her. But she just plunged ahead, stringing one word after another, touching each one like beads on a rosary.

"I went to this counselor, Lori, this one who worked at the Dolphin Institute. She was already kind of a friend—I mean, I knew her, so it should have been easy. But I went to her office three times and sat in my car and cranked up the CD player. I just sat there. I couldn't go in."

"Diana, I need to go."

"It was like I was afraid if I started talking about the feelings, I'd just dissolve in them. Like, you know"—she smiled—"like the Wicked Witch of the West. Which you probably would agree is not a bad analogy."

"Diana." Marquez was less angry than mystified now. "Why *are* you telling me this?"

"You have to try to get help, Marquez. Because if you don't, it just kills you. You die a little bit at a time."

"I'm outta here." Marquez yanked open the door.

"I got to this point, this really low point, where I was sure I was going to kill myself. But then I thought about all the things Lori had taught me. You know, how strong I really was, how things would get better." She smiled a little. "And it turned out she was right. I got through it. And so can you."

"Damn it, Diana," Marquez cried. She slammed the door shut. "Damn it, Diana," she said more softly. "I don't need this right now."

Diana sighed. "I know where it's coming from, the dieting and stuff."

"How could you know? You've never had an excess ounce on your bod."

"It's not just about that," Diana said. "It's something else—it's like you have to clamp down and take control of your life. It's like there's just too much . . . stuff in your head, and you have to find a way to shut it out."

Marquez said nothing. But she was nodding slightly, looking away. "How could *you* know?" she said at last.

"There's this feeling. This feeling that you get that you're not . . ." She met Marquez's eyes. "Not good enough."

Marquez cocked her head. "What is with you? You're not, you know, cracking up, are you? I mean, this is not the most likely time to suddenly be baring your soul to me."

Diana shrugged. "You're right. Go ahead, go. I'm sorry. I'm sort of bummed out, and you were the nearest thing to a human being I had around."

Seconds passed. Neither girl spoke. "I gotta find Diver," Marquez said at last.

"I know."

"You're okay, right? I mean, not that I care,

but I don't want to come home and have to call the paramedics."

"Like Summer did with you?"

"I wasn't trying to kill myself, Diana. I was trying to improve the shape of my thighs. There's a slight but significant difference." Marquez opened the door. "Want me to dump the roach?"

"I'll do it. I don't have much else planned."

"Bye, then," Marquez said, but she still wasn't moving. She stared at Diana with a clouded, annoyed expression.

"You know the thing I always thought was really great about you, Marquez?" Diana said.

"My voluptuous figure."

"The way you actually believed you were the coolest person on earth."

"Yeah, well, it was an act, okay? Is that what you want to hear?"

"But we're all acting, one way or another. And if you practice the act long enough, you start believing it."

"Maybe."

"You need to start believing in yourself again, Marquez. Trust yourself that it's all going to be okay."

"The person I love most in the world just ran out on me. Forgive me if I'm not feeling all that much like the coolest person on the planet."

"This isn't about Diver." Diana sighed.

"This is about sitting in your car, afraid to go inside. Try the counseling. Please try it."

"You know, I'm not the one who just destroyed her cousin's life. Maybe you should take your own advice."

The door slammed shut. After a while Diana took the Cheerios box down to the backyard. She watched the ugly, fat bug vanish into the grass. It was not particularly satisfying.

Still, she realized with resignation, it was the closest she'd come in recent memory to helping anyone.

12

In Search of Diver and Other Babes

"I feel like we've searched every beach in the Keys." Summer sighed as she and Marquez trudged back to Marquez's old car. The air was rich with the smell of coconut oil and the salty tang of the ocean. It was afternoon, and so hot that most of the beaches were nearly deserted, which had made the search for Diver quicker than it might otherwise have been.

Summer eased onto the torn front seat, gingerly lowering her bare legs onto the superheated vinyl. "You sure you don't want me to drive?"

"Nah," Marquez said. "The only way I can take out my frustrations is with the gas pedal. By the way, have I mentioned this is really nice of you, dragging around with me like this? You sure it's okay with your job?"

"Jared was great about it. Although he did mention that my life reminded him of a soap opera."

"Guess it's better than telling you it reminds him of CNN."

"Or *ER*," Summer said. "So. We've done Turtle Beach, Smuggler's Beach, Las Palmas Cove, and most of Coral Island. What next?"

"Much farther and we'll end up in Key West." Marquez tapped out a nervous beat on the steering wheel. "Maybe it's time to call it quits. For today, anyway. Who knows, maybe he called."

"He might even be home by now," Summer suggested, trying her best to sound like she believed it.

Marquez looked at her hopefully. Her big dark eyes had shiny circles under them. She'd lost so much weight that her cheekbones and chin had taken on a strange sharpness. She didn't look like Marquez anymore, but more like one of those caricature sketches they did on the boardwalk in Crab Claw.

"Want to get something to eat?" Summer suggested.

"I'm not hungry." Marquez jammed the key in the ignition. "I ate before."

"Tell me some more about the counseling."

"I told you. It was okay, no biggie. Not like in TV movies. Pretty mellow."

"And you liked the counselor?"

"Yeah. She was okay, I guess. For a shrink."

"So you're going back for sure, right?"

Marquez gave her a *back off* look. Summer held up her hands. "Okay, okay. I'm being nosy. It's just that you're my best friend, Marquez. I want you to be okay."

"I'll be okay when I find Diver."

"I know. But in the meantime you have to take care of yourself."

Marquez closed her eyes. "God, Summer, why is he doing this? I thought . . . I thought he loved me."

"Diver loves you completely, Marquez. You know that."

"Uh-huh. You didn't see the way he was looking at Caroline at the beach party."

Summer recalled what Austin had told her about his encounter with Caroline that morning. "Whatever this is about," she said firmly, "it has nothing to do with how much he loves you."

"But why, then?"

"I don't know." Summer tried to keep her fury at her irresponsible, selfish brother out of her voice. There was no point in getting Marquez more worked up. "I guess we have to remember Diver's had a really messed-up life. He's so laid-back and calm, sometimes we forget all those problems have probably taken a toll on him."

"Yeah, well, now he's taking a toll on me."

"I know. I'm sorry."

Marquez clutched the wheel so tightly, her knuckles were white. "I thought I knew him. I thought I understood him. You know what I mean?"

"I do know. Too well."

"You're thinking about Seth."

Summer smiled grimly. "Trying not to, actually." She nudged Marquez. "Come on. Let's hit the road, crank this baby up to fifty."

"It starts shaking uncontrollably at forty-five."

Marquez pulled onto the two-lane road that skirted the beach. Summer watched two Jet Skis fly across the calm water. "Remember when we took the Olans' Jet Ski out for a spin and they ran out of gas and we thought we were going to drown?"

"It was your idea," Marquez said.

"Whoa. Reality check. That was so totally your idea!"

They fell silent, the hot wind whipping their hair into tornadoes. "Sometimes," Summer said at last, "I feel a lot older than I was last year. Not just a year. More like, I don't know, five years or ten."

"Five years." Marquez considered. "That would make you a college graduate. An official adult."

"Well, just older in some ways. It's like

everything got complicated. It went from black and white to shades of gray. Last summer I was worried about not ever having a boyfriend. Now I've had two loves and lost both of them. Last summer I had a brother who'd disappeared before I was even born. Now I have a brother who—"

"Who's disappeared all over again," Marquez finished for her.

Summer squinted at a sign up the road. "Hey, would you mind taking a little detour? Could we run by Carlson for a second?"

Marquez put on the blinker. "When do you think you'll hear from them?"

Summer shrugged. "I have no idea. I reapplied so late. They'll probably reject me for being so indecisive."

"It'd be so cool if you went. I'll be right down the road at FCU. You could move back into the apartment, maybe, and then—"

"Not with Diana," Summer said darkly.

Marquez glanced at her. "I understand why you had to move out, but do you have any idea what it's like for me living with her without you? It's like having a pet scorpion in the apartment. I can't ever let my guard down."

"Maybe this fall, when the lease is up, we could get something . . ." Summer let her voice trail off. "There's no point in planning on it. Carlson's a long shot."

"They thought you were good enough to accept the first time."

"It was probably a clerical error."

Marquez pulled into the manicured grounds of Carlson, down a winding avenue lined by huge palms. "Where to?"

Summer grinned. "Nowhere. I just wanted to fantasize for a minute."

"So you're walking across the campus and, let's see, some babe like Brad Pitt is carrying your Intro to Something Irrelevant textbook—"

"No, this fantasy is babe-free. I'm carrying my own book."

Marquez stopped the car in front of a string of low-slung brick buildings with a view of the ocean. The campus was nearly deserted. "Mind if I get out for a second?" Summer asked.

Marquez smiled. "Take your time. But I'd advise adding a guy to that fantasy."

Summer walked over to the nearest building and peered through one of the windows. Desks, blackboard, table. Nothing fancy. But Carlson was considered a fine college, one for motivated and tough-minded students. It was difficult. It was competitive. Staring at the empty desks, Summer felt a slight shiver of fear skate up her spine. Was she motivated enough? Tough enough? Smart enough?

All year she'd planned on going to the University of Wisconsin with her high-school friends—and, of course, with Seth. She'd applied to other schools, including Carlson, but when Summer was accepted to Carlson and Seth wasn't, that had sealed her decision to go to UW.

Until, that is, she'd visited the campus with Austin recently and decided to reapply.

It would mean going to a new school solo, no friends, no Seth. On her own, no backup. Of course, they probably wouldn't reaccept her, not at this late date. So there was no point in worrying about how absolutely terrified the idea of being all alone made her feel.

She walked back to the car. Marquez was leaning against the headrest. The Ramones were blaring on the radio.

They drove back through the beautiful, quiet grounds. Summer watched the brick buildings blur together.

"How was the fantasy?" Marquez asked.

"Kind of scary."

Marquez started the car. "Maybe it needed a babe."

"I don't know," Summer said softly. "Maybe so."

13

Word on the Street

When they got back to town, the main street that bisected Coconut Key was bathed in the rich, unreal colors of the late afternoon sun. "I guess you don't want to come home and say hi to Vampira?" Marquez asked.

Summer shook her head. "You guess right."

"You know, all your stuff's there. . . ."

"I'll come get it sometime when Diana's gone."

Marquez smiled sadly. "I'd offer to do it, but it would be like admitting you're not coming back. Why couldn't Diana just move out instead?" She snapped her fingers. "I could slip a little arsenic into her coffee. Think they'd bust me?"

"They'd probably bust me. I definitely have motive and opportunity."

At a red light Marquez gasped. "Summer. Duck. I mean now. Jerk alert at two o'clock."

"What?"

"Crap. He saw you. Seth is over at the bus station, waving like a maniac. What do I do? Ignore him?"

"I thought he was at his grandfather's in Crab Claw," Summer muttered.

Marquez groaned. "Two red lights in this one-horse town and we get trapped by one! He's coming. Don't freak."

Seth wove through the maze of cars. A moment later he was peering through Marquez's open window.

"The light's about to change, Seth," Marquez said. "Make it quick."

Summer stared straight ahead, her heart ricocheting around in her chest like a pinball.

"It's about Diver," Seth said, just as the light changed.

"What? Tell me, what?" Marquez cried.

"I—" Seth began, but his voice was drowned in a chorus of annoyed honks.

"Oh, just get in already, Seth," Summer said.

Seth leapt into the backseat and Marquez hit the accelerator. He glanced at Summer, then quickly looked away. "Just take me around the block. My car's parked at the station."

"How'd you know about Diver?" Summer asked.

"I left my backpack at your apartment," Seth said. "I went over to pick it up this morning and Diana told me."

"Would you *tell* us already?" Marquez cried. "What about Diver?"

"It's not so good, Marquez. I've been kind of looking out for him all day. Checking out his old haunts, that sort of thing. I went over to his job, but nobody knew anything. Anyway, as a last-ditch try, I checked the bus station. One of the ticket guys remembered Diver. He bought a one-way to Miami yesterday."

"Miami?" Marquez echoed in disbelief. "Miami?"

"I'm sorry, Marquez," Seth said. "I wish I had better news."

"Maybe he just took a ride to clear his head," Summer suggested, knowing how lame she sounded.

Marquez pulled into the Greyhound parking lot. She dropped her head onto the steering wheel.

"Well." Seth looked at Summer again, his expression half resigned, half hopeful. "Anyway. I'll let you know if I hear any more."

Marquez pulled herself upright. "Thanks, Seth. For trying. You're a good friend."

"Well, then." Seth put his hand on the door handle, but he didn't budge.

Summer studied her nails.

"Well, okay," Seth said. Slowly he got out of the car. He closed the door, then put his head through the back window. "Summer, have you thought anymore about . . . you know, what we talked about last night?"

Summer shook her head.

"Okay, then. Well. Okay."

"Seth," Marquez said with a sigh, "you're babbling."

"Oh. Yeah, okay. Well."

"Thanks again."

Marquez pulled away. "What did you talk about last night, anyway?"

"Take a guess."

"At least the men in your life are within walking distance," Marquez said. "Miami, Summer! Who knows where Diver is by now? He could be in Alaska. Well, okay, not Alaska. But somewhere equally not here."

"Maybe. But . . . I know this sounds crazy, Marquez, but I just have this feeling he's not so far away."

Marquez paused at a crosswalk to let two bare-chested guys in-line skate across. "You're just saying that."

"No, I'm not. It's this feeling." Summer noticed a petite blond girl on the far side of the street. She was gazing intently into a store window.

Caroline.

"Hey, drop me off here, why don't you?"

Summer said casually. "I kind of feel like walking."

"But why? I'll take you to Jared's."

"I need to clear my head after seeing Seth, you know?"

"I understand." Marquez nodded. "You going to be okay?"

"Yeah. How about you?"

"Me? I'm invincible," Marquez said softly. "Permanently single, but invincible."

"Not permanently." Summer opened the car door. "I'll call you. Eat something nice and fattening, okay?"

Summer dashed across the street. The blond girl had vanished into one of the shops. Now Summer wondered if it even was Caroline.

And what she was going to say if it *was* Caroline?

She peeked into three shops, open late like all the Main Street stores. Nothing.

Summer was almost ready to give up when she spotted Caroline in a bikini shop called Swim Jim's. Summer sauntered in and pretended to browse a rack of markdowns.

"Summer? Is that you?" Caroline rushed over. "I heard about Diver," she said, oozing sympathy. "You must be worried sick."

Summer nodded. "It's so strange, Caroline. I mean, I just had lunch with Diver. He told me about how he'd gotten together with you."

Caroline put her sunglasses back on. "Yes,

we had a nice little get-together. Talked about old times and all."

"When you were kids in . . . where was it? Virginia?"

"Uh-huh." Caroline turned to the rack of sale swimsuits. "So what do you figure happened?"

"Well, we're still trying to piece everything together. Did he say anything to you, by chance?"

"Me?" Caroline put her hand to her chest. "Lord, no. It's not like we were ever *close*, Summer." She grinned. "Guess I didn't see his potential back then."

Summer hesitated. She was getting nowhere. Probably because there was nowhere to go. "So you two were never, you know, an item? Childhood sweethearts or something?" she asked, trying to sound casual. "Between you and me, I thought maybe you were trying to rekindle an old flame."

"We were just *kids*, Summer. And back then Diver never paid me a bit of attention."

"How about now?"

"Now? Well, he's got Marquez, Summer. I wouldn't have a prayer." Caroline pulled out a red one-piece and held it up. "Too blah, right?" She returned it to the rack with a sigh. "No, it's not like that with Diver and me. I have a beau back in Virginia. Kyle. He's a junior at my college." She cleared her throat. "So, anyway. You're saying there are no clues about Diver?"

"Not really. He might have gone to Miami."

"Miami?" Caroline demanded. She moved to another rack. "I mean," she added more calmly, "why Miami?"

"I don't know. Someone thinks he caught a bus heading that way."

"Lord, I hope not. For your sake, I mean. And Marquez's."

Summer hesitated. "Well, I have to get going." She started for the door. "If you happen to hear anything about Diver, let me know, would you?"

"Of course." Caroline smiled sweetly. "I can't imagine why I would, but I'll keep my ears open. And my fingers crossed." She held up another suit. "How about this one? Thirty percent off. I'm positively broke, but it's my size."

"Nice," Summer said. "Well. I'm sure I'll see you around, Caroline. Say hi to Blythe."

Summer stepped into the still-hot street. She'd heard nothing to suggest that Caroline had anything to do with Diver's disappearance. And yet she couldn't quite shake the feeling that Austin might just have been onto something with his shaky-teaspoon theory.

14

Hiding Out

S*o,* Diana thought as she sipped at her coffee, *this is dawn.* It was rather pretty, if you were into that sort of thing.

She sat in the breakfast room of her mother's huge, fanciful house. It reminded her of Sleeping Beauty's castle at Disney World, lots of color and curlicues and excess. Not unlike her mother, Mallory, actually.

Diana watched the sun slowly grow, reds spreading like a bruise. On the edge of the property the old stilt house took on a pink glow. A pelican, probably the one Summer and Diver insisted on calling Frank, sat on the railing, looking positively prehistoric.

She wondered if she should try to get some sleep. She'd come here in the middle of the night after lying awake and restless in the apartment, haunted by images of Seth and Summer. At last, in frustration, she'd jumped in her car and driven aimlessly along the highway skirting the ocean.

Why she'd ended up here, she didn't know. Mallory was away on a book tour. And it wasn't as if Diana had a lot of cozy, Hallmark memories of this place.

But she'd needed to clear her head. She hadn't realized how confused and unhappy she was until she'd tried to talk to Marquez yesterday. Attempting to give her advice had made Diana realize how utterly unqualified she was for the task. She had her own problems, plenty of them.

She was obsessed with the idea of calling Seth and begging for another chance, and repulsed by herself for wanting someone who so obviously didn't want her. And disturbing her every waking moment was the image of Summer—or the lack of her, anyway. Her clothes still in the closet, her half-made bed, her shampoo on the edge of the tub.

Diana dumped out the rest of her coffee. Maybe she'd try for a nap and then decide what to do. She didn't want to move back to Mallory's, but she obviously couldn't keep living with Marquez for much longer.

As she turned to leave the kitchen a flash of movement out the window made Diana pause.

Someone was climbing up the stairs under the stilt house. She saw dark, tan skin, a glimmer of golden blond hair, then nothing.

Diver. It had to be.

For a brief moment Diana considered letting him be. She understood wanting to be alone, and whatever was wrong in his life, she doubted she could help him, if her experience with Marquez was any indication.

An image came to her suddenly of Marquez, her thin body racked with sobs. Marquez, so not like the old Marquez anymore.

With a sigh Diana opened the sliding glass doors and crossed the wet grass in bare feet, tightening the belt on her mother's robe. She knew if Diver saw her he wouldn't try to run. There was nowhere to go. And she had a feeling some part of him might just want to be found.

Diver was on the deck, leaning against the railing. He nodded as if he'd been expecting her.

"Not the best hiding place, huh?" Diana said, joining him.

Diver smiled sadly, his eyes on the brightening sky.

"That is," Diana added, "if you're really hiding."

He turned to her. His dark blue eyes were sheened with tears. He was so beautiful, a not-quite-of-this-world beauty. It was hard to look at him without thinking of his sister, of her innocent gaze and shimmering prettiness.

"To tell you the truth, Diana," he said wearily, "I'm not sure what I'm doing. I thought I was running. But then I came full circle and ended up here. It's like gravity is pulling me back."

"I know the feeling. I had no intention of coming here either."

She draped her arm around him and he laid his head on her shoulder. His skin was cool and smelled of the ocean. He'd been out swimming, of course. Diver loved the water.

There was a time not so long ago—last summer, in fact—when Diver had held her just this way. She'd been worn down and desperate after all the problems with Ross and Adam. Diver hadn't said much. He'd just been there for her, quiet and kind, on a dark, warm, sad night.

"Is she okay?" Diver whispered.

Diana considered. "I'm not sure," she admitted. "I'm just not sure, Diver. Marquez wants to know why you left. She thinks it's her fault."

"Oh, man." Diver pulled away. "Oh, man, I was afraid of that. . . ."

"What did you expect, Diver?" Diana said gently. "You disappear without a trace, not even a note—"

"I wrote a note. I tore it up. It was crap. It was full of excuses, and there aren't any." He wiped a tear away with the back of his hand. "There aren't any."

Diana touched his arm. "I could say something to her. If you're not ready to deal with everything, I could at least pass her a message."

"You don't understand," Diver cried, startling her with his sudden rage. Frank flapped off in a huff. "I'm screwed. I can't go back. I've lost Marquez, lost Summer. I've lost everything."

A slow smile tugged at Diana's mouth. "What?" Diver demanded. "What? You think this is funny?"

"Diver, no, no. It's not that. It's just that I could be saying those exact same words."

"I don't get it."

"Seth and I, we were . . ." Suddenly she felt embarrassed. Diver was so sincere, so innocent in some ways. "We were together for a little while, and Summer found out. They broke up and Summer moved out of the apartment and now I'm public enemy number one." She shrugged. "With good reason, I suppose. I just can't get anything right. I hurt everyone I care about."

Diana waited for Diver's shocked response. But all he said was, "You've never hurt me, Diana. I know you're a good person."

She let the words sink in, holding on to them as long as she could. "You're a good person too, Diver. Whatever this is about, you have people who love you. We can find an answer."

"There is no answer. I screwed up, and now it's caught up with me."

"You sure you don't want to talk about it?"

He shook his head, jaw clamped shut.

"No matter how much you're afraid you've hurt Marquez and Summer, all they want is to have you back. If you explained—"

"Did you try explaining about Seth to Summer?"

She looked away. "That's different."

"Diana, you have to promise me something. Promise me you won't tell Marquez about this. It would just get her hopes up. And there isn't any hope."

Diana stared out at the horizon. Deep reds were bleeding into the ocean as the cloudless sky lost color. The day was going to be a scorcher.

Diver took her arm. "Promise me, Diana."

"I promise. If you promise me something."

He smiled, just a little. "Maybe."

"Promise me you won't ever say there isn't any hope again."

Diver didn't answer. He just gazed out at the placid, blue water, lost in his private sadness.

"Nice sunrise," he said at last.

15

To Err Is Human, to Forgive Is Extremely Difficult

"Could I speak to Summer Smith?"

"May I ask who's calling?" a man asked briskly.

Diana hesitated. If she told the truth, Summer might not come to the phone. "Just tell her it's Marquez."

"May I also ask if you have a timepiece at your disposal?"

"I'm sorry. I know it's really early."

"Indeed. One moment, please."

Diana twirled the phone cord around her finger. From her bedroom window she had a clear view of the stilt house.

She wondered how long Diver would stay before moving on. She wondered if she was making a terrible mistake, calling Summer.

"Marquez?" Summer's voice was filled with hope. "It's so early! Did you hear something about Diver?"

"Summer, it's not Marquez. It's me, Diana."

Silence.

"Don't hang up, Summer. Just hear me out."

"I have nothing to say to—"

"Summer, I know where Diver is."

"If this is some kind of cruel joke—"

Diana sighed. "I'm telling you the truth. He's hiding out at the stilt house."

"You *talked* to him?"

"Just now. Look, I don't know how much longer he'll be here, so you need to hurry."

Summer fell silent again. "I don't have any way to get over to Crab Claw," she said at last. "I'll call Marquez. Maybe she—"

"No," Diana interrupted. "You can't tell Marquez."

"Can't tell her?" Summer's voice rose in indignation. "What gives you the right—"

"I promised Diver, Summer. I told him I wouldn't tell Marquez, and he trusts me."

"That was his first mistake," Summer said bitterly.

"Listen, I had real doubts about calling you, but my gut tells me maybe you can get through to Diver." Diana drew in a deep breath. "I'll pick you up. I'll be there in ten minutes."

Summer hesitated. "Okay, then." She gave Diana directions. "I'll be ready. Diana?"

"Yeah?"

"Is he okay?"

"He's your brother, Summer. You'll have to decide that for yourself."

When Diana pulled into the wide drive, Summer was already waiting. A woman dressed in white was with her and a guy in a wheelchair. At least, Diana assumed it was a guy. It was hard to tell, with all the bandages.

Diana parked next to a large van. The side door was open, revealing a wheelchair lift.

Summer met her eyes warily. She had on a T-shirt and a pair of cutoffs, no makeup. Her hair was damp and a little tangled. Still, she looked beautiful. She was clearly Diver's sister.

And Seth's love.

"All set?" Diana asked. Her voice was off, shaking just slightly.

"Diana, this is Jared and his nurse, Juanita."

Diana nodded. "Nice to meet you. Summer, we need to hurry."

To Diana's surprise, Jared moved his wheelchair close to her window. He fixed his dark, intense gaze at her. "Hi, Diana," he said in a hoarse whisper.

"Hi," she said, feeling strangely uneasy.

"We should get going too," the nurse said.

"We've got a long drive ahead of us. Jared has a doctor's appointment at nine."

"I'll probably be back before you, Jared," Summer said as she climbed into Diana's car.

"See you," Jared said softly. Even as she pulled out of the driveway, Diana couldn't shake the feeling that he was watching her.

"Poor guy," she said. "How was he hurt?"

"Car accident." Summer sat beside her rigidly, one hand gripping the door handle as if she might bolt at any moment. "He was in Germany when it happened. He went over an embankment, like a two-hundred-foot drop. He nearly died."

"Where's his family?"

"In New England. They never visit. They just, you know, pay the bills."

The conversation ground to a halt. Diana drove faster than was strictly necessary. The warm wind ripped through the windows. She wondered whose job it was to break the awful silence.

They were almost to Mallory's before Diana finally spoke again. "I'm not sure I'm doing the right thing."

"It must be hard to know, what with not having a conscience."

Diana let it go. "The thing is, I think Diver needs to tell someone what's going on, and you're probably the only one he'll talk to. He feels so bad about himself. About hurting Marquez and you. But something's really tearing him up."

"He didn't say why he ran off?"

"No. He didn't say much of anything." Diana turned down her mother's street. "Except that he didn't have any excuse for what he'd done. And that he'd lost you and Marquez for good."

Diana paused. She felt the words working their way to the surface. She could almost taste them, bitter and unwelcome as tears.

"That's . . ." She pulled into the driveway. "That's sort of how I feel."

Summer opened the door. Her face was blank. There was nothing there—no forgiveness, not even any anger.

"Thank you for calling me about Diver," she said. She closed the door.

Diana watched her run across the green, still-dewy lawn. She put the car in reverse, then hesitated. After a moment she turned off the car and went inside the house to wait, although she wasn't quite sure for what.

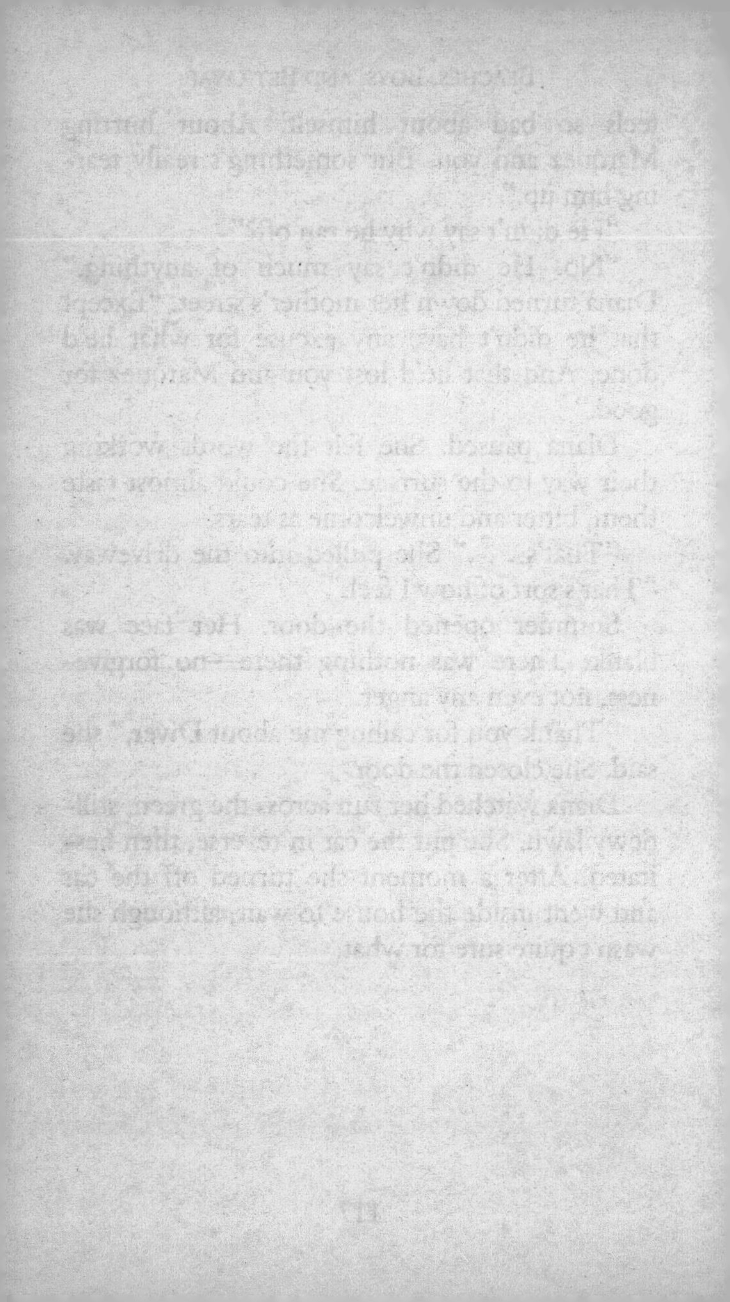

feels so bad about himself. About hurting Mundie and you. But something's really eating him up."

"He didn't say what it was?"

"No. He didn't say much of anything." Diana turned down her mother's street. "Except that he didn't have any excuse for what he'd done. And that he'd lost you and Mundie for good."

Diana paused. She felt the words working their way to the surface. She could almost taste them. Bitter and unwelcome as tears.

"That's . . ." She pulled into the driveway. "That's about all he said."

Summer opened the door. Her face was blank. There was nothing there—no forgiveness, not even any anger.

"Thank you for telling me about Dwyer," she said. She closed the door.

Diana watched her run across the green, willowy lawn. She put the car in reverse, then hesitated. After a moment she turned off the car and went inside. She had to apologize, although she wasn't quite sure for what.

16

Did He or Didn't He?
Only His Sister Knows for Sure. . . .

The front door of the stilt house was ajar. The smell of mildew and ocean and mothballs made Summer instantly nostalgic. This had been her first home away from home. While living here, she'd met Marquez and Seth and Adam.

And Diver.

Diver, who by some amazing convergence of fate and circumstance and the alignment of the planets and the Quick Pick lottery numbers, had turned out to be her brother.

He was in the bathroom, splashing water on his face. When he saw her reflection in the mirror, he seemed more resigned than surprised.

"Diana works fast," he said. "I knew I shouldn't have come back here. I don't know why I did."

"I do," Summer said. "It's home."

"You shouldn't have bothered coming. I was just about to leave."

Summer followed Diver onto the porch. Frank flapped over to join them as they sat on the sun-warmed planks.

"Where are you going?" Summer asked.

"North somewhere."

"That would be ironic, since you ran screaming from Minnesota like a bat out of hell."

"Not *that* far north."

Summer leaned back against the wall and closed her eyes to the sun's heat. "So what is it you're running from this time, Diver? Or should I say who? Last time it was Mom and Dad and me. So who is it this time? Marquez?"

"I love Marquez," he whispered.

"Well, you sure have an interesting way of showing it. How could you do this to her when she's so fragile?" She opened her eyes. Her brother sat beside her, head bent low, his long golden hair half obscuring his face. "How *could* you?" she demanded in a voice choked by rage.

Diver's shoulders jerked convulsively. His soft sobs were almost drowned by the steady rush and retreat of the waves.

Summer stared at him without pity. He was an illusion, not a real flesh-and-blood human being. Like a movie star, she realized. A blank, beautiful slate, an image without substance. He came into people's lives and let them believe and then, when they needed him most, he vanished. He'd done it to Summer, to her parents, to Marquez.

"She believed in you, Diver," Summer said.

Long minutes passed before Diver raised his head. His eyes were bloodshot. His face was damp with tears.

"I'm going to tell you something," he said. "Because I want you to explain it to Marquez. So she understands. So she knows I love her. I did something, something really bad, a long time ago. Back when I was with my other dad, the one who kidnapped me. I was just a kid. I mean, it was a long time ago, okay?"

Summer nodded. "Okay."

"And this . . . this bad thing finally caught up with me. So I had to leave."

"And that's it? That's supposed to make Marquez feel better?"

"I know," Diver said hopelessly. He went to the railing and gazed down at the water. "Forget it. There's nothing I can do."

"I have a brilliant idea. How about fighting back? How about confronting whatever this thing is? How about trusting that Marquez and I would stick by you?"

Diver looked at her doubtfully. "Would you? I wonder."

"Maybe if you told me what it was, maybe then—"

"I killed someone, Summer."

The waves kept coming, the sun kept shining, the breeze kept teasing the palms. But Summer was pretty sure that the world as she'd known it was suddenly forever changed.

"Maybe you didn't hear me," Diver said sharply. "I killed—"

"I heard you."

"Do you still want to tell Marquez? Are you still planning on holding my hand, sticking by me? You'd look nice in court, the loyal sister."

Summer stood. She held on to the wooden railing. It was warm from the sun, smooth and shiny from years of exposure to the wild storms that spun out of the ocean. That's how it was, here in the Keys. One hour it would be calm, a little too calm, and then suddenly the sky would open up and you'd wonder how the world could survive such a beating.

She turned to face him. "I don't believe it."

"Believe it. It's true. I even have a witness."

Summer crossed her arms over her chest. "Tell me."

"I can't. I've already told you too much."

"You're leaving, anyway. What do you care? It's not like I'm going to turn you in, Diver."

"No."

"If you don't tell me the details, I won't have

any way to make it okay with Marquez. If you do . . . well, I don't have to tell her everything, but I'll be able to sell your story. You know, to make her feel like it's not her fault you left."

Diver pursed his lips. His brow was creased, his blue eyes so dark, they could have been black. "Let's go inside."

"Who's going to hear us? Frank?"

Diver managed a grim smile. "He's never been able to keep a secret. Besides, he's always thought highly of me. I'd hate to disillusion him."

"Why not Frank? You've done it to everyone else."

They went back inside. Diver shut the door, and they sat at the wobbly Formica table.

"So?" Summer prompted.

Diver sucked in a deep breath. "I'll tell you the whole story. But you can't tell the details to Marquez. I don't want her thinking about me this way. Just . . . just tell her I got into some trouble. Deal?"

"All right."

"There was a fire," Diver said softly, almost as if he were reciting a story he knew by heart. "My mom had died of cancer, and it was just my dad and me then. He wasn't such a great dad."

"Well, duh, Diver. He kidnapped you, for starters," Summer said, almost exasperated.

"Sometimes you act as if your growing up was normal."

"It was, to me. I didn't know anything else, Summer. And it wasn't all bad." He shrugged. "So, anyway, he beat me up sometimes. Well, a lot, actually. And one night I just got so sick of it that I burned down the house and he died and then I ran away." He said it casually, as if he were reciting what he'd had for dinner last night. "I was on the streets for a long time. Living here and there, and then I found this place"—he waved his arm—"which was like a palace to me. And then you came. Which was like . . . like waking up from a nightmare, in a way."

Summer fingered a plastic place mat on the table. "Are you sure he died?"

"I'm sure."

"How can you be sure?"

"I saw the papers. They were after me for arson and murder."

"But assuming you did it—"

"I *did* do it."

"Assuming you did it," Summer persisted, "you were just a kid, Diver. It was self-defense."

"It was premeditated," Diver said calmly. "I wanted him dead."

Summer got a glass out of the cupboard. The water in the faucet was warm and tinny tasting. She drank slowly, considering. "So how did you burn down the house, exactly?"

"I don't remember. It was a long time ago. Mostly I just remember it in dreams. I think I blacked out at some point. I remember coming to on the lawn. It was dark, the grass was wet. The fire engines were coming. I could hear my dad . . . screaming."

"But you don't know how you started the fire."

Diver was staring at his hands, as if they held the answer. "No. But Caroline said they found—" He stopped cold.

"I had a feeling she was involved in this somehow."

"She was my next-door neighbor. She recognized me right away, that night Marquez was in the hospital and I ran into her. I denied it, but there was no point. She knew. She knew all the details. She said they found flammable liquid at the site. She knew the cops were after me. She knew everything."

"And?"

Diver sighed. "There was some insurance money, I guess. She said if I went back and claimed it, she'd make up this story about how she saw me try to save my dad. How she'd been just a kid, too freaked out by the whole thing to tell the police at the time."

"Let me guess. In return Caroline gets a piece of the insurance money?"

"Something like that." Diver gave a harsh

laugh. "She really believes people would buy her story about how I was a big hero, not a murderer. How I'd tried to save my dad, even though he beat the crap out of me almost every day of my life."

Summer put her glass in the sink. She didn't need this to be happening. Her life was plenty complicated already. She didn't need Diver's problems.

Truth was, she wasn't even sure she needed Diver. He'd disappointed her so many times. She didn't owe him.

She turned. Diver was looking out the window at Frank, smiling wistfully at the ugly pelican. Sometimes when he smiled that way, she could imagine Diver as a child, desperate and alone and yet still, against all logic, hopeful. Hoping that his life really was normal. That his parents really did love him.

She joined him at the window.

"I want you to promise me something, Diver. And I want you to mean it. This can't be like all your other promises. This can't just be something you say to make me go away."

Diver looked at her, waiting. Hoping.

"I want you to promise me that you'll stay put for two more days. Right here. No questions. I'll be sure you have some food. You just need to lie low and give me a chance to figure things out."

"There's nothing to figure out, Summer. It's like I told Diana—it's hopeless."

"Do you promise or not?" she demanded. "Yes or no?"

Diver gave a small nod. "I promise. Just don't . . . get yourself in any trouble because of me, okay? You don't owe me anything."

"You read my mind."

He stared back out the window. "It's funny. I have those dreams again and again, but I never let myself see the worst part. I see myself leaving my dad. I see him burning alive, for God's sake. But I never let myself see the"—he cleared his throat—"the . . . you know. The lighting of the match. I can't bear to know that's inside me, I guess. I wonder why that is?"

Summer went to the door. When she opened it, the clean, white light was blinding. "I'll tell you why," she said softly. "It's because you didn't do it, Diver."

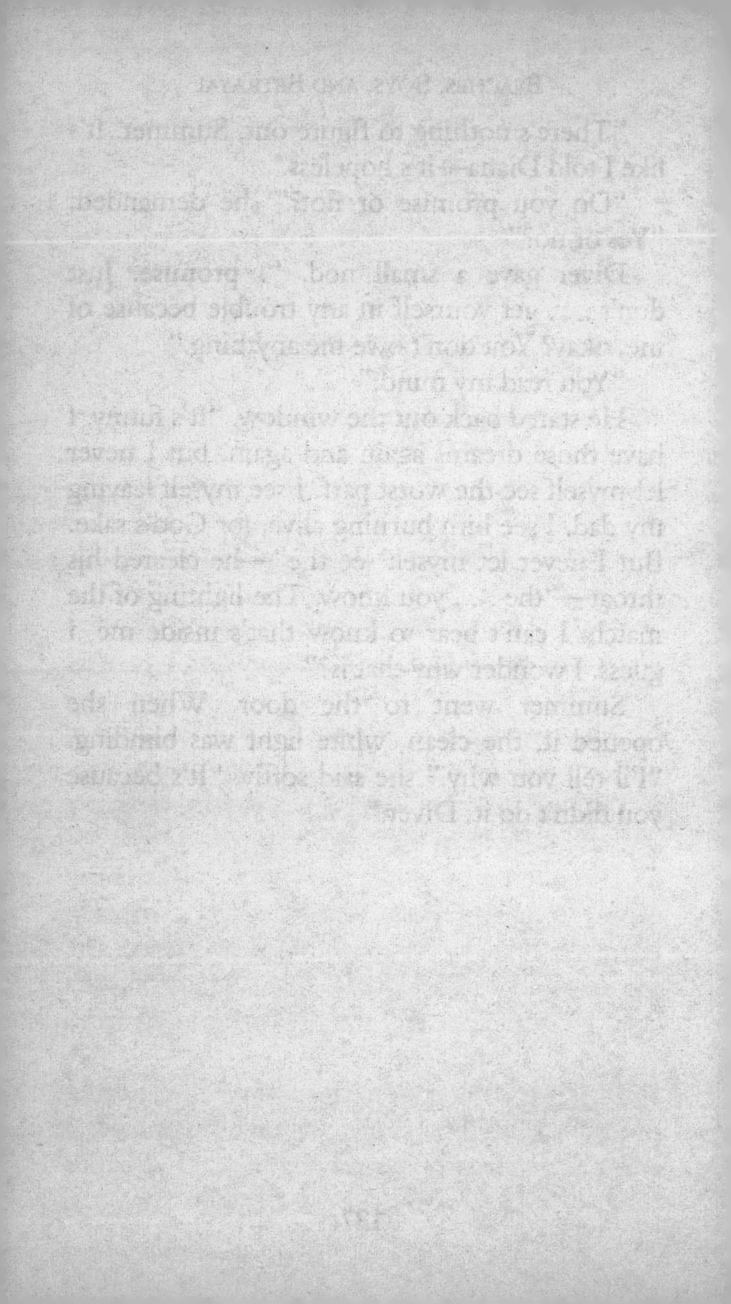

17

The Plot Thickens . . .

"That was quick," Diana said as she opened the door. "I take it that it didn't go well with Diver?"

Summer almost smiled. Not unless having your brother confess to murder was good news.

"I need to talk to you," she said, stepping into the wide marble foyer.

Diana led her into the white-on-white living room, with its leather furniture and thick fake polar bear rugs. A spray of lilies graced the grand piano in the corner. Even when she was away, Summer's aunt insisted on having fresh flowers in the house.

Summer sat on the edge of a white leather podlike thing that only vaguely resembled a chair. Diana leaned against the piano, her hands on her hips. Her dark beauty was even more pronounced in the wintry living room. It was impossible to look at her without imagining Seth in her arms. Summer could almost understand it. Diana was exotic and difficult and elusive. She must have seemed like the ultimate challenge.

"Diver's in serious trouble, isn't he?" Diana asked.

Summer cleared her throat. She didn't trust Diana for a moment. Still, it wasn't like she had any choice in the matter. Diver was hiding out here, and Diana knew about it. And for what it was worth, Diana was the one who had called her about Diver.

"Diver needs to stay in the stilt house for a couple of days, maybe longer," Summer said carefully.

"He can stay as long as he wants."

"I'll need to bring him some food and blankets—"

"Done. This . . . trouble he's in. What are you going to do about it?"

"I don't have a clue. Try to find a way to set things right." Summer forced herself to meet Diana's eyes. "Diana, no one can know about this. Not even Marquez. No one."

"Diver's been a good friend. You can trust me." Diana gave a short laugh. "I know what you're thinking. Let me revise that. On this, at least, you can trust me."

"I don't have any choice, I guess."

"This is different. With Seth . . ." Diana shrugged. "I guess when I'm in love, I'm capable of doing just about anything to get what I want."

"Including lying about Austin and me? Setting me up and using my own engagement ring to do it? Flying all the way to California just to be with Seth and destroy what was left of our relationship?"

"Fine. Yes. I'm a witch, okay? But I was right about you and Austin. At least I'm a perceptive witch."

"Maybe they can put that on your tombstone. Loving daughter, caring friend, perceptive witch." Summer stood. "Look, I don't want to talk about Seth."

"What you don't want," Diana said, "is to believe that Seth might have felt something for me and I might have felt something for Seth. What you don't want, Summer, is to have to believe that you and I are alike."

"Alike! Please." Summer started for the door, but Diana moved to block her path.

"You wanted Austin enough to risk everything, even Seth," Diana said. "And I wanted Seth enough to risk everything. Even"—her voice cracked—"even my own cousin."

"I have to go, Diana."

"I guess it's too much to ever expect you'll

forgive me," Diana pressed on. "But you expected Seth to forgive you for all your little indiscretions with Austin."

"I ended it with Austin—" Summer began, but Diana's dubious look gave her pause. She took a deep breath. "I have to go, Diana. There's no point in discussing this. If you want to talk about your—your *relationship*—with Seth, why don't you give him a call?"

"Are you saying you're not going to try to reel him back in?"

Beneath the sarcastic tone, Summer could hear a touch of hope. She considered all the hurtful, cutting things she could say. But she was way too tired. "I know this may be hard for you to believe, but not everybody goes through their life with such absolute certainty about what they want. I'm not you, Diana. Thank God."

Their eyes locked. Finally Diana stepped away and let Summer through.

Summer was almost to the door when she paused. "There's something else I need to ask you," she said, barely forcing out the words. "Another favor."

Diana crossed her arms over her chest. "On the heels of just thanking the Almighty that you weren't cursed with being me?"

"Okay, so it's really bad timing."

"What do you want? You've got Seth. You've got the stilt house. You've got my vow of silence. How about my car? My firstborn? I've got an extra kidney I don't use much. . . ."

"Remember how you proved Ross attacked you?" Summer said suddenly.

Diana blinked in surprise. "Why do you ask?"

"Adam kept telling you no one would believe his brother did it, right?"

"He was telling the truth too. Ross was a senator's son. And the Merricks had money to burn." Diana smiled, not at Summer, but at some private satisfaction. "Of course, I got the last laugh, such as it was."

"You got Ross and Senator Merrick to confess, and you videotaped the whole thing."

Diana clucked her tongue. "A shame, the way the tabloids got hold of that tape."

"I want to borrow your camcorder."

"I'd lend it to you, really I would. But Mallory gave it to a friend of hers. She's having twins and taping it for posterity. Which is one film opening I'm personally not dying to see." She eyed Summer doubtfully. "Summer, you're not getting in over your head, are you?"

"I don't have a clue."

Diana went to the hallway closet and dug through a storage box. After a few seconds she held up a palm-size tape recorder. "You might want to check the batteries. Mallory dictates into it, and she always leaves the thing running. . . ."

"A tape recorder?"

Diana pressed it into Summer's hand. "I have no idea what you're up against, but it might come in handy."

"Thanks." Summer slipped the tape recorder into her purse. "Really. Thanks. This might just help."

"Sometimes it helps to be a perceptive witch."

Summer reached for the doorknob. "Where to?" Diana asked.

"I'll walk."

"Summer, you don't have a lot of time. Diver's probably not going to stay put much longer. And it's a long walk back to Coconut."

They walked to the car in silence. "So. Where to?" Diana asked again.

Summer thought. An idea was taking root in her mind, but she wasn't quite sure what to do with it.

"Back to Jared's?" Diana prompted.

"No." Summer hesitated. "To Austin's, if you don't mind."

Diana's look said she was not particularly surprised. "No," she said. "I don't mind at all."

"You shaved," Summer commented when Austin answered the door.

He grinned down at Summer's legs from behind the screen door. "The question is, can I safely say the same of you?"

Austin swung open the door. He was wearing

a pair of pathetically dilapidated jeans. No shirt.

"I know it's early. Sorry," Summer apologized, avoiding eye contact with anything visible between his neck and the edge of his jeans.

"I apologize for the chaos. Showering's as far as I've gotten with my rehab."

"You're feeling better?"

Austin slipped his arms around her waist. He smelled like soap. "You gave me hope yesterday."

"I . . ."

"Don't worry. It was nothing you said. It was what you didn't say. You didn't say 'get lost.'" He kissed her softly, a sweet breeze of a kiss, then pulled away, smiling. "Can I assume you're here to tell me you've made your choice? You can't live without me, you need me every waking—"

"Actually, Austin, I kind of need your apartment."

"Well, living together is a big step, but—"

"Just for an hour or two."

He planted his hands on his hips. "You're living at the Ritz and you want to borrow a room at Motel 6?"

"I can't use Jared's. And I can't use my old apartment because Marquez can't know about this."

"This?" Austin's smile faded. He cleared a spot on the couch. "Sit. What's this about, anyway? There must be something going on if

Diana, the Other Woman, is serving as your chauffeur."

"It's a long story."

"I can be late to work. They'd lose all respect for me if I actually showed up on time." He sat beside her. "Tell me. Maybe I can help."

"The thing is, I can't tell you much, Austin. This is my problem, and I have to figure it out myself. Even if I get it wrong." She shook her head. "And I've been getting plenty of things wrong lately."

Austin studied her carefully. He reached into his pocket. "Here's the key. I've got an extra. You say the word, I'll be sure not to be here. Just one thing. You're not having some sleazy tryst here with a brooding stranger, are you?"

Summer took the key. "Let's just put it this way," she said with a smile. "Fresh sheets would be nice."

Austin laughed. "I'm a guy, Summer. Refresh my memory. What exactly are sheets?"

Summer tucked the key into her purse. "I'll let you know when I need the apartment. And thanks."

Austin reached for her hand. "Whatever it is, Summer, trust your instincts. It'll be okay."

"I hope you're right," Summer said. "But the way things have been going lately, I have my doubts."

* * *

Diana drove back to Crab Claw Key, feeling both exhausted and too hyper to sleep. After dropping Summer off at Austin's, she hadn't been quite sure where to go next. Back to Mallory's? Back to the apartment and the inevitable cold shoulder from Marquez? In the end she decided it didn't really matter. Diana was scheduled to volunteer later today, so even if she tried to get some sleep, she wouldn't get much.

It occurred to her that it would be nice if she could talk Marquez into going along with her to the Institute. Maybe if she saw other people going to therapy—kids in much worse shape than Marquez—it might do some good.

Nice idea. Too bad she and Marquez were barely on speaking terms.

Diana cruised down Crab Claw's center, past white clapboard buildings decorated with sun-faded awnings. The corner bakery was doing a brisk early morning business. Even from the car Diana could smell the yeasty aroma of just-baked bread.

She paused at a four-way stop and hesitated. Coquina Street. Seth's grandfather lived just down the block.

Mariah Carey was wailing on the radio. Diana turned her off. She needed to concentrate. Mallory's house was straight ahead. Seth's grandfather's house—and potentially, Seth—was to the right.

To turn or not to turn? That was the question.

Behind her an ancient woman in a Cadillac honked.

Diana scowled at the rearview mirror. The woman honked again, more convincingly.

Diana turned.

She'd only gone a few yards when she saw Seth. His back was to her. He was mowing the tiny lawn with an old-fashioned push mower. No shirt, his broad tan back sheened with sweat.

This was insane. She didn't want him to catch her spying on him like some lovesick kid. She braked, thinking she could pull a U. But the street was narrow, and she knew she'd just draw more attention to herself, trying to turn around. Better to cruise on by and act like she hadn't even noticed him.

But just as she passed the neat white house Seth turned the mower toward the curb. He looked at her. She looked at him. She told her foot to keep pressing the accelerator. But because of some unexplainable freak accident of brain wiring, her foot braked instead, and she pulled over to the curb.

Seth wiped his forehead with the back of his arm. He was just a foot or two away, close enough, almost, to touch. She knew he was going to say something ugly. She knew he was going to make her feel even worse than she already did.

"You're up early," he said neutrally.

She tried to swallow, but her mouth was dry as sand. "I don't know why I'm here," she blurted.

Seth shrugged. "I don't know why I'm here either," he said. "My grandfather says I should go back to California, finish up the internship. He's really ragging on me to leave."

"He's probably right."

"Yeah. I know. I guess I'm just . . . I don't know. Hoping everything will still work out. Waiting to see how the story ends."

"Me too." She forced her mouth into a smile that almost hurt. "Unfortunately I think we're hoping for different endings."

Seth leaned close. She smelled the sharp, sweet smell of freshly cut grass. "Are you okay?" he asked softly.

"Like you care?"

He stepped back. "Forget it. Just . . . forget it."

Diana stared out the windshield, unable to look him in the eye. "Just tell me this, Seth. All those times we were together and you were holding me and telling me how much I meant to you and . . . was that all just a big act? *All* of it?"

"I think—" Seth paused. "I think it was the same thing for me that it was for you."

She forced herself to look at him. "For me it was real, Seth. Is that how it was for you?"

She didn't wait to hear his answer. She knew he would just say something awful.

This time her foot had no problem locating the accelerator.

18

Fairy Tales and Other Lies

When Summer returned to Jared's, he and Juanita were still at the doctor's. Stan, the butler, had left a Post-it note on Summer's bedroom door informing her that her mother had called. Summer was to call home immediately.

As she dialed her mom from her bedroom phone, Summer's first thought was that someone had died. Her second thought was that somehow her mom had found out about Diver. Her third thought was that her mom had discovered that Summer had moved out of the apartment and into the home of a rich invalid.

Of course, there was always *D:* None of the above.

On standardized tests teachers always said to go with your first hunch.

"Why on earth did you move out and why on earth didn't you tell me?" her mom demanded as soon as Summer said hello.

So. It was *C*. No wonder she hadn't done better on her SATs. At least no one had croaked.

"It's sort of complicated, Mom." Summer went to the front window. The van was just pulling up. "I got this job as a companion to a guy who was hurt in an accident. It's a live-in position—"

"But you and Marquez and Diana were so excited about the apartment, hon."

"I know. But this is a lot more convenient." She attempted a laugh. "No commuting."

"Are you sure everything's okay?"

"Well, there is one thing. Seth and I . . . we kind of broke up."

"Oh, no. Oh, Summer, I'm really sorry. Are you sure it's, you know, over?"

"I don't know, Mom. I kind of think so."

Her mother sighed. "It's hard to admit, I know. I got the final divorce papers yesterday, but I still can't quite bring myself to say *divorced* without choking on the word."

Summer watched Juanita open the van door and slowly lower Jared's wheelchair to the driveway. She tried to let the word sink in. *Divorced.*

Her parents were divorced. That meant two houses at Christmas. Two new phone numbers to memorize. Two separate people, strangers living different lives. Strangers who just happened to be her parents.

"I'm really sorry, Mom," Summer said. "I just wish you'd given it more time. You were both so upset about Diver leaving and all that."

"This isn't about Diver, Summer. It's about your dad and me and the way we look at the world. We're just too, I don't know, too different."

"But you weren't different, not until Diver came back and all the fighting started."

"That was just the excuse we needed, Summer. And I hope your brother doesn't feel he's to blame. Have you seen him lately?"

"You know Diver." Summer hesitated. "Even if you see him, you can't really talk to him."

Her mother sighed again. "Well, anyway, I'm so sorry about Seth. You always seemed like such a fairy-tale couple. Of course, that's what people used to say about your dad and me."

They chatted for a few more minutes. When Summer hung up, she realized her hand hurt from clenching the phone so tightly.

Her mother really didn't seem to blame Diver for the divorce. Of course, she was a mother. Mothers weren't supposed to blame their kids for big things. Just little things, like driving them to an early grave.

Talking to Diver today, Summer had been struck by the way he'd talked about his past as if it made sense. As if it weren't some awful, crazy, unspeakable melodrama. There were so many people in his life he'd had to forgive. Why was it so easy for Diver?

Why was it so hard for her?

Still clutching the phone, Summer opened her bedroom door and went to the top of the stairs. Juanita and Jared were downstairs in the foyer, Juanita fussing, Jared joking.

How many people had Jared had to forgive? Where were his family and his friends now, when he most needed them?

"Summer?" Jared said in his soft voice. "You up for a walk in the garden?"

"Be right there, Jared," Summer said. "I just need to make a quick call."

Summer returned to her room. She dialed Blythe's number.

Caroline answered. "Summer!" she exclaimed. "Any word on Diver?"

"Well, that's why I'm calling, Caroline. I was hoping we could get together. Maybe early this afternoon sometime?"

Caroline paused for a beat. "Get together?"

"I have a proposition for you," Summer said. "Something I think will benefit both of us."

"I don't—"

"Benefit us *financially*. I think you should hear me out."

"Oh. Oh, I see."

"Why don't you meet me over at Austin's place around two?" Summer suggested. "You know where it is."

"Two," Caroline repeated. "I'll be there. I'm glad you called, Summer. I have the feeling we can work something out."

Summer hung up. Two would be good. Jared would be having physical therapy all afternoon. She'd call Austin and make sure he'd be out of the apartment. She'd meet Caroline there and then . . . well, she'd figure out that part out when she came to it.

She was sitting across from him in the gazebo, reading out loud, looking as radiant as she did in that photo he kept hidden away. If he closed his eyes, it could almost be last year and Summer could be his girlfriend again, not his paid companion. He could be whole again, not trapped in a wheelchair because on one dark, unhappy, drunken night, he'd driven himself over an embankment, hoping, just a little, that he might die.

If he closed his eyes, he could be Adam, Senator Merrick's son with the bright future ahead of him. Adam, Ross's loyal little brother.

Adam, Summer's boyfriend and maybe even her love.

"Jared?"

"Hmm?"

"Are you bored? I could read something else."

"No, no. It's great. But maybe we could just talk for a while."

"Sure." Summer set her book aside.

"Any word on your brother?"

"No, nothing." She shrugged. "But I'm sure he'll turn up."

"I thought maybe your cousin coming over this morning had something to do with Diver."

Summer looked a little uncomfortable. "No. Diana just wanted to talk."

"To make peace?" He knew he was prying, but he couldn't seem to stop himself.

"I suppose. It's hard to tell with Diana. She's very, you know, complicated."

Complicated. He couldn't help smiling a little. Oh, yes, Diana was complicated, all right. That had been very clear from the moment they'd started dating. How long had it been now? Two? Two and a half years?

"Do you think she's still in love with Seth?"

Summer hesitated.

"I'm sorry. It's none of my business. I mean, I hardly know you. It's just . . . I guess I've sort of been out of touch with that for a while. Dating and all."

"That's okay, Jared." Summer smiled. "It's no biggie. I was just wondering what the answer was. Yes, I'm pretty sure she's still in love with Seth. But you never know with Diana. Like I said, she's complicated."

Beautiful, complicated Diana. Maybe she hadn't always been so complicated. Maybe that night with Ross had changed her.

After all, it had changed everything else. It was the first time Adam had wished he wasn't a Merrick. And it was the only time he'd ever wanted to hurt his brother.

Diana had wanted to press charges, but of course, the Merrick clan had circled the wagons, threatening and cajoling and intimidating her. Family loyalty and all that.

It had destroyed Adam's relationship with Diana. It had nearly destroyed her. And a year later, when had Summer found out the truth about Ross, it had destroyed Adam's relationship with her too.

But in the end, Diana had found a way to get even. The revelation that a Merrick son had attempted rape had been bad enough. But the revelation that the senior Merrick had tried to cover it up had done the senator in. He'd resigned in disgrace.

Still, it hadn't taken him long to think about a comeback bid, running for governor in New Hampshire. And his son's drunken accident in

Germany wouldn't have helped his chances any.

He'd visited Adam in the hospital, full of good cheer. Would Adam mind recovering quietly in Florida, he'd wondered, away from the prying eyes of the press? Would he mind doing it under an assumed name, just for a while, mind you?

Naturally, Adam had said yes. Family loyalty and all that.

"Jared? You okay?"

"Sorry."

"You were like a million miles away."

"I was just reminiscing about some old friends."

"Anybody you want to talk about?"

"No. They're long gone."

She reached over and gently touched his good hand. "Maybe not forever."

"Maybe not," he said, but of course he knew better.

19

Dirty Laundry

"I have to admit I was surprised when you called me, Summer." Caroline settled demurely on Austin's couch. "You said you had a proposition?"

"It's about Diver." Summer sat on the chair she'd carefully situated right next to the couch. She glanced—subtly, she hoped—at the laundry basket by her feet. Tucked inside one of Austin's shirts was the tape recorder Diana had lent her.

Before Caroline's arrival, Summer had tested it out several times, talking at a normal tone of voice from various locations in the room. It had only picked up her voice when she was within a few feet, and even then the words had been muffled and hard to follow.

"So, have you found Diver?" Caroline asked hopefully.

Summer smiled. "Well, that sort of depends."

"Depends?"

"Diver told me all about you, Caroline. How you know about his . . . history. And how you want a piece of the insurance money in exchange for clearing his name."

Caroline stood up. "I don't think you have any idea what you're talking about," she said sharply, crossing her arms over her chest.

"No, no, wait," Summer said, hearing her voice rising. She cleared her throat. "Just listen for a second." She went to the window and made a point of shutting it, then returned to her seat. "I do know where Diver is, Caroline. And I'm willing to tell you, for a price."

Caroline narrowed her eyes. "What kind of price?"

"I want a piece of that money too."

Caroline stared at her in disbelief for what seemed like several hours. "Well, you certainly don't mince words, do you?" she finally said, allowing a faint smile. "And here I had you pegged as such a sweet little thing, Summer. I had no idea." Caroline clucked her tongue. "Your own brother. My, my."

Summer swallowed hard. She shrugged, trying her best to look casual. "There's no love lost between Diver and me. Besides, there's plenty of money to go around. The insurance money from his mom's death, plus there's got to be a big bundle coming from the fire. Split two ways or three, there's still plenty."

Caroline watched her suspiciously for another moment. Then she leaned forward. "So where is he?"

Summer cast another nervous glance at the laundry basket. "What?"

"Where *is* he?" Caroline said, louder this time.

"Not so fast," Summer said. "We need to talk percentages here. It seems to me, since I'm the one who's making this work, I should take half. You and Diver can split up the rest however you want—"

"Please! No way are you getting half the money!"

Caroline walked toward the kitchen, away from the laundry basket. She got a drink of water, then paused in the doorway.

Summer felt her heart banging around in her chest. It was too far. She hadn't tested the kitchen area, but she was certain the tape recorder wouldn't pick up anything from that distance.

"If we're going to discuss this, Caroline, let's do it in the living room," Summer said in a slightly choked voice. "Someone might hear. The kitchen window's open—"

"No, it isn't," Caroline said dismissively. She arched an eyebrow and locked onto Summer's gaze. "Look, Summer, if you think you can muscle your way in at this late date, you've got another think coming. This only works if I can convince the authorities that Diver's innocent."

Summer grabbed the laundry basket and slid down to the far end of the couch, closer to Caroline. She pulled out a wrinkled T-shirt and carefully began to fold it.

"How domestic," Caroline observed with a sneer. "I guess you and Austin are still an item after all, huh?"

"What? Oh, this. I told Austin I'd do his laundry in return for borrowing his place."

"Does he know about Diver?"

"Nobody knows. Not even Marquez."

"Good. You need to keep it that way." Caroline sipped at her water, considering. "Look, here's my best offer. I'll take sixty percent. You and Diver split the rest."

Summer pulled out another T-shirt, folding it on her lap. She didn't want to overplay her hand, and she knew she wasn't exactly Meryl Streep. When her senior class had performed *Hello, Dolly!* Summer had been cast as Crowd Member Number Seven.

"Diver owes me, Caroline," she said. "I just talked to my mom today. She and my dad got their final divorce papers. If it hadn't been for

Diver, well . . . they might still be together. You understand what I'm saying? I'm *owed*."

Caroline pursed her lips. "Okay. We'll do it this way. Fifty to me. Forty to you. Ten to Diver. It's not like he has a lot of leverage, right?"

"Excellent point." Summer's voice sounded a little too eager. She cleared her throat again. "Okay, then. I can live with that."

Caroline joined Summer on the couch. The laundry basket sat between them. The little red light on the tape recorder glowed from under a shirt sleeve. Quickly Summer rearranged the clothes.

It suddenly occurred to her that it wasn't like she'd heard anything worth taping yet, anyway. Was this a total waste of time?

She wondered, in a searing flash of doubt, if she'd been wrong about Diver all along.

She reached for another piece of clothing. "You know, I do feel kind of funny about this," she said. "I mean, profiting off a man's horrible death."

Caroline tapped her fingers impatiently. "Somebody's got to take the money," she said. "It's just sitting there in some bank, getting dusty."

Summer sighed. "But I mean, Diver *killed* someone, Caroline. Don't you think he should pay for what he did?"

Caroline blinked in disbelief. "You don't actually think . . . oh, man, you *are* brutal! Summer, you poor demented fool, Diver didn't kill his daddy."

"He . . . didn't?"

"Please! Diver? Sweet little Diver, with those beautiful baby blues of his? That boy couldn't kill a mosquito." She grinned. "It's funny, though. When I told him I'd go to the cops and tell them how I saw him trying to save his daddy, I sort of got the feeling Diver thought it was a made-up story. He was listening to me like a kid who wanted to believe in Santa Claus, you know?"

"I don't think he remembers very much about the fire."

"Well, I guess not!" Caroline said. "Truth is, I saw that boy run back into the fire three, four times easy, trying to save his no-good daddy, lord knows why."

"But why didn't you say anything at the time?"

"I was just a kid, Summer. Like anyone would have listened to me?" Caroline shrugged. "I suppose the truth of it is, I'd always had this mad crush on Diver, and he'd pretty much always treated me like the dorky little girl next door. I didn't exactly feel like I owed him any favors, you know?"

"But they accused him of murder."

Caroline shifted uncomfortably. "Well, it wasn't like he stuck around. It didn't matter what I saw, one way or the other."

"How do you think the fire started, then?"

"They said something about finding flammable liquid at the scene, and Diver's daddy—I guess I really shouldn't call him that since, let's face it, he wasn't—he was always refinishing stuff out on the porch. Painting, that sort of thing." Caroline hesitated. "Our yard was right next to Diver's, and we'd had a big barbeque that night. After the fire happened, I heard my daddy talking to someone about how he hadn't put the coals out properly. It was windy that night. I suppose one thing led to another and . . . well, I guess it doesn't really matter now, does it? The point is, everybody just assumed Diver did it. He had plenty of motive, after all. His daddy beat the hell out of him practically every day. And after the fire Diver vanished. It made sense for everyone to blame him."

"I suppose it did, at that."

"So." Caroline glanced at Summer out of the corner of her eye. "Where are you going to spend all that nice green stuff?" She reached for a T-shirt from the laundry basket. "I guess the least I could do is help you fold—"

"Don't!" Summer cried, yanking the shirt away. "I mean, you know. There's underwear in there. Austin would kill me."

"You know, I *have* seen male unmentionables before." Caroline shook her head. "If I didn't know better, I'd say you were actually blushing, Summer! So, what are you going to do with your piece of the money? I'm thinking about buying a car."

Summer reached down and clicked off the tape recorder. "I'm sure I'll think of something."

20

A Visit to Flipper

"I really appreciate this," Diana said for what had to be the gazillionth time.

Marquez jerked her car into the left lane. "I believe you've already mentioned that."

"I don't know what's wrong with my Neon. It was fine this morning. But the transmission was making this weird noise. Sort of like when the vacuum cleaner sucked up your scrunchie the other day. Anyway, it's really nice of you—"

"Shut up already, Diana."

"I mean, I've never missed a day at the Institute. The kids get so they expect you to be there—"

"Look," Marquez interrupted. "I am not doing this to bond with you. I am only driving you there so I can have the apartment to myself.

I can spend a few minutes with you in the car or be stuck with you all day. Guess which one I chose?"

Diana rolled her eyes. "Okay, okay. At least let me pay you for the gas."

"Just tell me this. What part of 'shut up' don't you understand?"

Finally Diana seemed to get the message. They drove in silence for a while. After a few miles Marquez flipped on her blinker and turned down a long unpaved road bordered by sea grass and scrub pines.

Weird. The silence was almost worse than Diana's babbling.

"To tell you the truth," Marquez said, "I thought maybe you'd moved out when I got up this morning and saw you were gone."

"I just went driving around. I couldn't sleep." Diana held her wind-whipped hair back with one hand. "Maybe I should, though. Move out. If that's what you want."

"If you move out, I can't afford the apartment by myself. So no, I don't want you to leave. Purely for economic reasons."

"I'm touched."

Marquez braked for a huge blue heron, slowly crossing the sandy road like a dignified old man.

"So, what are your plans today?" Diana asked.

"Why do you care?"

"No reason. I just figured you'd probably given up on the Diver search. I mean, at this point you just kind of have to wait and see if he calls or turns up, right?"

"Yeah. So?"

"And you don't have to work till tonight, right?"

Marquez parked the car in front of the long, cedar-shingled Institute building. "What exactly is your point?" she demanded.

Diana reached for her purse. "Well, it occurred to me that I'm only going to be here an hour or two, and by the time you drive all the way home and then turn around and come back . . . maybe it would just be easier to stick around. There's a lobby with some magazines, or you could hang out here in the car. Or you could, you know, watch the dolphins and the kids. It's pretty interesting, actually."

Marquez checked her watch and did the math. Diana was right, of course. "*How* did I get roped into this?" she muttered. "You're rich—you could have just run out and bought a new Neon."

"So"—Diana swung open the car door—"want to come?"

"I'll wait in the car."

"But it's so hot. At least come inside. It's air-conditioned, more or less. And out by the dolphin tank there's a covered area with bleachers where the parents sit. That's pretty shady."

"I'll wait in the car," Marquez repeated, shooting Diana her laser-guided *get lost* look.

"Okay, okay. But if you change your mind—"

"I won't."

Diana looked as if Marquez had somehow disappointed her. "Well, okay. I'll try not to take too long."

Diana headed into the Institute. Marquez sighed. If Diana wanted somebody to watch her play the saint, she'd have to find another audience. Marquez wasn't buying.

She moved the car to the far end of the parking lot, where she could at least get a view of the beach. The big tank behind the Institute was partially visible, very large and crystal blue. A few adults in bathing suits roamed around. Diana was there, talking to another woman in a red tank suit. A handful of kids hovered near one end, towels draped around their shoulders.

Marquez cranked on the radio, flashed past some nice reggae-sounding tune, and locked it in. She lay back against the headrest and closed her eyes, but that was dangerous these days. Whenever she closed her eyes, she saw Diver. Not some blurry, half-formed picture, but *Diver,* complete and in spectacular Technicolor 3-D, fully animated. Maybe it was because she was an artist. He was almost as real to her in her imagination as he would have been if he'd been sitting here, right beside her.

The familiar, awful ache came back, a sharp heaviness deep in her chest. Why the hell had she said yes to Diana? She wanted to be home in the cool darkness of her bedroom, hiding under the sheets.

Waiting for the phone to ring.

Marquez turned off the car and wandered around the beach outside the Institute. She could hear the musical laughter of the kids, the soft, reassuring voices of the adults. Every now and then a huge splash interrupted the steady ebb and flow of the voices. The dolphins showing off, Marquez figured.

She wasn't sure what it was Diana did in there, exactly. She knew the kids came from troubled backgrounds or had emotional or physical problems. They played with the dolphins and that was supposed to help them, although Marquez couldn't quite see what a big slimy overgrown fish, even if it did look like Flipper, could accomplish.

She sat on the front steps of the Institute building for fifteen minutes or so until she realized she had to find a water fountain or she'd die of thirst.

The lobby of the building was small and unpretentious. A wide window allowed a view of the dolphin tank. Marquez located a drinking fountain, then wandered over to the window. Diana was in the pool at one end, holding a little girl in her arms while a dolphin swam circles around them.

Marquez took a seat by the window. At least there were some well-worn magazines to look at. Of course, they were all granola magazines, things like *Wildlife Conservation* and *National Geographic*. On the plus side, the only models in these magazines had four legs and way too much body hair.

The front door opened and a pretty girl about Marquez's age entered. She smiled at Marquez, took off her sunglasses, and went straight to the window. "She's having so much fun," she murmured. She glanced back at Marquez. "My sister. Stacy."

Marquez gave a vague nod to show she was not particularly interested.

"You waiting for someone?" the girl asked.

"Yeah. Not one of the kids. One of the . . . counselors." Somehow using that word to describe Diana was like calling a vicious Doberman "Benji."

"They're great," the girl said as she sat across from Marquez. She had large green eyes set in a heart-shaped face.

She was a little chubby, Marquez noted, but pretty nonetheless.

"That's Stacy with that dark-haired counselor. Diana, I think her name is."

Marquez watched as Diana lifted the girl she'd been swimming with out of the pool. The tiny girl was stooped over, emaciated. Her bathing suit hung slackly off a body that might have been made of twigs.

"What's wrong with her?" Marquez blurted. She cringed at her own bluntness. "I'm sorry. It's none of my business. She just looks so, you know, frail."

"She's anorexic," the girl said matter-of-factly. "You think this is bad, you should have seen her a couple of months ago. She's put on seventeen pounds since then. Coming here's helped a lot, I think. And she's seeing a therapist. She was in the hospital for nine weeks. We thought she was going to . . ." Her voice trailed off.

"But she's so young."

"Fifteen."

Marquez went to the window. That delicate, breakable, line drawing of a human being was only three years younger than she was?

"I hate to drag her away, but she's got a doctor's appointment," the girl said. "She loves coming here so much. It's funny"—she started for the door that led to the pool area—"we had to practically drag her here the first few times. She was so afraid."

Marquez watched through the window as the girl walked out to the pool, greeted Stacy, and helped her towel off. Diana helped Stacy put on a sweatsuit. It seemed ridiculous in the ninety-degree heat, but of course, Stacy was probably cold.

Marquez was cold a lot too.

It wasn't the same thing. She wasn't like that. She wasn't ever going to be like that.

Stacy, her sister, and Diana entered the lobby. Diana didn't seem entirely surprised to see Marquez. "Stace, this is my, um, my friend Marquez," Diana said.

Stacy smiled shyly. Her lips had a bluish cast. Her blond hair hung in wet ropes.

"Hi," Marquez said. "Looked like you were having a good time out there."

"I rode one of the dolphins."

"Yeah," Marquez said awkwardly, "I can see how that would be pretty cool."

"We're late already," Stacy's sister said, checking her watch. "See you next week, Diana."

Diana gave Stacy a hug. "Take care of yourself, promise?"

"Yep." Stacy glanced at Marquez. "See you," she said.

"Yeah," Marquez replied. "See you."

Diana wrung out her hair. "I'll just be a few more minutes."

Marquez nodded, watching as the door closed behind Stacy and her sister.

"Is she going to be okay?"

"I don't know. Maybe. She's tougher than she looks."

Diana returned to the pool area, and Marquez went back outside. The heat felt good on her face. She watched an old Honda circle the parking lot. It passed her on the way out.

Stacy was sitting on the passenger side. She was looking at Marquez. She waved, and Marquez waved back.

Stacy smiled as if they were old friends.

As if they shared a secret.

21

Reaching Out

For the third time Diver rewound the tape. Summer stood next to him on the deck of the stilt house, waiting, hoping. Her face was flushed.

Diver fast-forwarded, then pushed the play button. Caroline's muffled laughter filled the air.

Truth is, I saw that boy run back into the fire three, four times easy, trying to save his no-good daddy, lord knows why.

Diver closed his eyes and he was there again, in that place the dream always made him go.

He could see himself running through the inferno. He could see his father lying under a burning support beam, his clothes on fire, his hair, his skin.

He could hear the screams.

Diver reached for his father's hand. He pulled, trying like he'd never tried for anything in his life.

There was nothing he could do. Nothing.

The sirens were coming. The fire was roaring like a thing alive.

There was nothing more Diver could do, except, just maybe, save himself.

He opened his eyes. The sun made diamonds of the waves.

In his dream there was always a hand, familiar and yet not, reaching out to him. There was always an old, rickety house, floating over a blue, endless ocean.

There was always hope.

Summer held out her hand. "It's going to be okay, Diver."

He took her hand, wiped away a tear, smiled a little. "You did all this for me. Why?"

"I don't know. I guess because it hurt to see you hurting." She shrugged. "And because you're my brother, Diver."

"I don't know what to do now."

"We'll go back to Virginia. We have the tape. We'll clear the whole mess up. Maybe Dad and Mom can meet us. It'll be fine. You'll see."

"I can't ask them to do that. Not after everything I've already put them through."

"What about all you've been through?"

Diver shrugged. "Not so much, really."

"I don't know . . ." Summer paused, frowning with concentration, as if she were searching for the very last word in a crossword puzzle. "I don't know if I'd be as kind as you are, Diver. If I'd gone through all you have, I mean. That's something I've had to realize this summer. I'm not very good at forgiving people. I sure haven't been very good at forgiving you."

He smiled. "Maybe I don't deserve it."

"Or maybe I needed someone to be mad at. Maybe I needed a reason for the divorce to have happened. That way, it kind of made sense. I didn't want to think that a relationship could just end for no reason."

Diver watched as Frank swooped past, searching for an afternoon snack. His life was so simple. Eat, sleep in the sun, survive. Sometimes Diver wished his life could be like that.

He looked at Summer, at his sister who'd loved him enough to help him. Enough to forgive him.

Sometimes he was glad his life was so complicated.

"I don't think relationships just end for no reason," Diver said. "Sometimes it's too complicated for us to understand. All these interconnected things have to be just right before you can have love. That's why it's so amazing when it happens. Maybe it shouldn't be so surprising when it doesn't last. Maybe we should just be astounded that it happens at all."

Summer nodded. "I'm sorry I blamed you for the divorce," she said. "I was wrong."

"I'm sorry I let you down."

"You didn't. I let myself down."

Summer laid her head on Diver's shoulder. They stared out at the water, bluer than the sky and just as endless. Frank scooped a fish into his massive beak and returned to the deck, preening and strutting just a bit to show he hadn't lost his touch.

Diver took a deep breath. "I'm afraid," he whispered. "I don't think I have the courage to go see her."

"Marquez loves you, Diver. All she wants is to have you back."

"But I ran out, I hurt her—"

"That doesn't matter. She'll understand." Summer grinned. "She's quicker at forgiving than I am."

Diver gave her a dubious look.

"Well, okay, she gets madder up front, but she gets over it faster." Summer pulled on his hand. "Come on. You can't hide here forever."

"No, I guess not."

They walked to Coconut Key together, savoring the sun, saying little. Diver tried to plan what he would say to Marquez, but he wasn't much for speeches, and besides, what could he really say except "I'm sorry"?

As if that would be enough.

When they climbed the stairs to the girls' apartment, his heart quickened. He grabbed Summer's arm. "I'm not ready. I can't, not yet."

"Diver, you have to. She needs you."

Before he could protest, Summer unlocked the door. Diana was lying on the couch. The TV was on. She sat up in surprise and clicked the remote control.

"Is Marquez here?" Summer asked.

"What happened?" Diana asked. "Diver, I thought you were at the stilt house—"

"It's okay," Diver said. "Summer worked things out. With a little help from your tape recorder."

"That's great news." Diana smiled. "Really great. Look, Marquez isn't here. I think she's scheduled to work tonight, though."

"Do you know where she is?" Summer asked.

"I don't think I'm supposed to know." Diana seemed uncomfortable. "I overheard her making a call when we got back from the Institute this afternoon. She was talking to the Eating Disorders Clinic at the hospital. I think maybe she went over there. I didn't want to push it by asking."

Summer looked at Diver. "You want

company? I'll walk you over to the hospital."

"I think I can take it from here," Diver said. He kissed Summer on the cheek. "Thank you. For everything. You too, Diana. I owe you both." He paused in the doorway. "It's too bad you two hate each other. You make a pretty great team."

He got off on the wrong floor at the hospital and took two wrong turns before he found the Eating Disorders Clinic. The waiting area was empty. Diver took a seat, thumbed through a worn *People,* paced awhile.

He was so proud of Marquez for coming here, especially in the middle of the mess he'd created. How was he ever going to tell her that?

The clinic door opened. He saw a girl, too thin, too beautiful.

Marquez. Her back was to him.

How was he ever going to make her believe she could trust him not to leave again?

She was nodding, talking to a woman who was smiling. "Okay, then. I'll see you next week," Marquez said.

How was he ever going to make her believe how much he needed her? What kind of words were there for that?

She turned. The door closed. She looked past him, then back. Her mouth formed the word: *Diver.* She ran to him.

He took her in his arms and held her till she felt like a part of him. She was sobbing softly, and so was he.

He kissed her, again and again and again.

"I love you," he whispered, and suddenly he realized he'd known what to say after all.

22

Diana Meets Up with Her Past, Summer Says Good-bye to Hers

The next afternoon Diana made her way down the winding garden path at the rear of Jared's home. Just as his nurse had said, Summer and Jared were sitting at the edge of the beach. Summer was on a bench, reading. Jared was in his wheelchair, staring out at the ocean.

Diana fingered the envelope from Carlson. Suddenly she regretted coming here. Yesterday, after all the stuff with Diver, it had almost seemed like she and Summer had reached a kind of uneasy truce. But if this was a rejection letter, Diana was going to look as if she'd come over to gloat.

Jared noticed her approaching even before Summer did. "Diana?" he said in that whispery, odd voice of his.

"I'm sorry to interrupt," Diana said.

Summer turned and took off her sunglasses. "What are you doing here? Is everything okay with Marquez and Diver?"

Diana laughed. "Are you kidding? I've barely seen them since Diver caught up with her at the hospital yesterday. This morning she was floating around the apartment like she was filled with helium." She held out the envelope. "This just came in the mail. I thought you might want to see it."

Summer took the envelope and read the return address. "It's too thin," she said flatly. "It's a rejection."

"They accepted you once, Summer," Diana pointed out. "If they reject you now, it's just because you reapplied too late and they were already full."

Summer stared warily at the envelope as if it contained plutonium.

"Well—" Diana took a step back. "I guess I should get going. Oh, we got the phone bill too. Your share's twenty-one bucks and some change." She smiled. "Good luck."

"Thanks for bringing this by," Summer said, not sounding altogether sure she meant it.

"Neither rain nor sleet nor heat nor gloom of night," Diana said. "See you, Jared."

"See you." He was gazing at her out of those penetrating dark eyes again. It was very unnerving.

"And Diana?" Summer said. "Thanks for helping with Diver."

"He means a lot to me too, Summer."

"Wait," Summer said. "You might as well stick around. You'll hear soon enough, one way or the other." She tore open the envelope. "Here goes nothing."

She pulled out the letter and scanned to the bottom. "Idiots," she muttered darkly. Suddenly she broke into a huge grin. "They're actually letting me in!"

"Congratulations, Summer," Diana said.

"Way to go." Jared held out his hand and Summer clasped it in both of hers.

"I can't believe it," Summer said, glowing. "I really can't believe it." She passed the letter to Jared. "Read it, okay? To be sure I'm not hallucinating."

Diana started to leave, then hesitated. She should have been thinking about other things, about how this meant Summer was staying in the Keys, or how upset Seth was going to be when he heard the news.

But something else was troubling her. Jared was holding Summer's acceptance letter in his uninjured hand. A heavy gold ring glittered on his finger, a lion's head carved onto either side of a deep blue stone.

There was something familiar about that ring. It was very striking. Expensive, unique.

She'd seen a ring like that once before. On the finger of Adam's brother, Ross.

Summer looked over at her. "You okay, Diana? You look like you just saw a ghost."

"Something like that," Diana said softly as she started down the path.

The Carlson campus was quiet, softened by late afternoon shadows. Summer walked the grounds, taking in trees and statues and buildings as if she owned each and every one. The initial high of being reaccepted had worn off, replaced by a tingling, edgy nervousness that was part anticipation, part dread.

It was like diving into a lake without knowing how deep it was. Sure, the admissions people had decided she could handle this school. Her high-school teachers had told her she could handle it. But part of her was still convinced she was being set up for an elaborate practical joke. She'd show up for class the first day, laden with heavy textbooks, only to have the entire college leap up in unison and yell, *"April Fools!"*

The University of Wisconsin, with all her friends—and with Seth—seemed like such a comforting choice now that she'd sealed her fate and decided against it. She would have felt secure there, safe. Here she was going to feel utterly and completely alone.

She went back to the car, which Marquez

had lent her, and waited for Seth. She'd asked him to meet her here. She wasn't sure why. It seemed like the right place to say what she had to say.

A few minutes later he parked alongside her, smiling shyly. She led him to a bench beside a shimmering fountain.

"So," he said, "everything's going to be okay with Diver?"

"I think so. I talked to my dad last night and he's making some calls. And Diver called me right before I drove over here. He confronted Caroline today with that tape I made. I don't exactly know what he said to her. But I do know I haven't heard him laugh so much in a long time."

Seth dipped his hand in the fountain pool. "That's cool. I'm really glad. Diver's a good guy. Man, he's been through a lot."

Summer nodded. The fountain whispered, filling the air with the musical sound of first rain.

"I was wondering why you wanted to meet here," Seth said. "But then it clicked. You got reaccepted, didn't you?"

"Yeah. I just got the letter."

"And you're definitely going to go here? UW's out of the picture?"

"I'm going to try it for a semester, anyway. I have to try, Seth, or I'll always regret it."

Seth nodded, his expression stony.

"It's like your internship, Seth. You really should go back to California, finish it up."

"I know. I guess I was just . . . waiting. In case."

"I've been thinking a lot about us. About all the mess this summer, Austin and Diana and you and me. I realized when I was trying to help Diver that I'm not very good at forgiving people. What happened between you and Diana, it really hurt me, and I couldn't see past that to the fact that I'd hurt you too. I couldn't forgive you any better than I could forgive Diver."

"There's plenty of guilt to go around," Seth said with a grim smile.

"I think I'm ready to forgive you, Seth. I think I can even start to forgive myself for messing things up so badly."

Seth reached for her hand. "Then you want to get back—"

"No," she said gently. "When I got past the anger and the forgiving, I realized something else. I've changed this summer, Seth. I've started to see how complicated life is. My parents divorcing. Diver's problems. You, Austin, Diana. All the stuff with Marquez. I mean, I thought all I'd do this summer was get some minimum wage job and perfect my tan. But it's ended up being a little more work than that."

"So what are you saying?" Seth tightened his grip on her fingers.

"I'm saying that if life's going to keep being so damn complicated, I want some time to get my head on straight. I want to concentrate on school. And on knowing I can count on myself to get through the tough stuff." She looked away, fighting tears. "I don't want to have to devote all my energy to trying to fix us, Seth. The truth is, I think we're past the point of fixing."

He released his grip. "Okay. Okay, then. I hear you."

"Diver said something to me, about how it's amazing love ever happens at all. Think about it. Two people have to get their brains and their hearts and . . . other elements of their anatomy . . . all in sync. And then the circumstances of their lives have to be in sync too." Summer sighed. "It seems to me we got the first part right, but the timing on that second part, the other stuff in our lives, isn't quite on track."

"This is because of Austin, isn't it?"

"I do love Austin, Seth. Just like I think some part of you, whether you'll admit or not, is in love with Diana. But that's not what this is about. It's not about Austin. It's about me. I know that seems selfish. But if I'm not sure of who I am and how strong I am, how can I ever really be someone you can trust and love?"

Seth kissed her, an achingly soft kiss that made her wish, for just a moment, that she could take back everything she'd said. "I'll always love you, Summer. And I'll always trust you. But I think I understand why you have to do this. Just be sure *you* understand one thing."

"What's that?"

"I will always be there for you. I don't care if I'm in Wisconsin and you're in the Keys. I don't care if I'm on Mars and you're on Venus. It doesn't matter. I'll always be there."

He touched Summer's cheek. He gave a small, sad smile. And then Seth walked out of her life forever.

23

The Pretenders

When Diana found him the next morning, he was in the bus station, duffel bag at his feet, dozing lightly.

"Seth," she said. She took the seat beside him.

He opened his eyes. "How'd you—"

"Summer told Marquez what went on between you two yesterday. I wormed it out of Marquez, then I called your grandfather this morning."

Seth rubbed his eyes. Outside, a Greyhound belched black smoke. A line of passengers was forming.

"I'm glad you're going back," Diana said. "It would have been a shame to blow off the internship."

He shrugged. "I didn't want the whole summer to be a loss. Although it sure hasn't turned out like I'd planned."

"Me either." Diana smiled. "Not even close."

"I thought about calling you to say goodbye. But I figured you'd take it the wrong way."

"The 'wrong way' being—?"

"You know. Summer dumps me, so I grab the nearest phone and call Bachelorette Number Two."

"Yeah, I have to admit that's pretty much how it would have looked."

"But that wasn't why I was going to call. I was going to say, you know, I was sorry. I think I pretty much treated you like crap, Diana."

"Well, I wasn't exactly a saint," she admitted. She cocked her head, smiling at him a little. "So what brought on this revelation?"

Seth shrugged. "I don't know. I guess I wasn't even really surprised yesterday. About Summer, I mean. I was holding out hope, but I kind of knew. And as I was sitting there, listening to her tell me it was over, I sort of flashed on how you must have felt this summer, hoping maybe you and I would . . . you know. Work things out."

"You've always been pretty straight with me, Seth. I knew the deal. I knew you were in love with Summer." Diana sighed. "I just didn't want to believe it. I wanted to pretend things were different. Sometimes it's more fun pretending than it is just letting go."

"Yeah." Seth nodded. "But it hurts worse when you finally do let go. It hurts like major hell."

Diana rose to her feet. "Well, I just wanted to say good-bye."

Seth slung his duffel bag over his shoulder. "I'll run into you one of these days, I'm sure. Maybe at Christmas, who knows?" He stood. "Maybe sooner."

Diana stared at the floor. She wanted to touch him one last time, but she knew it would just be one more awkward moment in a long string of them.

On the other hand, what did she have to lose? She'd already lost Seth.

Diana reached for him and hung on longer than she knew she should have. She put her lips to his ear.

The words were out before she had time to stop them.

"Did you even love me a little?" she whispered.

Instantly she was sorry. It was an awful, humiliating, desperate thing to say. She knew so much better.

She let go and turned away quickly so Seth wouldn't see her face. But he caught her arm and pulled her back to him.

"You know I did," he said, almost angrily. "Did *you?*"

Diana's breath caught.

Tell the truth.

If she could just tell Seth the truth this once . . .

"Put it this way," she said at last. "I'm not quite ready to stop pretending."

When she left the bus station, Diana drove straight to Adam's. He was waiting for her on the front porch when she pulled up.

"How about a walk?" he said as she got out of the car.

"Where's Summer?"

"After you called, I told her she could have the day off. I think she went over to town."

Diana took the handles of his wheelchair. "How do you push this thing?"

"It's motorized," Adam said, zipping past her down the ramp and into the driveway. He stopped and turned to face her, his smile almost hidden in the layers of bandages. "I know how you love to control things, Diana. Sorry."

Diana fell into step beside him. The day was crystalline, almost too bright.

"So," Adam said softly, "what gave it away?"

"The ring. I was there at Ross's birthday party when your dad gave it to him. Remember?"

Adam groaned. "*Now* I do. Damn, I should have known. I figured Summer wouldn't recognize it, since she barely knew Ross and he hardly ever wore the ring." He held out his hand. "It *is* kind of ostentatious. But I've worn it ever since Ross died, and I didn't feel right about taking it off. Don't ask me why."

"How long did you think you could keep up this charade, Adam? Summer was bound to find out eventually."

"I know, I know. It just . . . it just happened. I was already using a fake name, and then when she walked through the door that day to apply for the job, it was too good to be true. I had a little part of my old life back, you know?"

They turned toward the beach, going as far as Adam dared with the wheelchair. Diana sat beside him in the hot, sugar-fine sand.

"I knew your dad pretty well," she said. "And I hated him for the way he treated me after the stuff with Ross. But I have a hard time believing even the almighty Senator Merrick could dump you here under an assumed name when you were in this"—she gestured toward him with her hand—"this condition. I mean, sure, he didn't mind trying to destroy *me* if it meant saving his rear. But you're his son, Adam. I thought loyalty was everything to the Merrick clan." She couldn't leave a trace of bitterness out of her voice. "After all, when I needed you, Adam, you chose Ross over me."

Awkwardly Adam twisted his body toward

her. The bandages forced her to look directly into his eyes—it was as if there were nowhere else to look. And his eyes were so sad, it was almost more than Diana could stand.

"Yes, we've always been big on loyalty," Adam said. "But I guess even the almighty Senator Merrick couldn't put a good press spin on Ross and me. One son drunk and drowned. The other one nearly dead and also, for the record, quite drunk most of the time. Talk about your family values." Adam made a soft sound, like a laugh dissolving into a sob. "I guess you think I got what I deserved, huh, Diana? Poetic justice to the max."

"No. I don't hate you anymore, Adam. The truth is, what your family did to me made me stronger. I wouldn't wish it on anyone, but I'm still here. I survived, and I'm tougher for it."

She hesitated, watching the waves come and go. Gently, slowly, she reached for his left hand and held it, covering Ross's ring. "You'll be stronger too, when this is over."

"Maybe."

"You have to tell Summer, you know."

"I know. I've known all along. I just hate to see her quit, it was so nice having her around. Like going back in time." He paused. "She will leave, won't she?"

"It's hard to say. Summer's okay. She might just stick around."

Adam closed his fingers around hers. "How about you? You think you might, you know . . . stop back and say hi now and then?"

"I don't know, Adam," Diana said honestly. "I'm strong, but I'm not sure I'm strong enough to forget everything that happened."

"That's okay. I don't blame you."

"Maybe, though," Diana added softly.

They started back toward the house. When she reached her car, Diana paused. "So you'll tell her soon?"

"Soon, I promise. I just want to hang on to the illusion a little longer, okay?"

Diana nodded. "I understand. As it happens, I'm pretty good at make-believe myself."

24

You Can Go Home Again

After Jared gave her the day off, Summer spent a couple of hours just walking the beach, trying her best not to think too much. There was only one place she wanted to go, but it wasn't really home, not anymore.

After a while she headed for town. When she peeked through the window of Jitters, the café was nearly empty. Austin was wiping down a table.

She pushed open the door. "Table for one," she said, "if you can squeeze me in. I don't have a reservation."

"Right this way, mademoiselle."

He seated Summer by the window, then straddled a chair across from her. "You're looking radiant," he said.

"I'm feeling pretty radiant, actually."

"Marquez told me how things went down with Diver. I'm glad."

"I couldn't have done it without your apartment."

"Hey, I got my laundry folded. Too bad it was dirty."

"Eww."

"Just kidding. I think."

She reached into her pocket. "Before I forget. Your key."

"Maybe you should keep it. Just in case we decide to cohabit."

"Maybe I shouldn't."

"Hey, it was worth a shot." Austin lowered his voice. "By the way, Blythe told me Caroline's developed this sudden, inexplicable desire to head back to college early."

"Good. She'll be close by in case the cops need to question her. Diver's flying up to Virginia at the end of the week to work things out. My dad's paying for the ticket and meeting him there." She smiled. "Strange. It may do more to help cement their relationship than all those awkward father-son football tosses in our backyard."

"So." Austin crossed his arms. "Any other reason for the radiance?"

Summer reached into her purse and passed Austin her acceptance letter. He smiled broadly as he read it.

"Congratulations. I'm not surprised, of course. This is the right thing for you, Summer."

"I hope so." She put the letter away. "I'm scared to death. I'm going solo. No spotters. No net."

"You'll have friends nearby." Austin gazed at her, suddenly serious. "You'll have me."

"I've been thinking a lot about that, Austin," Summer said. "I—I told Seth good-bye. I told him I loved you."

"A wise choice indeed. I knew you'd come to your—"

"I also told him," Summer pressed on, "that I need to be by myself for a while. I need to figure out who I am and know I can get by on my own. To not be part of a couple. Not Summer and Austin. Just Summer."

Austin gazed at her, his face solemn, slowly, almost imperceptibly nodding.

"It's funny," Summer said, trying to fill the quiet with words, "when I first came here to the Keys, all I wanted in the world was to be part of a couple. I thought that was the only thing that mattered in the whole world. I still think it matters. Being in love is the most wonderful"—she smiled—"and the most wonderfully frustrating thing in the world. But I think it only works if you know what you want out of life. So you don't get lost in the other person."

She paused. Austin was still staring at her. "Well?" she said.

"Well, I want to tell you that you've just made a really lousy decision," Austin replied. "But I'm not going to. Because although it really hurts to admit this, Summer, I think you're probably right." He smiled, a slow smile that started at the corners of his mouth. "I think it's cool that you're brave enough to go solo for a while. And to do it at a place like Carlson, a place that scares you. It's the kind of thing that just makes me love you that much more." He laced his fingers behind his head, surveying her with affectionate annoyance. "Which is a drag, you see. I love you because you're stubborn and willful and independent, but of course it's exactly those qualities that are getting in the way of me sweeping you off your feet with my incredible charm."

"Oh, you swept me pretty good, Austin."

"This is just for a while, right? This isn't like some freaky hermit thing where you've sworn off human companionship till the end of time?"

"I'm sure we'll still run into each other. Even freaky hermits go to the movies now and then."

Austin sighed. "I told myself I would leave this in the hands of fate. And it appears fate has spoken. That bastard really gets on my nerves sometimes." He leaned across the table and kissed her sweetly. "But I can wait. I have a whole lot of *Baywatch*es on tape. And I figure you'll come to your senses eventually."

"It could happen." She stood. "Hey, before I go, could you load me up with three sticky buns and three orange juices to go?"

"Sure. Where are you off to?"

Summer smiled. "In search of some human companionship."

The apartment was quiet. Diana's door was closed, and so was Marquez's. Summer put the food from Jitters on the kitchen counter. She made as much noise as possible, searching for plates and forks.

Both doors opened at the same time.

"Summer?" Marquez cried.

"Summer?" Diana said. "What are you doing here?"

Summer placed the plates on the coffee table. "Hey, I paid a third of the rent—I have rights."

"Are you moving back in?" Marquez asked hopefully.

Summer shrugged. "I just wanted a little company, is all. Girl talk." She smiled. "Human companionship."

"And *Diana* came to mind?" Marquez sneered.

Summer sat cross-legged on the floor and grabbed a fork. She patted the couch. "Come on, you guys. They're still warm. Sit."

Diana and Marquez looked at each other warily.

"I promise to intervene if there's a significant loss of blood," Summer said. "Come on. Let's just hang out and talk. Like the old days."

"I don't know," Diana said, leaning against the counter. "It's been a long, hard summer. What can we all possibly agree on to talk about that won't lead to armed combat?"

"Guys?" Marquez suggested.

"No way," Diana and Summer said at the same moment.

"Food?" Summer suggested, holding up her plate.

"Pass," Marquez said.

"I have an idea," Diana said. "Let's talk about this fall. I caught another roach this morning the size of Nevada. I love this apartment, but if Summer's going to be at Carlson, and Marquez and I are going to be right down the road at FCU, I was thinking maybe we could look for something a little less roach infested when our lease is up. . . ." Her voice trailed off. "Sorry. We're not exactly ready for that, are we?"

Summer looked at Marquez. She looked at Diana. She smiled.

"Go get the want ads," she said.

For information on eating disorders and referrals to therapists, clinics, and support groups, contact:

—The American Anorexia/Bulimia Association, Inc., 293 Central Park West, Suite 1R, New York, NY 10024, (212) 501-8351.

—The National Association of Anorexia Nervosa and Associated Disorders (ANAD), Box 7, Highland Park, IL 60035, (847) 831-3438.

About the Author

After Katherine Applegate graduated from college, she spent time waiting tables, typing (badly), watering plants, wandering randomly from one place to the next with her boyfriend, and just generally wasting her time. When she grew sufficiently tired of performing brain-dead minimum-wage work, she decided it was time to become a famous writer. Anyway, a writer. Writing proved to be an ideal career choice, as it involved neither physical exertion nor uncomfortable clothing, and required no social skills.

Ms. Applegate has written over sixty books under her own name and a variety of pseudonyms. She has no children, is active in no organizations, and has never been invited to address a joint session of Congress. She does, however, have an evil, foot-biting cat named Dick, and she still enjoys wandering randomly from one place to the next with her boyfriend.

For everyone who believes—
a romantic and suspenseful new trilogy
KISSED BY AN ANGEL
by Elizabeth Chandler
When Ivy loses her boyfriend, Tristan, in a car accident, she also loses her faith in angels. But Tristan is now an angel himself, desperately trying to protect Ivy.
Volume I Kissed by an Angel
89145-6/$3.50
Volume II The Power of Love
89146-4/$3.99
Volume III Soulmates
89147-2/$3.99
Available from Archway Paperbacks
Simon & Schuster Mail Order
200 Old Tappan Rd., Old Tappan, N.J. 07675
Please send me the books I have checked above. I am enclosing $_____(please add $0.75 to cover the postage and handling for each order. Please add appropriate sales tax). Send check or money order--no cash or C.O.D.'s please. Allow up to six weeks for delivery. For purchase over $10.00 you may use VISA: card number, expiration date and customer signature must be included.
POCKET BOOKS
Name
Address
City
State/Zip
VISA Card #
Exp.Date
Signature
1110-02